KB243193

윤극사전기

尹克邪傳記

윤극사전기 7

시하 新무협 판타지 소설

초판 1쇄 찍은 날 § 2004년 5월 25일
초판 1쇄 펴낸 날 § 2004년 6월 5일

지은이 § 시하
펴낸이 § 서경석

편집장 § 문혜영
편집 § 장상수 · 서지현
마케팅 § 정필 · 강양원 · 이선구 · 김규진 · 홍현경

펴낸곳 § 도서출판 청어람
등록번호 § 제1081-1-89호
등록일자 § 1999. 5. 31
어람번호 § 제2-0381호

주소 § 경기도 부천시 원미구 심곡1동 350-1 남성B/D 3F (우) 420-011
전화 § 032-656-4452   팩스 § 032-656-4453
http://www.chungeoram.com
E-mail § eoram99@chollian.net

© 시하, 2003

값 8,000원

ISBN 89-5831-124-X 04810
ISBN 89-5505-904-3 (SET)

尹克邪傳記

시하 신무협 판타지 소설
Fantastic Oriental Heroes

윤주사 전기

7

백일장몽(白日長夢: 한낮의 긴 꿈)

도서출판 청어람

윤극사 전가

◎ 윤극사 여정

1. 종남산 제세원
2. 이화유 저택
3. 숭산 백초곡 청동봉
4. 등봉현(순의원)
5. 대파산(수병곡)
6. 사천성 만원
7. 달주, 대죽 거현
8. 화교(가희원)
9. 양가보
10. 남충
11. 성도
12. 아미산
　　기운사
　　대불암
　　남연고도관
　　유혼대
　　마등곡

제1장 인지하는 것의 보잘것없음과 상상하는 것의 위대함

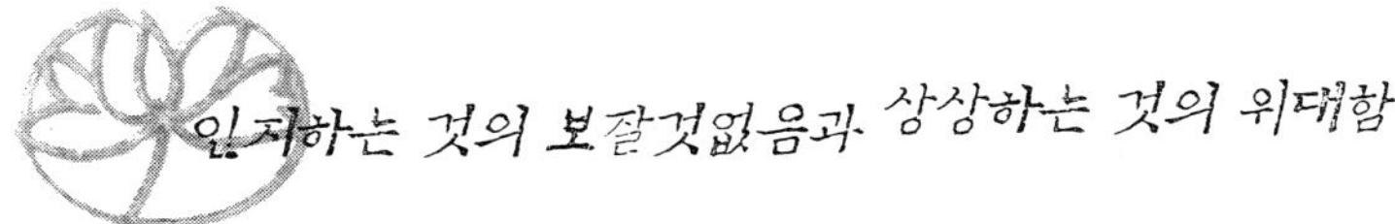

인지하는 것의 보잘것없음과 상상하는 것의 위대함

일태자 민융의 시체에서 뒷걸음질로 물러난 후에 돌아섰을 때는 그의 눈이 감겨 있었는지 뜬 상태였는지 기억나지 않았다. 굳이 기억할 필요도 없었다. 아무렴.

가슴을 쥐어뜯는 신하들의 통곡 소리가 부모 죽은 효자의 곡소리에 못지않았다. 어릴 적 죽은 어머니에 대한 기억 한 토막.

그때는 죽은 어머니를 안았던 것이 아니라 죽은 어머니의 품에 안겨 있었다. 민융의 눈이 감겨졌는지를 기억할 수 없는 것처럼, 그때가 몇 살 때인지 기억나지 않는다. 엄마라는 말이 기억에 남아 있지 않고 어머니만 있는 것도 엄마라고 부른 시기가 상대적으로 짧았기 때문일 것이었다.

그러나 녹색 옷을 입은 어머니의 가슴으로 삐죽이 나왔던 피 묻은 칼과 '불쌍한 내 아들' 하고 부르던 음성은 세월과 두려움이 씻어가고 난 후에도 가을걷이가 끝난 들판에 남겨진 씨앗처럼 여전히 남아 있었다.

나는 어머니의 죽음 앞에서 죽음을 받아들이고 울었던가? 아니면 그때까지의 기억 너머로 달아나서 숨어버렸던가? 죽은 어머니의 품에 안긴 채.

알 수 없다. 이런 기억들은 지나고 나면 알 수 있는 것들에 포함되지 않는가 보다.

윤극사는 스스로 길어놓은 의식의 깊은 물속에 잠겨서 이런 것들을 생각했다. 먼 길을 걸은 후에 생각해 보면 그 길을 왔다는 사실의 잔영만 남아 있고 길을 기억할 수 없는 것처럼, 살아온 날들의 구체적인 기억은 아득했다.

울기는 많이 울었지만 정작 어머니를 위해서 운 적이 없다. 그리고 아버지!

사야동부에서 십독십이약을 복용하고 보았던 무수한 진리의 환상들 속에는 도도히 이어져 온 생명의 흐름과 불꽃이 있었다. 하지만 윤극사는 그 모든 것에도 불구하고 자기의 발 밑이 흔들림을 절감했다.

무엇인지 알기 전까지는 무르고 흔들리며 비워져 버릴 것 같은 바탕, 뿌리가 바로 자신의 것이었다.

어머니의 죽음에 대한 기억과 오로지 자기 자신의 현존(現存)만이 태초부터 이어져 온 생명에 대한 유일한 증거였다.

버드나무에 구름이 머무는 것은 붙잡아서 그곳에 멈추고 싶기 때문이라는 말이 생각났다. 어느 날엔가 자기 자신도 매어져 있지 않은 구름처럼 밀려가다가 어느 산을 만나면 비가 되어 쏟아져 땅 위에 가득한 먼지를 씻고 세월의 강물 속으로 쓸려들고 망각의 바다에서 존재를 잊어버릴 것만 같았다.

걸음을 걸을 때마다 바닥은 견고하지만 발 밑이 흔들렸다. 일태자의 죽음이 망령처럼 달라붙어서 더 흔들었다.

흔들리지 않게 해줄 추(錘)가 필요했다.

일태자 민융은 자기가 태어난 것을 보고 민천자가 야망을 실현하기 시작했다는 취지의 말을 했다. 민융은 자기가 황제의 운명을 타고났기 때문에 그런 것이라고 말했지만 윤극사가 생각해 보니 그것이 아니었다.

민융은 민천자의 발 밑을 흔들리지 않게 공고히 해줄 추였던 것이다. 일태자 민융이 태어나면서 민천자가 큰 야망을 품고 준비해 나갈 수 있었던 것도 더 이상 발 밑이 흔들리지 않았기 때문이다.

황제와 군왕(群王)들이 많은 비(妃)와 빈(嬪), 그리고 후궁(後宮)을 두는 것도 추가 될 자식을 낳아 단지 자기가 흔들리지 않기 위해서일 뿐이다.

세상에는 왜 이다지도 부딪치고 처해보지 않으면 알 수 없는 것들이 많단 말인가? 그리고 그렇게 아는 것은 항상 추정할 수 없는, 지나치게 이질적인 것들이었다.

신하들의 울음소리가 잦아들었고 그와 비례해서 윤극사의 체온이 내려갔다. 있어야 할 곳에 이영이 보이지 않았다.

윤극사는 앞이 캄캄해져서 아무것도 보이지 않았다. 마음과 몸이 동시에 무너져 버렸다. 하늘이 무너진다 해도 그렇지는 않을 것이었다.

이영은 그에게 부모였으며 아내였고, 누이였고 친구였으며, 그 모든 것을 합친 무엇이었다. 이것은 발 밑의 흔들림이 아니라 척추의 잘라짐 또는 머리의 터져 나감이었다.

윤극사가 쿵! 소리를 내며 쓰러질 때 일태자의 신하들이 놀라서 뭐라뭐라 소리쳤다. 깨어지는 그의 세상 속에서 그 소리는 열 소리였는지 한 소리가 깨어진 열 조각이었는지 알지 못한다.

윤극사는 천지사방으로 달아나려는 의식을 억지로 붙잡았으나 그것들은 하나로 뭉쳐져 기능하지 않았다. 그를 형성하고 있던 그만의 욕망과 의지, 감정 사이에 서로 연결되어 있던 고리들이 파괴되고 끊어졌다.

다시 일어섰지만 또다시 넘어졌다. 이마를 바닥에 찧었다.

영문도 모르는 일태자의 신하들이 그를 안정시키려 노력했다.

"정신 차리시오!"

몸을 흔들면서 귀에 대고 외치는 신하들의 소리에 귀가 닫혔다. 완전한 귀머거리가 되어버렸다. 눈을 까뒤집어 보는 신하들의 행동에 눈이 막혀 버렸다.

윤극사는 암흑 속에서 시간과 공간을 떠돌았다. 억겁의 시간과 무한의 공간에서 윤극사는 그 자신의 시간과 공간은 잊어버렸다.

이윽고 시간과 공간이 뭉쳐들며 점점 작아졌다. 커다란 바위만큼 하다가 수레바퀴만큼 해지고, 다시 약사발만큼 되었다가 구슬처럼 작아졌다. 그리고는 바늘 끝보다 작아지며 눈을 가리고 있던 어둠이 온전하게 사라졌다.

윤극사는 암흑의 시공이 뭉쳐진 곳에서 자기의 순수한 의식(意識)이 열리는 것을 느꼈다. 몸과 감정과 욕망이 배제되어 그로부터 자유로운 순수 의식이었다.

어둠이 사라진 자리에 별처럼 빛나는 다른 의식들의 존재가 느껴졌다. 누군가 말을 걸어왔다.

"마침내 인간의 껍질을 깼구나."

윤극사가 물었다.

"여긴 어딥니까?"

음성이 들려왔다.

"한때 사람으로 살았으나 사람의 껍질을 벗은 이들이 존재하는 곳이다. 주로 죽어서 별이 되었다고 말해지는 사람들과 죽은 후에 하늘로 올라갔다고 말해지는 사람, 그리고 우화등선했다는 소릴 듣는 사람 따위가 있지. 또 고통과 고난 속에서 스스로 희생을 택한 사람들도 있다."

윤극사가 물었다.

"저는 왜 여기에 있습니까?"

그 소리가 대답했다.

"그것은 네가 찾아야 할 대답이다. 사람으로서 살 때와 마찬가지로."

윤극사는 또 물었다.

"당신은 누구인가요?"

그 소리가 대답했다.

"너는 내게서 나왔으나 나는 너의 일부가 되었다. 너와 나를 구분

지을 수는 있지만 누구냐고 한다면 너는 나고 나는 너다.”

윤극사가 말했다.

“애매한 말이군요.”

그 소리가 말했다.

“네가 애매하게 알고 있기 때문이다. 내 말을 선험적(先驗的)으로 받아들인다면 너는 더욱 빛날 것이고, 애매함에 머문다면 너의 이성(理性)은 어두워지고 혼미하게 될 것이다.”

윤극사가 말했다.

“당신이 저라고 하지만 저는 그렇게 어려운 말들을 모릅니다.”

소리가 말했다.

“말을 모를 뿐이다. 마음에 담아놓고 있으면 네 속에서 부합되는 진리가 상응하게 될 것이다.”

윤극사는 잠시 있다가 말했다.

“당신은 신불(神佛)과 비슷한 존재입니까, 아니면 마교의 광명(光明)과 비슷한 존재입니까? 저는 당신에 대해서 들어본 적이 없습니다.”

소리가 말했다.

“어떤 사람은 나를 ‘하늘’이라 부른다. 어느 곳에서나 내려다본다는 의미가 있지. 또 어떤 사람은 나를 ‘절대자’라 부른다. 나를 거역할 수 있는 존재는 아직 나타나지 않았기 때문이다. 어떤 사람은 나를 ‘존재의 근원’이라 부른다. 나로 말미암아 삼라만상(森羅萬象) 모든 것이 존재하기 때문이다.”

윤극사가 물었다.

“태초의 혼돈(混沌)이 당신입니까?”

“아니다.”

소리가 대답했다.

“혼돈은 옛 순차(循次)에 따르던 이 세상의 이름이다. 모든 것은 혼돈 이전에, 그보다도 훨씬 더 오래전부터 존재해 왔다. 나와 너, 그리고 모두가.”

윤극사가 말했다.

“저는 왜 제가 당신인지 알 수 없습니다.”

“너는 껍질을 깨뜨리지 않았느냐?”

소리가 말했다.

윤극사가 대답했다.

“지금의 제가 순수하다는 것은 알고 있습니다.”

소리가 말했다.

“사람을 규정짓는 것이 무엇이냐? 감정과 욕망과 육신이 아니더냐? 너는 그런 것을 모두 깨뜨렸으니 이전의 너라고 할 수 없지 않겠느냐? 너는 개체로서의 인간을 벗어나 거슬러 왔다. 이는 나뭇잎은 서로가 다른 잎이지만 거슬러서 뿌리에 이르면 모두가 하나인 것과 같은 이치다. 지금의 너는 만나는 모든 것이 너고 생각하는 것들이 모두 너다.”

윤극사가 말했다.

“저는 제 삶을 기억하고 있습니다. 이 기억은 오직 저만 가지고 있는데 당신이 제가 될 수 있습니까?”

그 소리가 물었다.

“네 손에 세월의 흔적이 남아 있으면 그것은 네 손이 아니냐?”

“제 손입니다.”

"네게 너의 기억이 있으면 내가 아니냐?"

윤극사는 대답하지 못했다. 그 소리가 말한 대로 선험적으로 받아들여야 할 것들인 것 같았다.

윤극사는 잠시 있다가 다시 물었다.

"저는 어떻게 해서 당신에 이르게 되었습니까?"

소리가 말했다.

"근원을 찾는 자는 기어코 나에 이르기 마련이다. 너는 생사의 경계를 탐색하고 생명의 근원을 찾아갔으며, 그 과정에서 존재의 현상과 이법(理法)의 작용을 보고 다룰 수 있게 되었지 않느냐?"

윤극사가 말했다.

"제가 그렇게 할 수 있을 때 만난 존재들은 당신과 달랐습니다."

소리가 말했다.

"다르지. 온갖 껍질을 쓰고 있는 실상과 허상들이었지. 네가 감정과 욕망의 껍질을 쓰고 있었으니까. 지금은 그러한 껍질을 벗었기에 너는 나를 만날 수 있는 것이다."

윤극사가 말했다.

"그래도 저는 당신을 모르겠습니다. 저도요."

소리가 말했다.

"나는 인간의 껍질이 깨어지면 만나는 자이며 죽음에 이르는 완전한 절망의 끝에서 손을 내미는 희망이다. 자기를 파괴하며 간구하여 나를 만나는 자가 있는가 하면 순리대로 껍질을 깨뜨리고 나를 만나는 자도 있다. 이렇듯 나를 만나는 사람은 많지만 너처럼 만나는 사람은 아주 드물다."

윤극사가 물었다.

"어째서 그렇습니까?"

소리가 말했다.

"너는 나에게로 이르는 수많은 길 가운데서도 두 개의 지름길 중 하나로 왔기 때문이다."

윤극사는 조금 생각하다가 물었다.

"당신은 왜 여기에 있습니까?"

그 소리가 말했다.

"너는 인간의 껍질을 깨고 이곳에 왔지만 나는 나의 껍질을 깨지 못했다. 그것이 여기에 있는 이유다."

윤극사가 말했다.

"당신은 마치 사변(思辨:경험에 의하지 않고 순수한 논리적 사고만으로 현실 또는 사물을 인식하려는 것. 직관적 인식이나 지적 직관을 가리키는 경우도 있음)에 빠져 있는 학자 같군요."

"옳다. 그것이 바로 내 일이니까."

하고 그 소리가 말했다.

"나는 항상 삼라만상을 보고 듣고 느껴서 인지(認知)한다. 이러한 인지는 보잘것없다. 네가 세상에 있으면서 보아왔던 것의 규모적 확장에 지나지 않으니까. 그러나 나는 내가 인지한 현상으로 위대한 사유를 한다. 상상이라고 해도 좋지만 나의 사유는 아주 특별한 경우를 제외하고는 운명과 숙명으로 주어지니까."

윤극사가 말했다.

"제게 황제의 운명을 배정했다가 거두었고 영을 잃어버리게 했던 존재가 바로 당신이었습니까?"

"나였고 너였고 우리였지."

하고 그 음성이 대답했다.

윤극사가 말했다.

"제가 당신의 권능을 훔쳐 함부로 행사했기 때문입니까?"

한동안 기다렸으나 그 소리는 대답하지 않았다.

윤극사가 말했다.

"저는 영을 잃어버린 대가로 당신을 만났군요. 당신을 만났으니 정말 영을 잃어버린 모양이군요."

소리가 말했다.

"너는 내게로 돌아와서 내가 되었다. 언젠가는 그녀도 나에게로 돌아와 내가 될 것이다."

윤극사는 말했다.

"나는 당신을 알 수 없습니다. 알 수 없기 때문에 믿는 사람들도 많겠지만, 의원으로 살았던 저는 알 수 없는 것을 믿는 데 익숙하지 않습니다. 당신은 당신이 모든 존재의 근원이라고 말했지만 나는 당신의 존재를 믿을 수가 없습니다."

"당연하다."

그 소리가 말했다.

"나를 알려면 오직 선험적으로만 알 수 있는 까닭이다. 너는 나를 만났으니 나를 선험적으로 알기는 어렵다. 만났음으로 불신하는 자."

윤극사가 말했다.

"실존을 선험적으로만 알 수 있는 이유는 무엇입니까?"

"너와 나, 그리고 다른 모든 것과 나는 하나이기 때문에 자기 자신을 통하지 않고는 알 수가 없기 때문이다. 자기 자신을 바같에서 본다면 그것은 비춰진 모습일 뿐이지."

소리가 말했다.

"다르게 말한다면 인식하려는 주체인 자신과 인식의 객체인 내가 동일하기 때문이다."

윤극사가 말했다.

"저는 성학(聖學)을 배워야 할 필요성을 느끼지 못했습니다. 당신을 알아야 하는 이유 역시 모릅니다. 제가 아는 것은 제거 지켜야 할 것이 있었다는 것입니다, 당신이 제게서 뺏어가기 전까지는."

소리가 말했다.

"내게서 나왔다, 모든 것이. 네가 가졌던 것도 모두."

윤극사가 말했다.

"제가 당신의 존재를 물은 것은 당신이 실존하고 있다면 결코 당신은 제가 아니라고 생각했기 때문입니다."

소리가 윤극사의 갑작스런 부정(否定)에 순간적으로 침묵했다.

윤극사가 말했다.

"저는 당신처럼 엄하게 행동할 줄 모릅니다. 다른 사람에게 내가 행한 만큼의 대가를 요구할 만큼 당당하지도 못합니다. 다른 사람이 내게 한 것에 상응하는 결과를 돌려줄 만큼 다부지지도 않습니다. 만약에 당신이 저라면 불쌍한 영을 제게서 앗아가지 않았을 것입니다. 만약에 제가 당신이라면 어려운 말과 이상한 생각들의 나열로 이 세상이 그런 것을 이해하는 사람들만이 바르게 산다는 것 같은 느낌을 주지 않을 것입니다. 당신은 결코 제가 아닙니다."

소리가 물었다.

"내가 실존하지 않는다면?"

윤극사가 대답했다.

"당신이 저일 수도 있겠습니다."

소리가 말했다.

"너는 참으로 이상하다. 자기가 써놓고 잊어버린 낯선 시구처럼 이 상하다. 순수 의식의 상태에서도 진리의 바다에 유영하지 못하는구 나."

소리는 멀어지고 사방이 더 밝아졌다. 윤극사는 아무런 대꾸도 하지 않았고, 주변이 밝아지면서 별처럼 반짝이던 것들은 그 밝음 속에 묻혀 갔다.

윤극사는 탁자 위에 바르게 누워 있는 자기의 모습과 둘러싼 네 신 하의 모습을 내려다볼 수 있었다.

윤극사는 자기가 꼭두가 된 기분이었다. 기분만이 아닐 수도 있었 다. 그리고 어쩌면 자기의 혼백이 몸을 떠난 것일지도 모른다는 생각 이 들었다. 차라리 그러하기를 바랐다. 그러나 까무러친 줄 알고 수족 을 주무르는 손들의 느낌이 생생했다.

이영을 잃어버렸다는 느낌도 살갗 아래서 바늘처럼 돋으며 생생했 다. 그러나 윤극사는 순수 의식의 공간으로 들어가지 않았다. 그곳에 서 영도 언젠가는 돌아와 하나가 될 거라는 편한 생각을 하지 않았다.

이미 여러 번 겪었다. 어머니의 죽음에서 처음으로 도망쳤고, 이청무 사숙이 죽었을 때도 도망쳤다가 그만 그곳에 남아 있던 어머니의 그림자 같은 기억을 불러일으키기도 했다. 다시 한 번 절망감으로 무장하고 현실을 부정한 채 기억의 너머로 숨을 수는 없었다.

이제는 어른이 되어야 할 때였다.

이영을 잃어버렸다면 생명이 다하는 순간까지 힘을 다하여 찾아야 할 테고, 그녀가 죽었다면 그녀의 죽음에 자신의 삶과 죽음을 겹쳐 얹으리라 생각했다.

펑! 소리와 함께 광림 장군이 벽을 뚫고 들어오는 것을 보면서 윤극사는 의식을 거두고 눈을 떴다.

영강 공주의 유모가 당황하여 어쩔 줄 몰라 했다.

신하 중 한 사람이 벌떡 일어서며 광림 장군을 손으로 가리키고 호통 쳤다.

"전장에서도 적장의 죽음에 예를 표하는 것이 너희 무장들의 예가 아니냐? 태자 전하의 체온이 아직 식지도 않았거늘 욕을 보이려 한단 말이냐!"

광림 장군은 흔들 하는 순간에 신하를 지나쳐 윤극사에게 이르렀다. 신하들의 놀라며 윤극사를 막아섰다.

"물러나시오. 소장(小將)은 그를 섬기는 사람이오."

신하들이 윤극사와 광림 장군을 번갈아 보았다.

윤극사는 몸을 일으키며 광림 장군에게 물었다.

"영은? 영은 어디에 있습니까?"

신하들은 안도하면서 비켜섰다.

광림 장군이 무릎을 낮추고 예를 취하며 말했다.

"소장과 함께 있었으나 갑자기 기관이 발동한 후에 찾을 수가 없었소이다."

윤극사는 잠시 눈을 감았다. 이태자가 달아나면서 작동시킨 기관이 문제였다. 광림 장군의 형색을 보면 혹독한 기관을 겪고 돌아왔음을 짐작하고도 남았다.

이영을 생각할 때마다 손이 떨리는 것을 겨우 진정시켰다.

신하 한 사람이 그의 곁에서 나직하게 말했다.

"장부(丈夫) 눈물이 없으리오만, 이별에는 이를 흘리지 않는다 하였던 것으로 아오만."

육구몽(陸龜蒙)의 이별(離別)이란 시에 나오는 구절이었으나 윤극사는 그런 시를 읽은 바가 없었다.

다른 신하가 조용한 어조로 말했다.

"서거(逝去)하신 일태자 전하께서는 소인(小人)과 여자(女子)를 멀리하셨소이다. 귀공(貴公)께서는 대업을 이루시려면 마땅히 삼키고 누를 줄 아셔야 하오."

야박하다고도 할 수 있는 직언이었다. 그러나 신하들은 그런 직언을 함에 조금 치의 망설임도 없었다.

또 다른 신하가 말했다.

"천하를 품으려는 이가 분(憤)과 루(淚)를 삼키지 못한데서야 말이 아니오."

광림 장군이 네 신하에게 말했다.

"천하를 경영하려는 사람들이 주군(主君)의 고통을 살피지 못한단 말이오?"

"누가 우리의 주군이란 말이오!"

한 신하가 벌컥 화를 내면서 말했다.

"우리 주군은 바로 황제 폐하시오. 일태자 전하께서 귀하의 주인을 섬기라 명하셨지만, 그것으로 그가 우리 주인이 되는 것은 아니오. 우리는 귀하의 주인께서 황제 폐하를 오직 충심으로 섬길 때만이 그 영을 따를 수가 있소."

신하들의 성미는 물고기의 비늘을 거슬러 만진 것처럼 깐깐했다.

광림 장군이 코웃음을 치며 말했다.

"그대들은 이태자를 시험했듯이 이분을 시험하려 드는군. 전 주인을 곁에서도 지키지 못한 그대들이 새 주인을 시험하려는 꼴이 우습다, 우스워."

신하들의 얼굴이 벌겋게 되었다.

"우리가 죽지 못했음을 욕하는 것이오?"

광림 장군이 말했다.

"욕이 아니라 저마다 그렇게 하는 데는 이유가 있을 것이라는 말을 하는 것이오. 주인께서는 고락을 함께한 부인의 안부를 물었을 뿐인데 그대들은 지나쳤소."

신하가 이죽거리듯이 말했다.

"혼절하는 것도 안부를 물었던 것이오?"

광림 장군이 버럭 소리쳤다.

"군자는 말은 서투르고 행동은 민활하기를 바란다고 했다! 군자인 민천자의 신하들이 언제부터 교묘한 말로 천하가 아닌 자기의 기분을 위하여 언쟁을 일삼기 시작했는가!"

신하들의 안색이 창백하게 변했다.

이윽고 신하들이 광림 장군을 향해 허리를 숙이며 말했다.

"깨우쳐 주심에 감사드립니다. 무례를 용서하시오."

그리고 윤극사에게 절했다.

윤극사는 억지로 미소를 지었다. 미소만큼 속이 일그러지며 쓰라렸다. 이영에 대한 상실감이 그대로 남아 있었기 때문이다. 마주 절을 하고 말했다.

"제가 길에서 어긋나지 않도록 이끌어주십시오."

네 신하는 대답하지 않고 머리만 조아렸다. 온전한 응낙이 아니라는 건 윤극사도 익히 짐작할 수 있었다.

머리를 조아린 채로 가만히 있는 신하들은 윤극사의 행동을 기다리는 듯했다.

윤극사는 영강 공주의 유모에게 물었다.

"여기를 지켜주시겠습니까?"

일태자의 시신을 지키고 있으라는 의미였다. 유모가 허리를 숙이며 대답했다.

"분부대로 하겠습니다."

윤극사는 벽에 뚫린 구멍을 보며 광림 장군에게 물었다.

"우리는 저 길로 나갈 수 있습니까?"

광림 장군이 대답했다.

"불가하오."

"따라오세요."

윤극사는 앞서 걸어가며 이태자와 노부인이 빠져나갔던 문을 향해

갔다. 윤극사가 기관 장치에 의해 폐쇄된 문에 손을 대자 다시 우르륵
하는 소리와 함께 기관이 움직이는 소리가 났다. 그리그 문이 열렸다.

신하들이 놀라운 듯이 광림 장군을 보았다.

광림 장군이 나직하게 말했다.

"이력(異力)을 지니신 분이오."

윤극사 앞에 긴 복도가 펼쳐졌다. 복도에서 많은 기관 장치가 발동
해 있다가 해제되는 중이었다.

신하들 중에서 제일 나이가 많은 사람이 윤극사의 바로 뒤에 따라붙
으며 말했다.

"귀공을 어찌 불러야 하는지요?"

윤극사가 나직하게 말했다.

"저는 제세원 말의 윤극사입니다."

"윤극사!"

소리치고 신하들이 놀라며 물었다.

"진정 신생조화문을 불태운 그 윤극사란 말이시오?"

꼭 맞다고는 할 수 없어도 대개는 비슷했다. 윤극사는 고개를 끄덕
였다. 신하들의 얼굴에 희비가 번갈아 나타났다.

윤극사의 무시무시한 이름이 그들을 두렵게 했고 윤극사라면 이태
자가 꼼짝하지 못할 것이라는 생각이 든 때문이었다.

윤극사는 앞서 걸었고 뒤에서 네 신하가 작은 소리로 의견을 나누며
따라갔다. 광림 장군은 윤극사와 나란히 걸었다.

복도가 끝나기도 전에 마음을 정리한 듯 한 신하가 윤극사에게 다가
와 말했다.

“귀공께서는 어떤 세상을 만드시려 합니까?”

“나는…….”

윤극사는 입을 열었지만 침이 말라서 말이 잘 되지 않았다.

“내가 슬퍼지기 이전에 느끼고 있던 것과 같은 세상을 만들고 싶습니다.”

신하들이 묵묵히 고개를 끄덕였다.

다른 신하가 물었다.

“귀공께서는 지금 마땅한 계책이 있으신지요?”

“없습니다.”

하고 윤극사가 대답했다.

그 신하가 말했다.

“이태자는 이곳으로 도성에 있는 백관(百官)을 모두 소집했습니다. 아마도 그들에게 일태자 전하께서 돌아가신 것을 거짓으로 꾸며 공포(公布)할 것입니다. 조신(朝臣)들에게 이태자의 죄상을 낱낱이 밝히지 않으면 이태자가 장차 그들을 등에 업고 무슨 짓을 할지 모릅니다.”

윤극사는 알았다는 듯이 고개를 끄덕였다.

광림 장군이 말했다.

“해와 달은 땅을 가려 비추지 않소이다.”

요는 사양하여 모른 척하지 않을 것이라는 말이다.

신하가 말했다.

“저 끝에 그들이 모여 있을 것입니다.”

사람들의 웅성임은 그 끝에서부터 그들이 있는 곳까지 전해져 왔다. 수백 명, 어쩌면 천 명이 넘는 사람들이 있을지도 모르겠다는 생각이 들었다.

　습기와 물 냄새도 그곳에서 흐르고 있었다. 그리고 이태자가 울음 섞인 목소리로 토하는 웅변이 들려왔다.

제2장 복마전(伏魔殿)

복마전(伏魔殿)

일태자를 암습한 후, 이태자 민성은 밀실을 폐쇄하고 달렸다. 등 뒤에서는 기관이 작동하며 통로가 막히는 소리가 우르릉거렸다.

"놔라, 놔! 이 짐승만도 못한 놈아!"

영강 공주가 악을 썼다.

노부인이 민성에게서 영강 공주를 낚아채며 말했다.

"공주는 노신이 맡겠소."

"퉤!"

영강 공주는 노부인에게 침을 뱉었으나 노부인이 피해 버렸다. 영강 공주가 노부인에게 욕을 하려는 찰나에 노부인이 말했다.

"일태자처럼 죽고 싶소?"

영강 공주는 창백하게 질리며 입을 다물었다.

민성은 옥새를 부둥켜안고 벽 속에 만들어진 방으로 뛰어들어 갔다. 뒤에서 노부인이 영강 공주에게 한 말을 듣지도 못했다.

노부인이 그림자처럼 그를 따라 방으로 들어왔을 때, 방문 밖의 복도도 완전히 폐쇄되었다.

다섯 평 남짓한 방 안의 초라한 침대에 걸터앉아서 민성은 흥분하고 경직된 상태로 몸을 잘게 떨었다.

열다섯 살 때 첫 살인을 하고 느꼈던 두려움과 흥분을 다시 경험하고 있었다.

민성이 처음 살인자가 되었을 때 그의 손에 죽었던 사람은 녹림(綠林)의 여자였다. 화응채(花鷹寨)의 채주(寨主)로 일백여 명의 남녀 수하를 거느린 삼십 대 중반의 여자였는데, 민성을 죽이고 가진 것을 뺏으려 하다가 오히려 그의 손에 죽었다.

민성은 그때 그녀의 가슴으로 파고들며 뼈와 근육을 자르면서 손끝으로 전해지는 검의 미묘한 진동에 흥분했고, 그녀의 육신에서 생명이 빠져나가는 모습을 마른 나무에서 불꽃이 스며 나오는 것을 보는 듯이 보았다.

어린아이의 손가락을 깨물 때와 비슷하면서도 비교할 수 없는 짜릿함, 혼백이 날아가 버릴 정도의 격렬한 떨림이 그곳에 있었다.

손가락으로 계집종을 희롱하는 것 따위와는 견줄 수도 없었다.

마음속에서 그 당시에는 이해하기 어려운 두려움이 함께 생겨나지 않았더라면 살인의 쾌락에 탐닉하고 미쳐 버렸을지도 모를 정도였다.

후에 낚싯대로 물고기를 낚으면서 어느 정도 그 느낌이 살아나긴 했지만 그 차이는 반딧불과 달빛의 차이와 같았다.

사람을 죽였다는 사실이 주는 두려움이 머리 위를 구름처럼 뒤덮었고, 그 구름 속에서 무엇인가 쏟아지거나, 아니면 사람을 죽임으로써 보이지 않는, 그러면서도 돌아올 수 없는 다리에 한 걸음을 내디딘 듯, 또는 건너 버린 듯한 그 막연한 공포는 제어할 수도 없고 떨칠 수도 없었다.

열일곱 살에 여자를 처음으로 취했을 때는 낚시를 하는 것보다는 좀 더 비슷했다. 그러나 그것은 오직 처음 한순간이었을 뿐이다. 그 후로 여자를 취할 때는 자극만 있었을 뿐 두려움은 없었다.

차라리 갈수록 쾌감이 강해지는 낚시가 더 나았다.

살인의 쾌감과 두려움은 흥분이 줄어들고 무신경해지는 것에 비례해서 함께 줄어들어 일상에 가까워져 버렸다.

민성은 형 민융의 코 옆에 자기의 색혈비도가 박히는 것을 눈으로 보았었다. 그곳에 깊이 박혔다면 살아난다는 것이 불가능하다. 틀림없이 죽었거나 죽을 것이다.

이태자 민성은 자기의 흥분과 두려움이 형을 죽였기 때문인지 자기의 앞을 가로막고 있던 민융이라는 거대한 존재의 벽을 죽였기 때문인지 분간되지 않았다.

첫 살인 때와 마찬가지로 뒤범벅이 되었다. 막 불을 피우는 풀무 옆에 있는 것처럼 눈과 목이 매웠다.

"너는, 너는 정말 어쩌자고……."

영강 공주가 가슴을 들먹거리며 민성에게 말했다.

노부인이 퉁명스럽게 말했다.

"공주의 신분은 변함이 없지 않소? 누가 황제가 되든."

영강 공주가 노한 어조로 말했다.

"황제 폐하께서는 백수(百壽)를 누리실 텐데 감히 벌써 후대 황제를 운운한단 말이냐! 결코 용납치 않으실 것이다!"

이태자 민성은 다시금 몸을 부르르 떨었다.

아버지인 민천자의 진노한 모습이 눈앞에 선했다. 민천자의 곁에 도사린 승상 우문태의 얼굴도 떠올랐다.

짧은 순간에 후회가 밀려왔다. 그러나 돌이킬 방법은 없었다. 아버지 민천자를 피해서 멀리 달아나는 것은 아무것도 아니한 만 못하다. 또 그렇게 하고 싶지도 않았다. 형 민융이 죽은 이상 이미 자기가 황제나 마찬가지라는 생각도 들었다.

민성은 마음을 다부지게 먹었다. 죽고 사는 것에 연연할 때가 아니었다. 머리를 빨리 움직이고 그만큼 행동도 빨리해야 할 때였다.

즉시 노부인에게 말했다.

"나를 도와주시오. 먼저 이곳을 완전히 장악해야겠소."

그래야만 아버지 민천자가 사실을 모두 알게 된다 하더라도 자기를 함부로 다루지 않을 것이라는 말은 하지 않았다.

노부인이 흔쾌히 대답했다.

"전하의 생각이 합당하오."

이태자는 침상에서 벌떡 일어나서 다른 곳으로 통하는 문을 열었다. 습기와 함께 찬바람이 확 들어왔다.

이태자가 영강 공주를 보면서 말했다.

"누이, 나는 형을 죽였소. 이제 삼 남매 중에 남은 사람은 누이와 나뿐이오. 누이에게는 황제가 되고 싶은 마음이 있소?"

이태자의 눈빛에 살기가 어려 있었다.

영강 공주는 오싹하여 음성을 떨면서 말했다.

"나는… 한 번도 그런 마음을 품은 적이 없다."

이태자가 차갑게 물었다.

"하지만 이제는 품게 될지도 모르지 않소?"

"너는 정말 악독하다. 나에게 무슨 힘이 있어서 황제가 되겠느냐? 나는 거느린 사람도 없다."

영강 공주가 분노를 억누르고 떨면서 말했다.

이태자가 집요하게 말했다.

"누이는 어머니께서 돌아가신 후에 집안에서 어머나 마찬가지였지 않소? 공주의 신분이었으나 시집도 가지 않고 궁의 안살림을 모두 책임지고 있었소. 혹시 황제 폐하를 구슬려서 무측천(武則天:여자 황제를 비유적으로 말함)이 되려 했던 것은 아니오?"

"당치도 않은 소리!"

영강 공주가 소리쳤다.

"너는, 황제가 되려면서 의심부터 배우는구나!"

이태자가 말했다.

"그렇소. 의심하지 않고는 두려움을 주는 강한 황제가 될 수 없는 것 아니오?"

영강 공주가 치를 떨었다.

"나는 황제가 될 마음이 없다. 영원히 품지도 않을 것이다."

이태자가 말했다.

"맹세하시오."

“맹세한다!”

영강 공주가 악을 쓰며 소리쳤다.

이태자가 부드럽게 말했다.

“누이, 너무 서운해하지 마시오. 이 동생을 너무 미워하지도 마시오. 이제 남은 형제는 누이와 나뿐이잖소? 내가 죽으면 우리 민씨의 대는 끊어지고 마오. 누이가 아버님을 도운 것처럼 나를 도와준다면 나는 누이를 섭섭치 않게 대할 것이오. 내가 형보다 씀씀이가 크고 각박하지 않다는 것은 누이도 잘 알고 있지 않소?”

영강 공주가 입술을 깨물며 말했다.

“나는, 나는 더 이상 너와 말하지 않겠다. 나는…….”

이태자가 말했다.

“나와는 더 말하지 않아도 되오. 하나 잠시 후에 조신(朝臣)들에게는 나를 위해 증언해 주서야 하오. 일태자 전하는 적의 칼에 중상을 입고 마침내 운명하셨다고 말이오. 밀실에서는 그의 수족이나 다름없는 사대능신(四大能臣)이 빈소(殯所)를 지키고 있다는 말도 빠뜨려선 아니 되오.”

“나는, 하지 않겠다!”

영강 공주가 이를 악물며 말했다.

이태자가 말했다.

“해야 하오. 하지 않으면…….”

이태자는 잠시 어떻게 할지 망설였다.

그때 노부인이 말했다.

“이 늙은이에게 방법이 있으니 그 문제는 염려치 마시오.”

이태자가 기쁜 표정을 지었다.

영강 공주가 호통 쳤다.

"그대는 무림인이 아닌가? 무엇을 얻고자 하는지는 모르겠으나 황실에 깊이 개입하면 필히 후환이 따를 것이다!"

노부인이 차갑게 말했다.

"공주가 알 바 아니오."

영강 공주는 무례한 노부인의 말에 분노하여 몸을 부르르 떨었다. 노부인이 손가락을 불쑥 내밀어 영강 공주의 미간을 짚었다.

영강 공주의 눈빛이 흐려지며 멍해졌다. 백치 같았다. 이태자가 흠칫했다.

노부인이 말했다.

"전하, 이제 됐소. 공주는 백관들이 물으면 울기만 할 거요. 백관들이 전하를 믿지 않을 수 없을 것이오."

이태자는 열어놓았던 문으로 나가며 말했다.

"갑시다!"

남아 있는 부하들부터 정비하고 전황을 파악하는 것이 급선무였다.

*   *   *

이영은 이태자가 일태자를 암습한 후 옥새를 가지고 밀실을 빠져나가는 것까지 보았다. 그러나 어떻게 된 영문인지 그 직후 발 밑이 허전해지며 거센 힘이 그녀를 끌어당겼다. 소리를 질렀지만 소리마저 밑으로 끌려간 것 같았다.

그녀는 두 손을 벌려서 무엇이든 잡으려 했지만 아무것도 걸리는 것
이 없었다. 몸을 회전시켜 옆으로 이동하니 손에 매끄러운 벽면이 잡
혔다. 하지만 파리가 아닌 한 그 벽에 붙을 수가 없었다.

한 바퀴 더 회전하며 태극인을 뽑아서 벽을 찍고 매달렸다.

윤극사를 불렀지만 윤극사는 떨어지는 소리도 나지 않았고 대답도
없었다. 이영은 칠흑같이 어두운 그곳에서 안력을 돋웠지만 미세한 빛
조차 볼 수 없었다.

밑에서 끌어당기던 흡력은 더 작용하지 않았다. 이영은 몸을 차서
거꾸로 올라가며 회전하여 발로 태극인을 밟고 벽면에 붙어 섰다.

화습자를 꺼내서 불을 밝혔다. 한데 그 순간 눈을 태울 듯이 사방이
밝아졌다. 매끄러운 감촉은 유리가 확실했다.

화습자의 불이 희미해지고 있을 때, 이영은 발 밑 몇 자 아래에서 번
득거리는 창날들을 볼 수 있었다. 그곳부터는 벽에도 칼날이 박혀 있
어서 접근할 수 없었다. 조금만 늦었어도 죽었을 아찔한 상황이었다.

그녀가 떨어졌던 천장은 세모꼴로 좁혀져 있었다.

이영은 조금 더 내려간 후 벽에 붙은 칼날을 부러뜨려 두 신발 아래
에 단단히 묶고 창날 위로 내려섰다.

그렇게 했을 때 화습자는 결국 재만 남기고 다 타버렸다. 화습자가
한 장 더 남아 있기는 했지만 꺼내지 않았다.

이영은 한 번 보았던 창날들의 위치를 기억하고 천천히 손과 발로
더듬었다. 출구가 가까이 있을 것이라 확신했다. 잡힌 창날을 당겨보
고 밀어보았다. 그러나 창날을 꿈쩍도 하지 않았다.

이영은 눌러보고 위로 뽑는 시도까지 한 후에 반응을 살피며 좌로

우로 돌려보았다. 우로 돌렸을 때 창날이 움직였다.

그녀의 손을 따라 창날이 회전한 것이었다. 이영이 몇 번 더 돌리자 창은 위로 뽑혀져 나왔다. 이영은 그 옆에 있는 창들도 그렇게 돌려 뽑았다. 다섯 개를 뽑고 나자 발을 땅에 대고 설 수 있었다.

창들은 뿌리 부분이 나무 송곳처럼 나선형으로 되어 있어서 돌려서 끼우고 뽑는 것들이었다.

뽑아낸 창들 중 하나로 바닥을 긁어보았다. 그러나 그녀가 기대하고 있던 미세한 틈 같은 것은 없었다.

이영은 벽면을 훑을 생각은 하지 않았다. 불이 켜졌을 때 이미 그곳도 유리로 되어 있다는 것을 확인했었기 때문이다.

대신 창을 거꾸로 잡고 둔한 부분으로 벽을 두드려 보았다. 탁탁 하는 소리가 들렸다. 골고루 벽을 두드렸지만 바로 반탄되어 나오는 짧은 음만 들리고 빈 소리가 나지는 않았다.

벽과 바닥의 틈새 사이로 창끝을 밀어 넣으려 했지만 그것도 되지 않았다. 바닥을 힘껏 찍었지만 역시 별무소용이었다.

귀를 벽에 대고 공력을 끌어올렸지만 그녀 자신의 심장 소리와 기도를 오가는 숨소리만 들렸고 벽에서는 소리가 전해지지 않았다.

운룡대구식을 펼쳐서 천장까지 박차고 올라가 보았지만 그곳도 매한가지였다.

그녀가 있는 곳은 만들어진 이래로 그 누구도 들어온 적도 나간 적도 없는 곳이 분명했다. 정말 완전한 함정이라면 함정 속에 밖으로 빠져나갈 수 있는 장치를 해놓지 않았을 가능성도 많았다. 그럴 경우에는 바깥에서 누가 열어주지 않으면 나갈 수 없다.

이영은 내력을 손끝에 모아서 벽을 강하게 쳐볼까 하는 마음이 들었지만 멈췄다. 함정의 짜여진 형세가 엄밀한 것으로 봐서 함부로 힘을 쓰면 돌이킬 수 없는 결과가 발생할지도 모르기 때문이었다.

사가장이 서안의 갑부라고는 하지만 이렇듯 엄밀한 함정과 기관을 곳곳에 설치할 이유가 있었을까 싶은 생각이 들었다. 비적 떼나 강호의 밤손님을 상대하기 위해서 만든 것은 최소한 아니었다.

무림의 절세고수를 상대할 목적으로 오랫동안 준비하지 않았다면 이런 정도의 기관은 존재할 수 없을 것 같았다.

이영은 낙담하며 속으로 중얼거렸다.

'그이가 올 거야. 그이는 어떤 기관 장치라도 다 통과할 수 있으니까 금방 나를 찾아낼 거야. 그이를 해칠 수 있는 사람은 아무도 없어. 아무도.'

창을 뽑아낸 자리에 앉아서 벽에 등을 기대고 윤극사를 기다렸다.

그것은 적막과 시간, 그리고 자기 속에서 일어나는 온갖 것들과의 싸움이었으나 윤극사를 생각하면 어떤 것이든 다 견뎌낼 수 있었다. 삼득삼성공으로 기운을 보는 연습을 했다.

암흑 속에서 시간이 얼마나 흘렀는지 알 수 없었다. 배가 심하게 고프지 않은 것으로 봐서 이영은 최소한 한나절이 지나진 않았을 거라고 짐작했다.

그때 갑자기 무슨 소리가 들렸고 갑자기 그녀의 머리 위쪽으로 사람들이 뛰쳐드는 것이 느껴졌다.

이영은 옆에 흩어져 있던 창을 양손에 잡았다. 좁은 공간을 사람들이 꽉 메우며 떨어졌다.

"안에 적이 있소!"

하고 누군가 소리쳤다.

쉬익! 벌써 검광이 발해지며 이영을 베어왔다. 빠르고도 강한 검술이었다.

'뛰어난 검객들이구나!'

이영은 창으로 반격하며 적으로 하여금 그녀가 창을 뽑은 안전한 장소에 내려서지 못하게 막았다.

그러나 적들은 벌써 창의 존재를 눈치 챘는지 그녀와 부딪치면서 다시 솟구쳤다.

이영은 철종곡 왕곡주의 무공인 구소단창(九霄短槍)의 수법으로 허공을 아홉 번 공격했다. 침입자들의 무공이 놀라웠다. 그중에서도 한 사람의 검술은 특히 정묘했다. 검과 창이 어둠 속에서 스칠 때마다 치익 하고 불꽃이 튀었다.

치열하게 싸우면서 이영은 그들의 숫자를 헤아렸다. 부딪칠 때마다 느껴지는 공력의 강약과 특징으로 구분할 수 있었다.

모두 여덟 명. 이영은 두 개의 창으로 싸웠지만 그들의 검술을 도저히 상대할 수 없어서 창을 버리고 태극인을 뽑았다.

동시에 회오리처럼 맴돌며 몸을 솟구쳤다. 태극인이 몇 사람의 뼈와 살을 훑고 지나갔다. 여덟 사람을 뚫고 올라가 제일 위에 있는 사람을 베려고 할 때 그 사람이 검으로 방어하며 소리쳤다.

"대단하구나!"

이영은 깜짝 놀라서 태극인에 주입한 공력을 거두며 소리쳤다.

"필 아저씨!"

신포 필재가 놀라며 외쳤다.

"이영이냐?"

"예!"

하고 이영이 대답했다.

신포 필재가 소리쳤다.

"공격을 멈춰라! 적이 아니다!"

누군가 화습자를 밝혔다. 함정 안이 환하게 밝아지며 눈이 부셨다. 이영은 신포 필재와 동시에 바닥으로 내려섰다. 일곱 명의 무사는 안전한 장소의 끝에까지 물러서서 두 사람이 내려설 자리를 만들어주었다.

그들의 손목과 팔에 피가 묻어 있었다. 이영이 솟구치며 그들의 공격을 무력화시키기 위해서 주로 손목과 팔을 공격했던 것이다. 이영은 원래 다시 내려갈 때 살수를 쓰려고 생각했었다.

신포 필재가 소리쳤다.

"네가 어떻게 여기에 있느냐? 극사는?"

이영이 웃으며 말했다.

"아저씨는 어쩌다 여기로 오셨어요?"

신포 필재가 말했다.

"나는 역적을 잡으러 왔다."

이영은 신포 필재를 만나자 마음이 든든했다. 신포 필재의 재지가 얼마나 뛰어난지를 익히 알고 있었기 때문이다.

"아저씨가 군사를 이끌고 왔다는 말을 들었어요."

신포 필재가 말했다.

"군사는 이제 뒤로 물렀다. 하지만 아직 역적을 잡지 못했기 때문에 이들만 데리고 돌아온 것이란다."

이영이 미안한 표정을 지으며 말했다.

"제가 무지해서 저들을 상하게 했군요."

신포 필재는 화습자의 불이 일렁거리는 유리벽을 살피며 말했다.

"다쳤다고 싸우지 못할 약한 사람들이 아니니 걱정할 것 없다."

"이분들의 검술이 워낙 고강해서 놀랐어요."

이영이 물었다.

"한 분은 오지 않으셨군요."

신포 필재가 탄식하며 말했다.

"새끼 역적을 잡으려다가 죽었다. 우린 그의 흔적을 찾아서 여기까지 올 수 있었다."

"아!"

이영은 일태자와 싸워서 중상을 입혔지만 기왓장에 맞아서 죽었다는 사람이 바로 필재의 부하였음을 알았다.

필재가 말했다.

"기껏 찾아와서 함정에 빠졌구나. 빨리 여기서 나가야겠다."

이영이 말했다.

"제 재주로는 나갈 수가 없었어요."

필재가 바닥을 쳐다본 후에 말했다.

"내게 방법이 있다."

필재는 오른손으로 창을 들어서 옆으로 뉘인 후에 아직도 뽑히지 않은 창들을 밀었다. 필재의 부하들도 그를 따라서 머리를 빗어 가르마를 타듯이 꼿꼿한 창들을 서로 다른 방향으로 밀었다.

창이 활처럼 휘어졌다. 그 순간 필재가 '하압!' 하며 소리쳤고 돌로 된 바닥이 쩍 갈라지며 밑으로 떨어졌다.

쿵!

바닥은 한 자 반을 떨어졌지만 소리는 요란했다. 이영은 갈라진 틈을 통해 바닥의 두께가 무려 다섯 자나 됨을 알 수 있었다.

"놀랍군요. 대체 어떤 사람을 상대하려고 이런 함정을 만들었을까요? 필 아저씨가 아니었으면 꼼짝없이 안에서 죽고 말았을 거예요."

이영이 신포 필재의 뒤를 따라 무너진 바닥과 벽 사이로 빠져나가며 말했다.

신포 필재가 짧게 말했다.

"여긴 복마전(伏魔殿)이다. 영수(影數) 삼각술(三角術:도형을 측량할 때 쓰는 삼각법. 삼각형의 변과 각의 관계를 기초로 하여 모든 기하학적 도형의 수량적 관계를 연구하는 학문)에 정통한 사람이 설계했다. 우린 이것 말고도 벌써 여섯 개의 함정을 뚫고 왔다."

함정의 바깥에는 좁다란 길이 있었다. 벽에는 등이 밝혀져 있어서 어둡지도 않았다. 신포 필재는 길로 들어서지 않고 벽면을 살피고 있었다.

이영이 작은 소리로 말했다.

"등은 몇 개 되지 않는데 동백유(冬柏油:동백나무 씨앗에서 짜낸 기름. 머릿기름과 등잔 기름으로 씀) 냄새가 심하군요."

필재가 머리를 끄덕였다.

"여기도 함정이다."

순간 필재의 부하 중 한 사람이 검을 뽑아 들고 앞으로 날아갔다. 한데 갑자기 천장에서 노르스름한 안개가 뿜어졌다.

필재와 이영이 동시에 소리쳤다.

"돌아와!"

"돌아와요!"

안개처럼 뿜어진 동백기름에 불이 옮겨 붙으며 펑! 소리를 내는 것과 필재의 남아 있던 여섯 부하가 장력을 날린 것은 동시였다.

그들의 장력은 검을 들고 날아간 동료를 피해서 밀려갔으며 그 사람 역시 왼손으로 장력을 내밀며 불꽃을 이끌고 함께 튕겨 나왔다.

동료들의 장력이 그를 보호해 준 것이었다. 불은 신포 필재의 코앞까지 확 밀려왔다가 증발하듯이 사라졌다.

필재의 부하들은 임기응변인 것 같지도 않았는데 반응이 눈부시게 빨랐다. 누구도 그보다 빠르고 적절하게 움직일 수는 없었을 것 같았다. 이영은 관부에서 그들에게 아주 특별한 훈련을 시켰구나 하고 생각했다.

모두 불에 크게 놀랐다. 신포 필재는 가슴에 붙인 왼손을 움찔거렸다. 이태자와 싸울 때 화상을 입으며 가슴에 달라붙어 버렸던 왼손이었다. 한번 화상을 입은 손이라 외피(外皮)가 다 타버려서 열기가 더 강하게 느껴졌다.

신포 필재는 부하들에게 소리쳤다.

"창을 가져와라!"

그의 부하들이 다시 지나왔던 함정으로 들어가 창을 안고 왔다. 신포 필재는 창을 던져서 벽에 있는 등불들을 다 꺼버렸다.

제일 멀리 보이는 등불까지 꺼버리자 좁은 복도는 암흑처럼 캄캄해졌다. 그러나 신포 필재가 들어서려고 했을 때 등불들이 일제히 되살아났다.

죽은 불들이 다시 저절로 살아나는 모습은 마치 죽은 사람이 되살아나는 것만큼이나 오싹한 느낌을 주었다.

필재의 부하 중 한 사람이 말했다.

"대영반, 이런 함정은 급소사완질사(急燒死緩窒死)라는 것이오. 말 그대로 급하면 타 죽고 느리면 숨 막혀 죽는 곳이오."

필재가 뚫고 들어왔던 틈을 힐끔 보고 웃으며 말했다.

"다행히 느려도 숨이 막혀 죽진 않겠군. 저 불은 우리가 숨이 막혀 죽어야만 꺼지는 모양인데, 뚫고 나갈 방법은 있는가?"

부하가 말했다.

"배운 적은 있지만 장담하진 못하오. 여긴 물을 구하기가 어렵소. 피나 다른 체액을 써야만 하니……."

이영이 말했다.

"동백유를 쓸 수는 없는가요?"

부하가 눈살을 찌푸리며 말했다.

"불에 기름을 끼얹으려면 그렇게 할 수 있소."

성미가 가시 돋친 사람 같았다. 이영은 입을 다물고 말았다.

문득 필재가 말했다.

"그렇게 할 필요 없다. 모두 물러서라."

그의 부하들과 이영이 물러나자 필재는 창 한 자루를 발로 차 올려서 머리 위쪽의 천장에 던져 박았다.

퍽! 소리와 함께 창이 바위를 뚫고 들어갔다. 필재가 한 자루를 더 던져서 옆을 맞히자 천장의 바위 일부가 떨어지면서 구리로 만든 관(管)

이 보였다.

그가 부하에게 관을 눌러서 압착시킬 것을 지시했다. 명령을 받은 부하는 구름처럼 둥실 떠올라서 관을 양 손바닥 사이에 끼우고 천천히 눌러서 납작하게 만들었다. 부하가 내려왔을 때 필재는 창 하나를 더 던져서 관이 이어졌을 곳을 맞추었다.

천장 속에서 관이 터지면서 동백기름이 흘러나왔다. 그러나 불이 있는 곳과는 거리가 멀었다.

동백기름이 더 새어 나오지 않을 때 신포 필재가 그곳으로 걸어갔다. 머리 위쪽에서 취익! 소리가 들렸으나 노란 안개는 뿜어지지 않았다.

그의 부하가 물었다.

"대영반, 여길 파괴하는 방법을 어떻게 생각해 내셨소?"

신포 필재가 단호하게 말했다.

"기관들이 너무 정교했다. 정교한 기계는 두들기면 망가지기 마련이지."

일행이 모두 지나갔지만 불은 동백기름으로 옮겨 붙지 않았다. 신포 필재가 발로 차서 통로 끝에 있는 문을 열었다.

물살이 빠져나가는 것처럼 필재의 부하들이 열린 문으로 뛰어들었다. 너무 무모해 보여서 섬뜩했다.

문안에서 말소리가 터져 나왔다.

"끝났습니다! 대영반, 함정은 없습니다."

문을 나가보니 여러 개의 항아리가 놓여 있는 조그마한 방이었는데 일곱 사람이 셋, 넷으로 나뉘어 양쪽에 도열했다. 신포 필재는 그들 사이로 지나가며 말했다.

"역적 민소동과 그 자식들을 잡는다. 방해하는 자는 신분을 막론하고 죽여라. 민소동과 그 자식들을 생포하기 어려우면 목을 베라."

"존명."

일곱 명이 나직하게 외치고 조용히 방을 빠져나갔다.

필재는 이영을 보면서 말했다.

"나와 같이 가겠느냐? 여기서 기다리겠느냐?"

이영은 전쟁 중이라 신포 필재가 살인을 명하지 않을 수 없다는 것을 알지만 신분을 막론하고 방해자를 죽이라고 말하는 그와 함께 가기가 꺼려졌다.

"저는 그이를 찾아보겠습니다."

하고 이영이 말했다.

"여긴 복마전이다."

신포 필재가 그녀에게 새끼손가락만한 피리를 건네주며 말했다.

"이것은 죽은 부하가 가지고 있던 것이다. 위급할 때 불어라. 나와 내 부하들이 즉시 달려갈 것이다."

"고맙습니다."

필재가 한숨을 쉬면서 말했다.

"전란을 피해서 안전한 곳에 있었으면 좋겠구나."

안쓰러워서 하는 말이다. 이영은 그냥 빙긋 웃고 말았다.

필재가 문을 열고 나가려 할 때 이영이 말했다.

"아저씨, 아저씨의 부하들은 보통 사람이 아니지요?"

필재가 흠칫하곤 돌아보며 말했다.

"어떻게 아느냐?"

이영이 말했다.

"좀 다른 것 같았어요. 무공도 아저씨와 다르고… 행동하는 것들도 관부의 사람 같지 않고 무림인들 같았어요."

필재가 나직하게 말했다.

"그들은 이등백일자객(二等白日刺客)이다. 나도 계약된 내용에 한해서 명령을 내릴 수 있을 뿐 전적으로 그들을 통제하진 못한다."

"이등백일자객이라…… 처음 들어보는군요."

이영이 나직하게 중얼거렸다.

필재가 말했다.

"무림(武林)의 비밀이다. 너는 깊이 알지 않는 것이 좋겠다."

이영이 미소를 지으며 말했다.

"저는 아저씨께서 너무 무서워지신 것 같아서 놀랐어요. 하지만 이제 괜찮아요."

신포 필재가 한숨을 쉬었다.

"전쟁은 참혹한 것이란다. 상상이나 이야기로 말해지는 것은 전쟁이 아니야. 전장에서는 참혹함에 익숙해지지 않은 자는 죽게 마련이다. 생사를 목전에 두면 선악(善惡)도 없어지더구나."

신포 필재는 스스로 괴로운 듯 이영에게 조심하라는 말을 남기고 문을 나갔다. 활달하던 예전의 모습은 세월 속에서 시드는 것인지 전쟁 속에서 가리워지는 것인지 이영은 알지 못했다.

제3장 상여란(喪輿卵)

상여란(喪輿卵)

- 상여의 알

　이영은 바로 필재의 뒤를 따라서 나왔지만 필재의 모습은 보이지 않았다. 정말 신출귀몰(神出鬼沒)하는 재주를 가진 사람이라 하지 않을 수 없었다.

　그가 간 후에 이영은 그에게 심 영감의 소식을 물어본다는 것을 깜빡했다는 걸 알았다. 심 영감은 아미산에서 노부인의 살수(殺手)에 당하지 않았었다. 필재가 전장에 나와 있으니 스승인 심 영감의 소식을 알지 못할 수도 있겠다는 생각이 들었다.

　이영은 구멍이 네모난 개미굴 같은 통로들을 걸어가며 귀를 곤추세웠다. 많은 사람들이 들어왔다고 들었으나 얼마나 넓은 곳인지 근처에서 사람의 인기척을 느낄 수가 없었다.

　소리쳐서 윤극사를 불러보고 싶은 마음이 굴뚝같았지만 억눌렀다.

배도 고파왔다. 무엇을 보든 간에 거리를 두고 보면 윤극사의 모습이 비쳤다가 가까이 가면 상념(想念)을 불러일으킨 그림자와 빛의 조화만 보였다. 고달팠다.

서안의 갑부 사가장의 건물 밑에 있는 것인데도 사막을 혼자 걷는 심정이었다. 거미줄 같은 미로에 방들은 수도 없이 많은 것 같았다. 침실과 창고들이 즐비했다.

이영은 모퉁이 옆에 주저앉았다. 아무래도 침실과 창고들이 너무 많았다. 그만큼 많을 수가 없다는 생각과 함께 미로(迷路)에 빠져 뱅뱅 돌고 있구나 싶은 생각이 들었기 때문이다.

똑같은 곳으로 나왔지만 신포 필재와 이등백일자객이라는 그의 부하들은 흔적이 없었다. 미로에 걸려들지 않은 것이다.

이영은 무심 중에 걸려들고 말았지만 '차라리 잘된 것인지도 몰라' 하고 혼잣말을 했다.

일태자가 죽었다는 사실은 그녀의 마음을 홀가분하게 해주었다. 윤극사와 그녀를 위협하는 다른 요소는 거의 없었다.

이영은 이제 자기만 조용히 사라지면 되겠구나 하고 생각했다. 물에 빠져 죽으려던 시도는 실패했고, 분발하기 전에는 검으로 찔러서 죽는 것도 어려울 것이었다.

그렇게 생각하자 미로진 속이 아주 푸근하고 평화롭게 느껴졌다. 죽는 그 순간까지 그를 생각할 수도 있을 것 같았다.

죽어서 그를 떠나려 했던 몸, 애써서 그를 찾을 이유가 없다.

다 잊고 다 용서하자. 미운 사람도 좋은 사람도, 그리고 마음속에 남아 있는 의문과 의혹, 갈망과 두려움까지.

그렇게 작정했을 때, 이영은 살아 있었지만 자기가 꼭 죽은 사람인 것처럼 느꼈다. 그것은 마치 짝사랑처럼 규정되지 않은 형태의 자유였다.

그리고 그 이상야릇한 자유 속에 몸을 쉬고 있을 때 이영은 자그마한 키에 하얀 머리카락, 그리고 하얀 옷을 입고 두 자가 남짓한 지팡이를 짚고 있는 꼬부랑 할머니를 만났다.

그 할머니는 온 얼굴이 주름살로 덮여 있었지만 하얀 얼굴이었고 눈동자는 갈색을 띠고 있었다.

너무 조용하여 그 할머니에게서는 인기척도 나지 않았다. 이영은 처음에 그 할머니가 사람이 아닌 줄 알았다. 마치 항상 곁에 있었지만 느끼지 못한 것을 갑자기 느낀 듯했고 전혀 다른 세상에서 스며 나온 존재 같았다.

참으로 기이했다.

낯설었지만 익숙한 듯했고 갑작스러웠지만 놀라지 않았다. 아무런 경계심도 들지 않았다.

"젊은 부인은 누구신가?"

하고 그 할머니가 물었다. 음성이 점잖고 자상했다.

이영은 일어서서 대답했다.

"저는 윤가의 사람입니다."

할머니가 물었다.

"범상치 않은 사람인 듯한데 거느린 이도 없이 어떻게 사가(査家)에 오셨는가?"

이영이 쓸쓸히 웃었다.

"얼결에 와서 길을 잃었습다만, 사람을 거느릴 만큼 귀한 신분은 아닙니다."

말을 하고 보니 가슴이 썰렁하여 쩡, 하고 울리는 것 같았다. 자기도 자신을 버리는 판인데 관심을 보여주는 할머니가 고마웠다.

할머니가 말했다.

"배가 고픈 듯 보이시네. 뭘 좀 자시지 않겠는가?"

이영은 먹고 싶은 생각은 없었으나 할머니의 손에 이끌려 그녀를 따라갔다. 할머니의 뒤에 바짝 붙어서 걸으니 그녀가 여러 번 지난 길을 걷는 것 같은데 다른 곳이 나왔다. 온갖 주방 기구가 갖춰진 부엌이었다.

꼬부랑 할머니는 걸어도 소리가 나지 않았고 그릇을 만질 때도 소리가 나지 않았다. 숯불에 요리를 하는데 요리만 요란한 소리를 냈다.

이영은 할머니의 손놀림에서 윤극사를 떠올렸다. 윤극사가 의술 도구를 다루는 모습과 할머니의 손놀림은 비슷한 데가 있었다. 물이 흐르는 듯하고 아무 소리도 내지 않는다는 데서는 똑같았다.

칼로 도마 위의 닭고기를 써는데도 도마와 칼이 부딪치는 소리는 나지 않았다. 서두르는 것 같지도 않은데 할머니는 꼬부랑한 몸으로도 금방 해삼과 새우, 닭고기, 죽순, 목이버섯과 느타리버섯이랑 양파, 완두콩 따위를 눈 깜짝할 사이에 볶아내고 육수와 양념을 넣고 팔보채(八寶菜)를 만들었다.

주방 구석에 있는 조그마한 탁자 위에 팔보채를 내려놓고 할머니는 주먹 덩이만한 술병을 가져왔다.

이영이 중간에 여러 번 도우려 했지만 조금도 끼어들 틈이 없었다.

이영이 진정으로 감탄하여 말했다.

"할머니보다 요리를 잘하는 분은 세상에 없겠어요!"

새하얀 할머니는 미소를 지으며 이영에게 앉기를 권했다. 팔보채는 보기만 해도 침이 꼴깍꼴깍 넘어갔다.

"어서 자시게. 구미에 맞았으면 좋으련만."

이영은 먹어도 될는지를 염려했지만 손은 벌써 젓가락을 들고 있었다. 새하얗고 꼬부랑한 할머니에게서 느껴지는 친밀감이 그녀가 시키는 건 뭐든지 다 하게 만드는 것 같았다. 거절은커녕 사양하는 것도 불가능하였다.

팔보채를 먹어보니 그녀가 이전에 알고 있던 모든 맛들이 보잘것없이 느껴졌다. 부모님과 함께 먹었던 진미(珍味)가 적지 않았으나 어느 것도 그 할머니의 팔보채와 비교할 수가 없었다.

하나 이영은 한 젓가락, 한 숟가락을 맛보고 나서 더 이상 먹을 수가 없었다. 윤극사에게도 이런 것을 맛보게 해줄 수 있으면 얼마나 좋을까 싶은 생각에 가슴이 저렸다.

할머니가 빤히 보고 있었다.

이영이 숨을 들이키고 난 후에 말했다.

"할머니, 고마워요. 할머니의 요리는 땅 위의 요리가 아니라 천상의 요리인 것 같아요."

"더 자시게."

하고 할머니가 말했다.

이영은 고개를 떨구고 말했다.

"전 더 먹을 수가 없어요."

할머니가 물었다.

"부모님 때문이신가?"

이영이 고개를 저었다. 불효 자식이란 소리를 면할 수는 없겠지만 남편 윤극사가 부모님보다 항상 먼저 떠올랐다.

할머니가 미소를 지으며 말했다.

"눈앞에 있는 것은 사람이든 음식이든 박대하지 말게. 사람을 박대 하면 그 사람의 속이 썩고 음식을 박대하면 음식이 썩어 나가네."

이영은 고개를 숙인 채 들었다.

할머니가 또 말했다.

"맛이 나쁘지 않다면 만드는 법을 일러주겠네."

이영이 기쁜 표정을 지었다가 쓸쓸히 웃었다. 할머니는 여전히 온화 한 미소를 지었다. 팔보채 만드는 법을 배워서 윤극사에게 해줄 수는 없을 것이라 생각했지만 이영은 할머니의 미소를 보고 다시 젓가락을 들지 않을 수 없었다.

배가 부르도록 먹을 동안 할머니는 가만히 앉아 있다가 잔에 술을 부어주었다.

"장부(丈夫:남편)가 시앗(남편의 첩)을 보시었는가?"

이영은 고개를 저었다.

"그이는 그럴 사람이 아니에요."

할머니가 자상하게 또 물었다.

"윤 부인이 못할 실수를 범하기라도 하시었나?"

이영은 빙긋 웃었다. 웃는데 눈물이 뚝 떨어졌다. 할머니가 비단 손 수건을 꺼내서 닦아주었다.

이영은 또 숨을 크게 들이켜 진정한 후에 힘없이 말했다.

"저도 잘 모르겠어요. 제가 혼인하기 전에 저도 모르게 정혼한 사람이 있었는가 봐요."

진정했는데 왈칵 눈물이 쏟아지며 목이 잠겼다.

할머니가 이영의 손을 잡고 다독거리며 말했다.

"장부가 그 사실을 아셨는가?"

이영이 머리를 끄덕였다.

할머니가 말했다.

"음식이 넘어가지 않을 만하구나."

이영이 말했다.

"그이는 제게 아무 말도 하지 않았어요. 하지만 전 견딜 수가 없었어요."

할머니가 말했다.

"멀리서 보면 산이 겹쳐 있을 때는 길도 없는 것 같으네. 하지만 가까이 가서 잘 살펴보면 절벽에서도 산양(山羊)이 오르내린 길을 찾아낼 수가 있네. 성급히 생각지 말고 가만히 지켜보노라면 좋은 길이 저절로 보일 것이네."

"고마워요, 할머니."

이영은 새하얀 할머니의 마음씀이 고마워서 인사했다.

할머니가 미소를 지으며 말했다.

"내 처지도 부인과 비슷하네. 다만 나는 산과 절벽이 눈앞에 닥쳐서 길을 찾고 있는 중이라는 점이 다를 뿐이라네."

이영은 고개를 들고 할머니를 자세히 보았다.

나이가 대체 몇인지 짐작할 수 없었다. 주름은 많았지만 음성은 주름만큼 늙지 않았다. 뽀얀 얼굴에는 저승꽃도 피어 있지 않았다. 여위어서 늘어진 살도 없었고, 늙고 하얀 피부가 뼈에 붙어서 새파란 핏줄을 투명하게 내비쳤다.

이영은 그 할머니가 자기에게 부탁할 것이 있었구나 하고 생각했다. 부탁을 받기 전에 먼저 말했다.

"어떤 일인지 제가 도울 수 있으면 좋겠어요."

할머니가 미소를 지었다.

"도움을 청할 사람이 부인밖에 없었네. 하지만 이제 되었네. 나는 부인이 어려운 것을 보고 내가 도울 수 있으리라 생각했는데 도울 수가 없는 일이었어. 미안하네."

이영은 자기가 그대로 물러나서는 안 된다고 생각했다. 비록 윤극사와 부부가 되었지만 자라며 은혜도 몇 곱으로, 원한도 몇 곱으로 갚는 황산이가의 전통에 익숙해져 있었다.

이영이 말했다.

"할머니, 제가 처한 건 지금 당장 어찌할 수가 없어요. 하지만 할머니도 할머니께서 제 이야기를 들어주셨던 것처럼 제게도 할머니 이야기를 들을 수 있게 해주세요."

이영은 말하고 속으로 웃음이 지어졌다. 할머니의 말이 워낙 온화하고 말투가 점잖아서 그런 어투로 말했는데 말하고 보니 말이 마구 엉키는 것 같았다.

할머니가 그녀의 손등을 어루만지며 말했다.

"말씀 고맙네. 나는 이 며칠 동안 도움을 청할 만한 사람을 찾아다녔지만 부인 외에 다른 사람을 찾을 수가 없었네."

이영은 의욕이 불끈 솟았다.

"어떤 일인가요?"

"아직 시간이 조금 있구만."

할머니가 미소를 지으며 잠시 있다가 말했다.

"부인은 내가 누군지 아시는가?"

이영이 조심스럽게 대답했다.

"혹시 이곳 사장주(査莊主)님의……."

할머니가 말했다.

"나는 장주의 할머니네. 혼자 일컬어 상여란(喪輿卵)이라고 하네."

이영은 그 할머니가 나이가 많을 줄은 알았지만 장주의 할머니란 말
에 놀랐다. 전날 좌안천리에게 듣기로 사가장주의 나이가 마흔이 넘었
다고 들었기 때문이다.

스스로 상여(喪輿:사람의 시체를 실어서 무덤까지 나르는 도구. 가마와 비
슷함)의 알이라고 말하는 것도 과언이 아니었다.

"백수(百壽)하시겠어요."

하고 이영이 말했다.

할머니가 말했다.

"오래 살면 욕됨이 많다고 하더군. 자식들을 모두 앞세웠으니 백수
만큼은 제발 닥치지 않길 바라네. 내게는 백수도 재앙(災殃)이야."

음성은 담담했지만 그늘이 짙었다.

이영은 할머니가 따라놓은 술을 단숨에 마셨다. 할머니가 부탁하는
것이 어떤 것이든, 그녀와 윤극사를 부끄럽게 하는 것이 아니라면 있는

힘을 다해서 들어주리라 속으로 다짐했다.

할머니가 조용하게 말했다.

"나는 원래 비천하게 태어났네. 아버지는 모르고 어머니만 아는 종이었지."

이영이 놀라서 눈을 크게 떴다. 할머니의 말과 어투, 기품이 종과는 너무도 거리가 멀었다. 할머니의 말은 글을 읽어 아는 사람의 말이었다. 종으로 태어난 여자는 기녀(妓女)가 되지 않고는 글을 안다는 것은 불가능한 일이었다.

할머니가 말했다.

"여섯 살이 되면서 주인댁 부엌에서 일을 배웠네. 그럭저럭 눈썰미가 나쁘지 않아 열두 살이 되니 웬만한 음식은 내 손으로 장만할 수 있게 되었는데, 열세 살 되던 해 봄에 마님께 불려갔다가 그날 바로 팔려서 시집을 가게 되었네. 아무것도 모르고……. 말이나 소가 팔려 가는 것처럼 남편 손에 끌려서 시집을 갔지."

이영은 묵묵히 고개를 끄덕였다. 그런 일은 종살이하는 사람들에게는 일상사였다.

"마님의 은덕이었지."

할머니가 말했다

"남편은 그때 서른두 살이었고, 열다섯 해를 일해 모은 돈을 가지고 와서 여자를 사려고 했던 거야. 마님은 그의 사람됨이 나쁘지 않은 줄 알고 나이도 어린 나를 데려가게 해주셨네. 마님은 부엌에서 일하는 내가 조금만 더 크면 남정네들의 손을 타서 어머니와 마찬가지 신세가 될 줄 알고 보내주신 것이라네. 음식을 만드는 것이 재미있어서 열심히 만들었을 뿐인데 마님이 좋게 봐주셨어. 어머니는 보지도 못하고 주인댁을 나왔다네. 마님의 말씀이 무서워서 남편에게 어머니를 한 번 보고 가겠다고 말하지도 못했어."

이영이 물었다.

"주인마님이 무슨 말씀을 하셨길래……."

할머니가 웃었다.

"다른 곳에 팔려 가지 않도록 잘해야 한다고 하셨지. 사람이 착해 보이기는 하지만 여자를 사서 혼인하는 남자들은 마음에 들지 않으면 팔아버리고 그 돈으로 다른 여자를 산다고 하시면서. 한 번 팔려 가는 신세 두 번 팔릴지 열 번 팔릴지 누가 알겠는가?"

이영은 섬뜩한 그들의 운명에 입을 다물었다.

할머니가 말했다.

"다행하게도 두 번 팔리지는 않았다네. 그 사람은 내 손목을 고삐라도 되는 듯이 꼭 붙잡고 육십 리 길을 걸었는데, 나는 무섭지도 않았어. 나만 팔려 가지 않으면 훗날 내 자식들은 아무도 팔려 가지 않을 거라고 생각했지. 마을에서 반 마장쯤 떨어진 그 사람의 외딴 집에 도착하고 보니 벽은 금이 가서 방 안이 엿보이고 지붕은 낮아서 처마 끝이 땅에서 두 자 높이도 되지 않았다네."

할머니가 미소를 지었다.

"배가 고파서 저녁을 지을 양으로 부엌에 들어가는데 그 사람이 부르더군. 방에 가서 앉아 있으라고. 내가 힘든 줄 알고 쉬라는 말인 줄 알고 고마워했지. 한데 그가 따라 들어오는데 손에 짚으로 꼰 새끼줄이 들려 있었어. 벽은 석회도 종이도 바르지 않아서 흙 냄새가 방 안에

가득한데, 몇십 년을 썼을지 모를 누더기 이불 하나가 깔린 닭장보다
못한 침대로 나를 데려가서는 손과 발을 꽁꽁 묶어놓고 나갔어.”

이영이 안쓰러워서 물었다.

“그분은 왜 그렇게 하셨어요?”

할머니가 웃고 말했다.

“이상한 짓을 하려고 한 건 아니었네. 나중에 알고 보니 당장 그날
저녁을 지을 양식이 없어서 구하러 간 거였지. 밖에 나가야 하니 모든
재산을 털어서 산 내가 혹시 달아나면 어쩌나 싶어서 한 짓이었어. 큰
일은 해가 지고 나서 생겼지.”

이영도 윤극사와 얼렁뚱땅했던 자기의 혼인이 생각나서 웃음을 머
금었다.

할머니가 말했다.

“어두워졌는데 그 사람은 돌아오지 않고, 나는 낯선 곳에서 겁이 났
는데, 발자국 소리가 들려서 반가운 마음과 함께 또 다른 겁이 왈칵 났
다네. 누가 문을 벌컥 열었어. 고개를 돌리고 보니 시꺼먼 그림자가 서
있는데 한눈에도 그는 아니었어. ‘삼귀(三貴), 갔다 왔나?’ 하고 그가
말하길래 내 남편 되는 사람의 이름이 삼귀라는 걸 알았는데, 그를 찾
아온 자는 방 안에 나 혼자 꽁꽁 묶여 있는 걸 보고는 불쑥 뛰어들어
왔어. 나는 겁에 질려 죽을 것만 같았네. 그자는 수염이 덥수룩한 것이
보기에도 징글맞았어. 그자가 ‘아직 어린것을 삼귀가 데려왔군’ 어쩌
고 하면서 헤벌쭉 웃을 때는 정말 무서웠어. 그자는 내 남편인 삼귀가
오기 전에 나를 겁탈하려고 했어. 속된 말을 하면서. 비명을 지르고는
그자의 목을 물어버렸는데, 그자가 주먹으로 내 머리를 마구 쳤지. 그

때 남편이 들어와서 돌로 그자의 등을 찍었단다. 그자는 등뼈가 부러져서 누웠다가 넉 달 만에 죽었어."

이영이 안도하며 가슴을 쓸었다.

할머니가 말했다.

"그 후로 남편은 다시는 나를 묶어놓지 않았지. 하지만 집 밖에도 나가지 못하게 했단다. 나는 그가 새벽같이 일을 나가고 나면 하루 종일 집에서 그릇을 닦고 방의 먼지를 털어내고 거미줄을 떼는가 하면 쥐를 잡을 때도 있었어. 그해 가을에 마당의 감나무에 감이 많이 달렸는데, 모양이 좋은 것은 따서 곶감을 만들고 나쁜 것은 연시(軟柿:홍시)가 되도록 두었다가 술을 담았다네."

이영이 물었다.

"감으로도 술을 담는가요?"

할머니가 말했다.

"술이 과하게 익으면 식초(食醋)가 되고 감도 그냥 두면 식초가 되는데, 감으로 술을 만들지 못할 까닭이 있겠는가? 간단하진 않지만 어려운 것은 아니라네. 씨와 껍질을 잘 제거하고 수분을 조절하고 나면 다른 과실(果實)과 마찬가지로 담을 수가 있지. 잘 익힌 다음에 고아서 소주(燒酒)를 내렸더니 맛이 그럭저럭했네."

이영은 속으로 생각했다.

'이분은 자기를 내세우지 않는다. 하지만 그렇게 하는 것이 어디 쉬운가? 타고난 재지와 총명이 없었으면 어린 나이에 배웠다고 해도 궁량을 내기가 어려웠을 거야.'

할머니가 말했다.

“밤에 자기 전에 남편에게 술 이야기를 했다네. 남편이 맛을 보고 아주 좋아했지. 남편도 나도 천한 것이라 당시에 남편은 나를 ‘이것아’ 하고 불렀고 나는 ‘삼귀, 삼귀’ 하면서 불렀는데, 그날 밤 이것아, 삼귀야 하면서 한 되 남짓을 나눠 마셨지.”

할머니의 입가에 그윽한 미소가 떠올랐다. 지금은 서안의 큰 갑부인 사가장의 대부인이라는 고귀한 신분이지만 그때를 더 그리워하는 듯이 보였다.

“새벽에 남편은 남은 술을 가지고 가서 주루에 팔았는데, 쌀 한 가마니 값을 받아왔다네. 그 정도면 우리 부부가 넉 달을 먹고 살 수 있는 돈이었어. 후에 돈을 많이 손에 쥔 적이 있었지만 그때만큼 부자가 된 기분을 느끼진 못했네. 세상을 다 가진 것 같았다네.”

할머니가 잠시 말을 쉬었다가 했다.

“잘 씻지 않던 몸도 깨끗이 씻고 옷도 더 깔끔히 하고 종이와 석회를 사서 문과 벽도 단장했지. 부자가 된 기분을 크게 느꼈지. 간 크게도 그날은 밥도 두 그릇씩을 먹었어.”

할머니와 이영이 함께 웃었다.

“다음날은 남편에게 곶감을 장터에 가서 팔아 오게 했더니 남편이 쇠고기를 사 왔지. 쇠고기로 육회와 완자를 만들고 누룽내가 나지 않는 탕을 끓여준 후 남편을 졸라서 성안으로 구경을 갈 수 있었어. 사람들로 꽉 찬 시장을 보고 얼마나 놀랐던지……. 마차들도 아주 많이 봤지. 그때 나는 나대로 생각이 있었어. 좋은 감으로 만든 곶감은 돈이 되지 않았고 모양 나쁜 감으로 만든 소주는 큰돈이 되었으니 술을 담아서 팔아야겠다고 작정했던 거라네. 주매(酒媒:누룩. 술을 빚는 데 쓰는

발효제)를 사고 소주를 내리는 데 쓰는 소줏고리(주둥이가 병처럼 오그라
져 있는 재래식 증류기로 구리나 오지를 위아래로 두 짝 겹쳐서 만듦)도 사고,
예쁘고 작은 솥과 그릇도 두어 개 샀어. 남편이 눈을 부라렸지만 내가
자꾸 만지면서 손에서 놓지 않으니까 주인에게 돈을 주었지."

"돈을 많이 버셨겠어요."

하고 이영이 말했다.

할머니가 웃고 나서 말했다.

"가장 후회스런 일이었지."

이영이 의아해서 물었다.

할머니가 대답했다.

"재물이 모일 때는 재앙이 올 것을 대비해야 하는데 그때는 그걸 몰
랐어. 술을 팔기 시작하고 일 년 만에 우리는 성안에 들어가서 살 수
있게 되었는데, 시장 안에서 점포가 딸린 집을 살 수 있었네. 나는 술
을 담았고 삼귀는 마차에 술을 싣고 다니면서 주루나 객점을 돌면서
팔았어. 그 이듬해부터 나는 아이를 낳았는데, 해마다 하나씩 낳았네.
내가 어려서 낳은 때문인지 다섯 해 동안 다섯을 낳았는데 하나도 건
지질 못했네. 남편은 그 때문에 화가 났고 술을 많이 마셨어. 그러던
어느 겨울에 취한 남편이 화로(火爐)를 걷어차면서 불이 술통에 옮았
네. 집과 가게가 홀랑 타고 나와 남편은 구사일생으로 살아났지만 거
지나 다름없었지. 아무것도 남지 않았어. 취한 남편을 불 속에서 꺼내
느라 아무것도 가져 나오지 못했으니까. 이웃하던 점포들 중 전후좌우
로 아홉 집이 탔는데, 남에게 빌려줬던 돈을 다 받아도 물어줄 수가 없
었네. 내 나이가 열아홉이었고 제법 여자티가 날 때였어. 남편이 술김

에 화가 나서 나를 돈 주고 산 여자라는 말을 해버렸던지 그들은 나를
팔아서라도 변상을 하라고 남편을 윽박질렀네. 불난 것보다도 더 앞이
캄캄했네. 삼귀가 나를 팔려고 하면 그를 죽이고 나도 죽어버리려고
독하게 마음먹었어. 밤중에 함께 광에 갇혀서 지내야 했는데 삼귀가
훌쩍훌쩍 울더군. 나는 달아나자고 했어. 삼귀는 재산을 다 잃어버린
것 때문인지 나보다 더 놀라고 겁냈어. 다른 사람들이 해칠까 봐 달아
날 엄두도 내지 못했네. 나는 그럼 나를 팔 것이냐고 물었어. 손에는
우리가 얼어 죽을까 봐 그 사람들이 넣어준 화로(火爐)의 부젓가락을
들고 있었지. 삼귀는 나를 팔지 않겠다고 했어. 차라리 자기를 팔라고
하더군. 나는 달아나자고 했네. 갇혀 있으니 달아날 방도가 없다며 삼
귀는 자기가 당할 일보다도 달아나는 것을 더 두려워했네. 나는 광의
자물통이 붙어 있을 장소를 어림잡고 숯으로 문을 동그랗게 태웠어.
문은 오래된 나무고 바짝 말랐기 때문에 훅훅 불어주자 금방 타 들어
갔지. 우리를 망하게 했던 불이 그때는 우리를 살려주는 불이 되었다
네. 자물통은 소용도 없었지. 우리는 아무것도 가진 것 없이 맨몸으로
떠났고, 먹을 것이 없어서 소처럼 마른풀과 짚을 씹으며 원래 살았던
집으로 돌아갔네. 집은 처음에 내가 보았을 때보다 더한 모습이었지.
육 년 동안 사람이 살지 않았으니 허물어진 것이 반이고 남은 것이 반
이었어. 마당에도 지붕에도 쑥이 자라서 가뜩이나 낮은 집이 주인없는
무덤 같았네."

이영이 물었다.

"그래서 어떻게 하셨어요?"

할머니가 말했다.

"이틀을 굶었네. 그래도 삼귀가 장한 것이 낫을 찾아 벼르고는 나무를 하여 마을에 가져다 주고 음식을 구해왔어. 겨울이 다 가도록 덫을 놓고 나무를 하면서 보냈지만 먹는 날보다 먹지 못하는 날이 많았다네. 긴 겨울이 끝날 무렵에 다시 살길을 찾아서 그곳을 떠났지. 덫을 놓아 잡았던 토끼의 가죽이며 노루 가죽을 밑천 삼아 살아보려고 발버둥 쳤어. 가죽을 판 돈으로 옹기를 사서 수레에 싣고 다니며 팔았는데, 그 겨울이 추워서 얼어터진 옹기가 많았기 때문에 솔솔찮은 벌이가 되었다네."

"이재(理財)가 참 밝으셨군요."

이영이 기뻐하며 말했다.

할머니가 말했다.

"어떤 때는 한 집에서 옹기를 다 사버리는 경우도 있었지. 옹기는 부피가 크고 다루기가 어려워 값을 세 배나 네 배쯤 쳐서 받는데, 봄 한철 장사를 하고 나니 빈 수레나 나무 밑에서 잘 필요가 없게 되었네. 작은 집을 사고 과원(果園)에서 복숭아, 참외 같은 여름 과일들을 떼다가 싣고 다니며 팔았어. 겨울은 춥더니 여름은 또 많이 더웠네."

이영이 물었다.

"왜 술을 더 만들진 않으셨어요?"

할머니가 말했다.

"나는 또 아기를 가져서 몸이 무거웠다네. 술을 만들어 파는 건 겁이 났어. 계속 아기를 잃어버리는 것이 꼭 술 때문인 것 같았거든. 술을 직접 마시진 않아도 항상 술 냄새를 맡았으니 그 때문에 아기가 잘못되었을지도 모른다는 생각이 들었던 것이라네. 또 하마터면 삼귀가 불에 타서 죽을 뻔했고. 그래서 다시는 술장사를 하지 않겠다고 맹세했었네."

이영이 말했다.

"술은 냄새를 맡아도 핏속으로 스며들어요. 심장이 빠르게 뛰게 하고 몸을 차갑게 만들어 산모에게 좋지 않아요."

할머니가 고개를 끄덕였다.

"과연 그랬군. 옹기를 팔고 과일을 팔다가 그해 늦가을에 보리를 사서 엿기름을 만들 때 아이를 낳았는데, 건강했어. 태어나서 열흘이 지나도 죽지 않았네. 더구나 아들이었지."

할머니가 자랑스러운 듯 빙그레 웃었다.

이영은 몹시 부러웠다.

할머니의 말이 이어졌다.

"나는 겨울 내내 엿과 떡을 만들었고 삼귀는 팔러 다녔네. 벌이는 봄여름에 비해 시원찮았지만 먹고살기엔 어렵지 않았어. 봄에 옹기 장사를 시작할 돈을 남겨놓고 모아놓은 돈을 헤아려 보니 우리가 낸 불로 피해를 입은 사람들에게 보상해 줄 수가 있을 것 같았네. 삼귀가 돈을 가지고 갚으러 갔는데, 한 달이 지나도록 돌아오질 않았었지. 옹기 장사를 할 때도 놓쳐 버렸고, 아이를 등에 업고 다니며 떡과 엿을 계속 팔아야 했다네."

"그분은 어떻게 되셨어요?"

이영이 물었다.

할머니가 대답했다.

"내 남편 삼귀는 두 달이 거의 다 되었을 때 돌아왔네, 한쪽 다리가 부러진 병신이 되어서. 그들이 돈을 받고도 삼귀를 죽도록 때렸기 때문이었지. 삼귀가 살아서 돌아온 것만 해도 고마웠어. 장사를 나갈 때도 삼귀가 근처에 있으면 무섭지 않았네. 그해 과일 장사가 괜찮아서 가을에는 음식점을 낼 수가 있었고… 내가 주방에서 음식을 만들면 삼귀가 손님들에게 가져다 주었네. 음식 장사는 잘되었지만 텃새와 온갖 횡포에 날마다 숨이 막혔어. 삼귀는 능숙하게 불한당들을 상대하지 못했고 맞거나 빼앗기기 일쑤였으니. 그래도 조금씩 가게를 키웠고 나는 딸과 아들들을 더 낳았네. 불한당들이 부수고 빼앗는 것도 오래 당하다 보니 이골이 나더군."

할머니는 그렇게 먹고 살 만하니 자식들은 제대로 키워야겠다는 생각이 들었다고 했다. 배운 것이 없으니 억울한 일을 당해도 하소연할 데가 없고, 맞고 빼앗겨도 힘이 없으니 고스란히 당할 수밖에 없는 것이 싫었다.

장사를 제대로 하려고 해도 사람을 주무르고 상대하는 수완을 모를 뿐 아니라 산가지(셈대, 수효를 세는 데 쓰던 막대기)나 주판을 놓을 줄 모르니 갑갑했다.

큰아들이 자라면서 장사를 하고 싶어하길래 미곡상(米穀商)에 부탁하여 점원으로 들어가 배우게 했다. 그러나 큰아들은 재주를 반짝 보이는가 싶더니 넘보지 말아야 할 부잣집 딸을 기웃거리다가 태장(笞杖)을 맞고 죽어버렸다.

둘째 아들은 소심하여 농사를 짓고 싶어했다. 할머니는 논밭을 사서 둘째 아들에게 주었다. 부지런한 아버지를 닮은 둘째 아들은 그 후로 혼인도 하여 참하게 살았다. 딸 둘도 혼수를 서운치 않게 해서 시집을 보냈고, 셋째 아들은 글공부를 시켰으나 신통치 않았다. 돈 버는 것과는 거리가 멀었고 항상 빈둥거리며 기루나 찾는 반건달이었다. 그러나 늦게 본 막내아들은 어려서부터 기골이 장대했고 총명하기도 했다.

막내아들은 그녀가 마흔한 살 되던 해에 낳았는데, 그 위의 딸과 일곱 살이나 사이가 떴다. 남편 삼귀는 그녀가 마흔네 살 되던 해에 죽었다. 삼귀의 나이가 예순세 살이었으니 살 만큼 살았을 때였다.

"나는 막내에게 공을 들이기로 했네. 가끔 내 가게에 칼을 찬 무림인들이 오곤 했는데 그중에서 유독 자주 오고 눈에 띄는 사람이 있었어. 성이 상관(上官)이라는 복성이었는데, 나보다 나이는 적었지만 학식도 있었고 용감해서 그 사람에게 막내를 맡기면 잘 키워줄 것 같았네. 그가 오는 때면 불한당들이 근처에 얼씬도 하지 않았으니까. 그는 내가 만든 음식을 먹으러 자주 왔는데 알고 보니 가까운 왕옥산(王屋山)에 있는 왕옥파의 젊은 장문인이었지. 그때 나는 돈도 더 벌고 싶지 않았고 막내가 잘되기만 바랐기 때문에 어떻게든 막내를 그의 제자로 만들고 싶어했네. 그에게 부탁했지만 처음에 그는 응낙하지 않았지. 나는 결심을 보여주기 위해서 가게와 집을 팔아 왕옥파 바로 밑에 작은 집을 얻었네. 그리곤 날마다 왕옥파를 찾아가 음식을 만들었지. 그는 처음엔 오지도 못하게 했지만 나를 말리지는 못했네. 내가 어떤 식으로든 장문인과 아는 사이니 왕옥파 사람들도 함부로 대하진 않더군. 삼 년 동안 부엌에서 요리와 궂은 일을 모두 하니 그도 마지못해 왕옥파 안에 방을 내어주고 막내와 내가 살도록 했네. 그리고 막내는 그의 제자가 되었지."

이영은 할머니의 이야기를 듣는 중에 눈을 크게 뜨고 그녀를 다시 보았다.

할머니가 말했다.

"왜 그러시는가?"

이영은 어깨를 내리면서 나직하게 말했다.

"할머니께서 바로 전 무림을 놀라게 했던 마녀를 무릎 꿇린 왕옥파의 사 노파셨군요."

할머니가 미소를 지었다.

"지금은 상여란이네."

이영이 탄식하며 말했다.

"처음에 제가 할머니 이야기를 전해 들었을 때도, 왕옥파에서는 밥을 짓던 노파가 어떻게 왕옥파 장문인보다 더 재지가 뛰어났나 싶어 이상했어요."

무공을 모르는 사 노파가 마녀를 찾아내고 무릎 꿇고 절하게 함으로써 통쾌하게 왕옥파의 복수를 했던 것은 무림에서 모르는 사람이 없는 이야기가 되어 있었다. 그러나 사 노파가 서운장을 떠난 후의 소식은 아는 사람이 없었다.

사 노파는 공들였던 막내아들의 미진한 복수를 구 년에 걸쳐서 한 후에 후환이 두려워 가족을 모두 데리고 서안으로 옮겨와서 그녀의 총명과 재지, 그리고 왕옥파에서 가져온 재보로 기업을 일으킨 것이었다.

제4장 전세(戰勢)를 뒤바꾸다

전세(戰勢)를 뒤바꾸다

"서운장에서 마녀를 죽이는 데는 실패했었네. 그래서 나는 마녀가 독한 살수로 내게 보복하리라고 확신했지. 나를 지켜줄 수 있는 사람은 아무도 없었어. 마녀가 다시 움직이기 전에 신분을 감춰야만 했으니까 서안으로 오는 도중에 온 가족이 셋째에게 글을 배웠네. 일흔이 넘은 나도 배웠지. 언제 죽을지 모를 늙은이였지만 자식들의 그늘이 되기 위해서였네. 내가 글을 잘하면 누구도 내 자식들이 사 노파의 아들딸이라고 생각하지 않을 테니까. 저택을 짓고 사람을 고용해서 기업을 시작했는데, 그때도 글을 배운 셋째가 있어서 든든했네. 셋째의 학문이 학자라 불릴 만큼은 아니었지만 글을 많이 배운 티가 났으니 집안을 대표하기에 충분했어. 우리 기업은 불같이 일어났네. 밑천도 두둑했지만 운이 좋아서 삼 년 만에 확고하게 자리를 잡았지. 주루와 객점을 사들이고 수를 늘려가면서 양조장(釀造場)도 사들였네. 술을 만들지 않겠다는 맹세를 깨뜨리고 말이네. 처음엔 우리 주루와 객점에만 공급할 생각이었는데, 그렇게만 할 수는 없었지. 그런데 양조장을 하고 얼마 안 되어 또 말썽이 닥쳤네. 주루와 객점을 많이 열어놓은 이유가 소문을 듣기 위해서였는데, 마녀가 어떻게 알았는지 이곳 서안까지 와서 내 객점에 들어왔던 걸세."

"아!"

하고 이영은 탄성을 내뱉었다.

할머니가 말했다.

"우리가 온 방향만 짐작해서 왔고 설마 그 객점의 주인이 나인 줄은 몰랐던 거지. 나는 글을 알고 있었고 아들들은 돈으로 사귄 관계(官界)의 힘센 친구들이 많았네. 그들은 내 객점에 와서 곧잘 놀다 가곤 했는데, 내가 지은 시나 문장에 입에 발린 칭찬을 하기도 했지. 몇 차례 그런 이야기를 들은 마녀는 내가 바로 자기가 찾는 사 노파라고는 생각지도 못했던 걸세. 아기를 데리고 한 달가량 머물다 떠났네. 나는 즉시 뛰어난 장인(匠人)들을 불러서 집을 새로 짓기 시작했네. 왕옥파를 몰살시킨 적이 있는 악독한 마녀가 내 가족을 해치려고 하니 방비를 하려 했던 걸세. 버는 돈을 쏟아 부으며 이곳을 철옹성으로 만드는 데 십 년이란 세월이 걸렸네. 마녀가 기필코 나를 찾아내고 말 거란 생각이 가시지를 않았어. 그 후로 나는 이 땅 밑에서 지냈네. 마녀가 우리 집에 오더라도 반드시 나를 만나러 여기에 올 것이라고 짐작했지. 여기에 오기만 하면 마녀는 절대로 살아나갈 수 없을 거라고 확신하며."

이영이 말했다.

"마녀가 정말 온 모양이군요."

할머니가 고개를 끄덕였다.

"제아무리 철옹성이라도 권력은 스며들지 못하는 곳이 없다는 걸 몰랐네. 며칠 전에 이태자라는 이가 마녀를 데리고 찾아왔네. 이태자가 찾아왔으니 내 가족들은 그를 영접해야만 했는데 이태자는 영접 나온 내 가족들을 데리고 나를 만나러 왔네. 세월이 많이 흘렀지만 나는 마녀를 한눈에 알아볼 수 있었네. 올 것이 왔다는 걸 알았지. 하나 상황이 좋지 못했네. 마녀 혼자만 왔다면 나는 마녀와 함께 죽을 자신이 있었지만 내 자손들이 함께 왔으니 어쩔 도리가 없었네. 이태자는 자기가 우리 사가장을 마음껏 이용하게 해주면 훗날 큰 이득을 주겠다고 하더군. 눈치를 보니 역모를 꾀하는 것이 분명했지만 응낙하지 않을 수 없었지. 이태자에게 이곳의 통로와 기관들이 상세하게 적힌 도면을 내줘야 했네."

이영이 물었다.

"마녀는 할머니를 알아보았어요?"

할머니가 말했다.

"이제는 알아챈 것 같네. 오늘 새벽에 그들은 갑자기 몰려와서 우리 가족을 모두 가뒀네. 말을 듣지 않는다고 늙은 셋째와 증손자를 죽였어."

남의 이야기하듯 말했지만 할머니가 노안에 처음으로 눈물을 글썽거렸다.

"전쟁 때문이에요."

이영이 그녀를 위로했다. 전쟁 중에는 무슨 일이든 다 일어날 수 있고 어떤 일이든 전쟁이라는 말 한마디로 이해하고 용서하며 체념하는 것이 가능했다.

사 노파였으며 지금은 상여란인 할머니는 가족들과 함께 갇혀 있었지만 바깥으로 빠져나올 수 있었다.

마녀를 본 날부터 도움을 청할 사람을 찾고 있던 그녀는 더욱 절실하게 사람을 찾다가 이영을 만났던 것이다.

사가장 내의 온갖 곳을 다녔지만 그녀에게는 허깨비처럼 움직이는 재주가 있어서 다른 사람들에게 들키지 않았다.

이영은 생각했다.

'이분 할머니는 무공을 익혔다. 아무리 자질이 뛰어나도 무공을 배우지 않고 이런 움직임을 한다는 것은 불가능하다. 하지만 내가 아는 왕옥파의 무공 중에는 할머니처럼 움직이는 신법이 없다. 설마 이분은 소신의처럼 무공을 스스로 깨달은 것일까?'

어떻든 간에 이영은 그 할머니를 돕겠다고 다시금 속으로 다짐했다.

할머니가 조용한 어조로 부탁했다.

"이제 곧 그들이 올 것 같네. 내가 마녀를 상대할 때 부인은 내 식구들 중에 숨어 있다가 마녀가 악독한 수법을 쓰려 할 때 한 번만 막아주시게. 은공은 결초보은하겠네."

이영은 흔쾌히 머리를 끄덕였다.

이 할머니가 자기처럼 무림의 명가에서 태어났거나 평범한 가정에서 태어나기만 했어도 천하를 떨쳐 울렸을 것 같았다.

아들과 손자가 죽임을 당한 날에도 흔들림없이 사람을 찾아서 요리를 해준 할머니는 정말 그녀가 듣도 보도 못했던 여장부(女丈夫)였다.

존경하는 마음이 속에서 저절로 움텄다.

"우리 식구들이 입고 있는 것과 같은 옷이네."

할머니는 이영에게 그녀가 입은 것과 비슷한 옷을 입게 한 후에 부엌의 다른 문으로 빠져나갔다. 은밀한 통로를 걸으면서 할머니가 이영에게 작은 소리로 말했다.

"이제 다 왔네. 아직 그들이 오진 않았지만 곧 도착할 듯하네."

이영이 물었다.

"어떻게 알 수 있어요?"

할머니가 지팡이를 잠시 들면서 대답했다.

"나는 이 지팡이로 사십 장 방원에서 바닥을 밟고 움직이는 건 다 알 수 있네. 바닥의 울림이 지팡이로 전해져서 말이네."

이영이 말했다.

"놀라워요."

할머니가 말했다.

"부인도 작은 움직임을 줄이면 손이나 발로 들을 수 있으실 것이네."

이영이 웃으며 속으로 말했다.

'전 둔한 사람이에요. 할머니처럼 총명하질 못한걸요.'

진심이었다. 그녀도 어렸을 때부터 사람들을 수 없이 놀래켰지만 그것은 윤극사에게 그녀가 놀란 것에 비하면 숫자가 적었다. 그리고 스스로 깨우치는 이 할머니에게도 자기를 비교할 수가 없었다.

이영이 생각할 때 그들은 보통 사람들과 다르게 태어난 사람들이었다.

할머니는 지팡이로 더듬어서 그녀를 넓은 곳으로 인도했다. 장방형의 공간이 아래로 내려간 곳에 사씨 일가 칠십여 명이 두 구의 시체를 에워싸고 석상처럼 앉아 있었다.

노인과 여자와 어린아이가 있었으나 질서정연했으며 아무도 울거나 하지 않았다. 이영은 그들의 바위처럼 가라앉은 분위기에서 섬뜩한 두려움을 느꼈다.

그들이 환란을 무사히 넘기고 살아남는다면 이태자에게 가장 무서운 적이 될지도 모르겠다는 생각이 들었다.

할머니는 그들이 일어나지 못하게 하고 짐승 우리 같은 그곳으로 내려갔다. 사면의 벽은 매끄러웠고 높이는 삼 장(三丈)이라 보통 사람은 도저히 오르내리지 못할 곳이었다.

이영은 할머니가 구름처럼 가볍게 아무 무게도 없는 사람처럼 내려가는 것을 보면서 역시 왕옥파의 무공은 아니라고 생각했다.

할머니는 이영을 여자들 틈에 앉게 하고 두 구의 시신 중 늙은 선비의 시신을 안고 엎드렸다. 할머니의 셋째 아들인 늙은 선비는 배와 가슴을 칼에 찔려 죽은 상태였다. 그가 죽음으로써 할머니는 자기의 아들과 딸들을 하나도 남겨놓지 않고 앞세우게 되었던 것이다.

구순(九旬) 노모를 환시리에 남겨두고 먼저 죽은 아들도 비통했겠지만 묵묵히 죽은 아들을 품에 안은 노모의 통곡하지 않는 심정은 얇은 얼음이 되어 보는 이의 심장을 저며드는 듯했다.

사씨 일가는 아무도 울지 않고 견디는 중이었지만 이영이 분위기에 짓눌려 견디기 힘들었다. 그들의 슬픔과 분노와 무서울 정도로 강한 인내(忍耐)가 그녀의 몸으로 느껴졌다.

　　　　　　*　　　　　　　*　　　　　　　*

　사대능신(四大能臣), 그자들이 일을 망쳐도 너무 단단히 망쳐 놓았다. 이태자는 전황(戰況)을 파악하고 지휘하려 나갔다가 분노하여 발을 구르고 고함쳤다.

　사대능신은 일태자의 측근 중 측근들로 벼슬은 육부(六部)의 버금이자 실무의 최고 권한을 가진 시랑(侍郎)으로 국사(國事)는 그들의 손에서 좌우된다고 해도 과언이 아닌 자들이었다.

　그들의 우두머리 격인 상홍(商弘)은 나이가 사십 대 중반이며 이부시랑(吏部侍郎)이고, 나머지 사람은 사십 전후로 친구나 마찬가지였는데, 예부시랑(禮部侍郎)은 설대녕(薛大寧), 병부시랑(兵部侍郎)은 시적(柴勣), 그리고 마지막 사람은 호부시랑(戶部侍郎) 무수영(武壽永)이었다.

　그들은 세상에 이름이 널리 알려진 자도 아니었는데 어느 날 갑자기 중용되었으며 그때부터 탁월한 재주를 보여서 사대능신이라는 별명을 얻은 자들이었다.

　이태자는 검으로 기둥을 찌른 후에 홍분을 가라앉힐 수 있었으나 분노는 삭일 수가 없었다. 사대능신이 그의 부하 장수들에게 준 작전 명령서에는 이태자가 상황을 통제할 수 있는 어떤 말미도 없었다.

　상황을 알아보러 나간다고 나갔지만 이태자는 병사들을 지휘하여 미친 듯이 날뛰며 적군과 싸우는 부하 장수들의 등만 보았을 뿐이었다. 그들은 서로 긴밀하게 도우며 큰 작전에 따라 움직이고 있었고, 이태자가 그들에게 소리쳤지만 듣지 않았다.

오히려 한 부하 장수가 그에게 '예로부터 군중에서는 원수(元帥)의 명령만을 받을 뿐 천자의 조서(詔書)도 받지 않는다 하였습니다. 용서하소서!' 하고 외치는 치욕적인 말을 들어야 했다.

황제인 민소동이 원래 장군이었던 까닭에 대위국의 군중에서는 군율이 혹독할 정도로 엄했다.

이태자는 원수가 누구냐고 소리쳤지만 그것 또한 군중의 기밀이라며 장수들은 말해 주지 않았다.

이태자는 일태자마저 죽이고 옥새를 손에 넣었으나 그의 부하들은 되려 그를 따르지 않고 있었던 것이다.

이태자는 분노로 몸이 벌벌 떨렸다. 부하 장수들이 병사들을 지휘하여 지붕 위에서 그물을 던져 적을 묶고 창으로 찔러 죽이는 모습도 눈에 잘 들어오지 않았다.

거듭하여 '명을 받아라!' 하고 외치지도 못했다. 권위를 손에 다 가졌는데 그 권위가 거부당할 것이 두려웠기 때문이다.

얼마나 많은 시간을 분노에 떨며 전황을 강 건너 불 구경하듯이 했는지 모른다. 허탈함과 분노 속에서도 시간은 빠르게 흘렀고 병사들은 조직적으로 움직이며 사방의 적을 밀어내고 있었다. 외부에서 황제가 직접 대군을 이끌고 들어오지 않더라도 적을 물리칠 수 있을 듯했다.

침수된 지역에서 방패 같은 배를 타고 움직이는 적들은 불길처럼 강하게 공격해 왔으나 쉴 곳이 없었고 보급을 받기가 어려웠다.

더구나 대위국의 병사들이 골목에서 나란히 물로 들어가 몸으로 밀어서 파도를 일으키니 물 위를 걷는 듯하던 신포 필재의 군사들은 중심을 잃고 비틀거리다가 물에 떨어지곤 했다.

그런 그들에게 화살과 창이 날아들었다.

절대적인 우세에 있는 듯하던 필재의 군사들은 전세가 완전히 뒤바뀌어 물러나기에 급급했다. 그러나 그들은 물을 따라가야만 했고 대위국의 병사들이 그들을 봉쇄하여 한곳에 몰아넣고 수십에서 이백여 명을 몰살시키는 경우도 있었다.

성을 지키는 군사들이 선전(善戰)을 하자 백성들도 군사들을 흉내 내며 도왔다. 여러 사람이 물을 흔들면 적군은 꼼짝 못한다는 것을 그들도 알아챈 것이었다.

물에 빠진 적군을 향해 기왓장을 벗겨 던지고, 장대로 밀어서 물속에서 나오지 못하게 하기도 했다.

퇴각(退却)을 알리는 북소리와 우는 화살이 허공을 가르며 고막을 두드리고 찢었다.

대궐을 수복했다고 외치는 고함 소리와 뒤이은 함성이 떠나갈 듯 울렸다.

대위국의 병사들은 숫자는 적었으나 나라에 대한 충성심이 투철하고 전쟁을 통해 강해진 병사들의 면모를 여지없이 보여주었다.

불의에 기습한 세 배 정도 되는 적군을 물리친 것이었다.

"적이 물러간다!"

여기저기서 함성이 터져 나왔다. 적군은 전면적으로 침공했던 것처럼 전면적으로 퇴각하고 있었다.

노부인이 코웃음을 치면서 말했다.

"그 버러지 같은 자들이 재주가 있긴 있었군."

이태자는 이를 꽉 악물었다. 적들을 맞아서 싸우는 것은 확고부동한 그의 일이었는데 눈앞의 싸움과 승리는 그와 아무런 상관이 없었다. 병사들을 지휘하며 싸웠던 장수들도 모두 그의 심복이었지만 그의 싸움이 아니었다. 헛되이 시간만 허비했다.

가까이 있던 심복 금의위사(錦衣衛士) 한 명이 조심스럽게 말했다.

"전하, 지금이라도 나서서 적을 추격하지 않으면……."

군율(軍律)에서 적을 앞에 두고도 아군을 돕지 않고 방치했다는 죄목을 피하기 어려울 것이라는 말이다.

이태자라 할지라도 엄격한 군율을 피해 가지 못했다. 다른 위사들이 불안한 표정을 지었다. 이태자는 폭발할 것 같은 심정이었다.

장수들이 출격한 상황이 알려지면 서 있을 자리가 없을 것처럼도 느껴졌다. 노부인이 차가운 시선으로 그를 보았다.

이태자는 노부인마저 자기를 시험하는 듯해서 울컥했지만 가라앉히고 차갑게 말했다.

"사가장에 속한 주루와 점포, 기타 기업으로 달려가 쥐새끼 한 마리 놓치지 말고 체포해라! 적과 내통하여 역모를 일으킨 자들이니 반항하면 죽여도 좋다."

위사들이 놀란 표정을 지었지만 즉시 달려갔다.

노부인이 빙그레 미소를 지었다.

"과연 전하께서는 꾀가 많으시오."

이태자는 대꾸하지 않았다. 싸울 때보다 더 빨리 머리를 짜내고 실행에 옮겨야 할 때였다. 적이 물러가면서 전투는 거의 끝났기 때문에 어떤 놈이 원수가 되었든 간에 장수들이 다 소집되어 전공을 논하기 전까지 이태자는 그들 앞에 내놓을 뭔가를 만들어야 했다.

적을 그처럼 빨리 물리칠 수 있을 거라는 생각을 했더라면 좀 더 다르게 계획하고 움직였을 것이었다.

화가 났기 때문인지 물러난 적들에게조차 야속하고 분했다. 너무 쉽게 물러나 버렸다. 덕분에 서안을 탈출하는 것도 장악하는 것도 다 쉽지 않게 되었다.

노부인이 설치한 빌어먹을 안개도 워낙 창졸간에 만든 것인 때문인지 사가장만 뿌옇게 흐려놓았을 뿐 이제는 아무 소용도 없었다.

이태자는 심복을 시켜서 원수의 이름과 장수들이 집결하는 장소를 알아내는 즉시로 연락을 취하게 하고 사가장의 지하로 돌아갔다.

그는 그곳의 기관 장치를 지나는 방법과 작동시키는 법, 그리고 진법이 설치된 곳을 지나는 방법까지 낱낱이 기록된 양피지를 가지고 있었다.

빈방에 들어가자마자 직접 필묵을 들고 조서를 꾸며서 옥새를 날인했다. 조서의 내용에는 원수의 이름을 쓸 자리를 비워두고 다만 대궐이 어수선하고 사가장의 지하에 이미 조신백관들이 모두 모여 있으니 장수들과 더불어 오라는 내용이었다.

누가 원수인지는 모르지만 그의 심복 장수 스무 명 중에 있을 것은 분명했다. 이태자는 속으로 ‘죽이리라!’ 하고 뇌까렸다.

충성을 맹세했던 장수들의 면면이 지나갔다. 그러나 그들 중 누가 원수가 되어 이천 명도 되지 않는 군사를 통솔했는지는 짚어낼 수가 없었다.

통솔력이 강한 정개화가 미심쩍었지만 정개화의 충성심을 생각하면 그럴 것 같지 않기도 하고 그럴 것 같기도 했다.

이태자는 내관(內官:내시) 셋을 불러서 조서를 가지고 있다가 원수에 대한 소식이 전해지면 즉시 조서에 원수의 이름을 써넣고 전달하라고 명했다.

내관들이 벌벌 떨었다. 이태자는 그들 중 한 명을 즉참(即斬:그 자리에서 바로 목을 베어 죽임)하여 그들이 감히 딴마음을 먹지 못하게 했다.

그러자 누구도 그의 행동에 대해서 운을 떼거나 지체하는 사람이 없었다. 그들도 이태자의 칼 앞에서 생사의 갈림길에 있는 듯했지만 그런 심정은 이태자도 마찬가지였다.

이태자는 양피지를 거듭 확인한 후에 마른 손바닥으로 얼굴을 한 번 문질러 일그러졌을지도 모를 표정을 바로잡았다.

그리곤 곧은 걸음으로 걸어서 조신백관들이 모여 있는 장소를 향해 빠르지도 늦지도 않은 걸음으로 걸어갔다.

이태자는 왼팔에 낀 옥새를 가슴 쪽으로 꽉 붙이며 속으로 말했다.

'단숨에 휘어잡아야 한다! 그들에게 생각할 틈을 주지 말아야 한다. 단숨에!'

그는 빠르게 움직이고 있었지만 지능이 낮은 짐승처럼 갑작스런 환경 변화에 적응하지 못해서 운동폭발(運動暴發)을 일으키는 것은 결코 아니었다.

이미 계략은 마음속에서 구체적인 형상을 갖추고 있었다. 그 계략은 돌 틈에서 연기가 새어 나와 마귀의 형상이 되는 것처럼 순식간에 이루어진 것이었다.

문을 열고 들어서면서 힘을 불끈 주어서 바닥을 디뎠다.

한곳에 모여서 웅성거리던 내관들 중에 그를 발견한 자가 벌떡 일어서며 외쳤다.

"이태자 전하께서 납시오!"

옷자락 서걱거리는 소리가 어수선하게 나면서 그곳에 있던 수백 명의 신하가 차림새를 다듬고 예를 차렸다.

이태자 민성은 음성에 공력을 실어서 우렁차게 외쳤다.

"정청을 열어라! 일태자 전하의 뜻에 따라 본 태자가 주관하겠다!"

신하들이 놀라 짧게 수군거리는 소리가 났다가 사라졌다. 이태자 민성은 옥새가 든 상자를 높이 들어 보였다.

내관들이 황급히 움직이며 자리를 마련하고 육부의 우두머리가 품계에 따라 좌우로 나열하기 시작하며 사관(史官)과 승지(承旨)들이 바쁘게 필묵을 준비하고 자리 잡았다.

민성은 사관을 일부러 외면하고 긴 걸상 세 개를 나란히 놓고 붉은 보료를 덮어서 만든 보좌(寶座)에 앉았다.

그곳은 넓은 장소였지만 불빛은 희미했고 바닥에는 습기가 스며들어 이끼가 낀 곳들이 많았다. 듬성하게 흩어져서 쌓여 있는 상자들이 늘어선 조신들의 열(列)을 뱀처럼 굽이치게 만들었다.

당상(堂上) 당하(堂下)를 구분하지 않고 늘어선 이들이 모두 일백팔십여 명, 나라를 다스리는 주된 관료들은 큰 손실이 없었다. 그들 중 대다수가 처음으로 정청에 참여하는 것이었다.

이태자는 신하들의 가슴에 붙어 있는 선학(仙鶴)이며 공작(孔雀), 운응(雲鷹) 따위의 문관보자(文官補子)들이 지극히 아름답게 느껴졌다.

무관들이 남아 있지 않아서 사자(獅子)와 호표(虎豹), 웅(熊), 서우(犀牛), 해마(海馬)와 같은 보자(補子)들을 볼 수 없는 것이 아쉬웠다.

각양의 보자를 달고 있는 신하들이 늘어서 있는 모습에서 이태자는 천하가 자신의 눈 안에서 꿈틀거리는 듯한 것을 느끼고 있었다.

그러나 지금 보이는 자들은 모두 일태자를 추종하는 자들이지 그를 따르는 자들은 아니었다. 그를 따르던 무장들도 지금은 그의 편이라 확신할 수가 없는 지경이었다.

잃어버린 것인지 잃어버렸다고 생각할 수 있는 것인지, 하여간 그것이 크다. 얻을 것도 그에 비례하여 크게, 전부 얻지 않으면 안 된다.

이태자는 멀찌감치 떨어져 있는 노부인을 보았다. 노부인은 얼굴을 가린 영강 공주를 안고 있었으며 무장(武裝)을 한 내관이 그녀가 정청으로 다가서지 못하도록 지키고 있었다.

이태자는 즉시 황제 폐하의 은덕이 높으심과 하늘의 가호가 있어서 일태자 전하의 명을 받은 우리 군사들이 무도한 적군을 모두 물리쳤다는 말로 입을 열었다.

신하들이 만세를 부르며 환호했다. 황제 폐하 만세, 태자 전하 천세를 외치는 소리가 장내를 떠나갈 듯 크게 울렸다.

이태자는 자기가 본 대로 군사들이 적을 몰아내던 모습을 말했다. 몸으로 물을 밀어서 그들을 혼란에 빠뜨리고 그물과 밧줄, 장대를 이용해서 무찌른 이야기들을 하자 신하들은 그 절묘함에 탄복했다.

이태자는 본 것을 말하는 것이었지만 듣는 사람들에게는 마치 이태자가 그렇게 한 것처럼 느끼고 있었다. 누군가에게 공이 돌아가야 하는데 공을 치하받을 사람이 그곳에는 이태자밖에 없었던 것이다.

손뼉을 치며 기뻐하던 신하들에게 이태자가 일태자의 중상(重傷)을 말했다. 사대능신을 보호하기 위하여 일태자가 직접 적과 맞서 싸우다가 중상을 입었으며 지금 사대능신이 비밀 장소에서 일태자 전하를 간호하고 있다는 말이었다.

신하들은 자기들에 대한 일태자의 두터운 사랑에 감격하며 일태자의 상태를 물었다.

"위중하오."

하는 한마디로 대답하고 이태자는 침통한 표정을 지었다.

신하들 중에는 가슴을 치며 애통해하는 사람들이 많았다. 정청이 아니라면 통곡이라도 할 기세였다.

승리의 소식과 일태자가 중상을 입었다는 말은 서로 상쇄하지 않고 흥분을 고조시키고 있었다.

적들에 대한 문관(文官)들의 분노가 표출될 방향을 찾고 있음을 보았다. 예상했던 것이었고 이것을 위해서 상황을 이끌었던 이태자였다.

이태자는 높은 곳에 앉아 내려다보니 현명한 신하들이라 할지라도 그들의 생각과 움직임을 모두 읽을 수 있는 것 같은 생각이 들었다. 얼마든지 그들을 주무르고 다룰 수 있다는 자신감이 생겼다.

이태자 민성은 엄숙한 표정으로 말했다.

"경들은 적들이 전선에서 멀리 떨어진 우리 도성(都城)을 이렇게 침범하는 것이 가능하다고 보시오?"

경내가 찬물을 끼얹은 듯이 가라앉았다. 신하들도 저마다 그 많은 적군들이 어디서 갑자기 튀어나올 수 있었을까 생각하고 논의했던 차였기 때문이다.

빗속에서 그만한 대군이 움직이기도 쉽지 않을 뿐더러 봉화(烽火)의 연기도 한 번 피어오르지 않았기 때문이다.

대위국의 전 영토에 이어진 봉화는 불과 연기를 신호로 하여 어느 곳에서 적의 침입하든지 간에 초기에 알 수 있게 하는 데도 아무 소용이 없었다. 아무리 빗속이라 하더라도 곳곳에 있는 파수와 봉화를 모두 속인다는 것은 불가능한 일이다.

이태자가 말했다.

"내부에서 강한 힘을 가진 누군가가 돕지 않으면 불가능하오."

이태자에게서 멀리 떨어진 곳에 있던 이조좌랑(吏曹佐郞) 도자안(陶慈顔)이 앞으로 나서며 외쳤다.

"신 이조좌랑 도자안, 우리 조정에서 감히 그런 자가 있을 수 없음을 아룁니다!"

그의 직책이 문관의 선임과 훈봉 등의 인사 업무의 실무를 담당하는 것이었다. 그리하여 오품관에 불과하면서도 나서서 말한 것이다.

이태자가 말했다.

"본 태자도 그렇게 알고 있소. 우리 조정에 어찌 그런 자가 있겠소?"

신하들이 안도하는 표정을 지었다.

이태자가 말했다.

"적과 내통하여 은밀히 불러들인 자는 도성에서 큰 세력을 가졌으면서도 좀체 드러나지 않던 자들이었소."

"전하! 어떤 자입니까? 하늘이 여신 우리 대위국을 해하려 한 자가 대체 누구입니까?"

말을 한 신하가 누군지 이태자는 알아보지 못했다. 이조좌랑 도자안보다는 훨씬 높은 사람이 분명했지만 이태자는 몰랐다.

그러나 그의 질문은 이태자가 기다렸던 것이었다.

"사가장주(査家莊主)와 그의 일족이오. 그들은 무엄하게도 황제 폐하의 은덕 아래 번영을 누리면서도 감히 적군을 끌어들여 모반하려 했소."

"그럴 수가!"

분노와 놀람이 뒤범벅된 소리들이 터져 나왔다. 신하들은 대부분 가족을 남겨두고 이곳에 왔기 때문에 가족들의 생사 여부가 궁금하고 불안한 것이었는데 그 모든 것을 초래한 흉수를 알게 되자 노기를 가누지 못했다.

이태자는 그들의 분노를 온몸으로 느끼며 벌떡 일어나서 큰 소리로 말했다.

"경들이 있는 이곳이 바로 사가장에서 모반을 위해 만들어놓은 장소요!"

신하들이 얼어붙었다. 이태자의 말이 어떻게 이어질지 모르는 상황이었으나 모반의 주동자가 만들어놓은 장소에 일찍부터 와 있었다는 사실 하나만으로도 신하들을 긴장시키고 불안하게 하기에 족했다.

"본 태자는!"

하고 이태자가 쩌렁쩌렁 울리도록 큰 소리로 말했다.

"사가장을 이미 오래전부터 주시하고 있었소! 하여 본 태자는 적이 침입하자마자 사가장이 개입되었다는 것을 알아채고 이곳으로 달려와서 사가장을 장악하여 간교한 사가장주의 일족들을 붙잡을 수 있었소!"

다시 만세를 외치는 함성이 터져 나왔다.

이태자는 기뻤으나 근심 가득한 표정을 지으며 계속 말했다.

"본 태자는 우리가 사가장을 점거한 사실을 적들이 결코 모를 리가 없다고 생각했소. 그리하여 경들을 모두 이곳으로 대피시켰던 것이오. 적은 기필코 물리칠 수 있을 것이지만 경들을 잃는다면 장차 이 나라의 기둥을 모두 잃는 것이 아니겠소?"

이태자를 칭송하고 감사하는 말들이 수 없이 터져 나왔다. 감격하는 그들을 보면서 이태자는 자기가 정말 그렇게 생각하고 한 것 같은 착각마저 들었다.

손으로 그들을 진정시키고 계속 말했다.

"과연 적들은 사가장만은 공격해 오지 않았소이다. 그 틈에 우리는 반격할 준비를 할 수 있었고, 본 태자가 사가장의 잔당을 소탕하고 체포하는 중에 일태자 전하께서 장수들에게 명하시어 적군을 몰아낼 수 있었던 것이오."

허리를 굽히고, 습기 찬 바닥에 엎드리며 귀가 따가울 정도로 칭송을 늘어놓는 신하들의 모습이 마당에서 뛰어노는 한 무리의 강아지 같았다.

이태자는 그 순간 아무것도 두렵지 않았다. 문관들이 저처럼 자기를 따르니 원래 자기의 수하였던 장수들은 조금도 걱정되지 않았다.

이태자는 자기야말로 타고난 황제의 재목이 아닌가 싶은 생각까지 들었다. 생각과 더불어 행동은 더 느려지고 마치 위엄을 어깨에 얹은 것처럼 행동하게 되었다.

그리고 정말 그의 말에도 우렁참뿐이 아니라 위엄이 실리고 있었다.

이태자가 음성을 조금 낮추면서 말했다.

"본 태자는 사대능신의 도움을 받아 일태자 전하의 면전에서 정청을

열어 각지에서 올라온 장계(狀啓)를 검토하고 황제 폐하와 일태자 전하
를 대신하여 국무를 처리하였소. 경들은 이제 곧 대공을 세운 원수(元
帥)와 장수들이 이곳으로 오면 성심으로 맞아서 그들의 공을 치하(致
賀)하는 데 아낌없도록 하시오.”

환호하는 소리와 웃음소리를 남겨두고 이태자는 자리에서 내려왔
다. 잠시 쉬어야 했다. 그도 지나치게 흥분하고 있었다.

그 상황에서 더 이상 잘할 수 없으리만큼 잘했다고 생각했다.

시의(時宜)도 적절(適切)했다. 신하들의 개인적인 인사를 받으며 쉬
고 있는데 심복 위사가 잇달아 달려와서 사가장의 기업들을 모두 점거
하고 역도들을 붙잡았다는 사실과 원수(元帥) 양을기가 장수들을 이끌
고 오고 있다는 소식을 전했다.

양을기가 원수가 될 만한 장수였던가 하는 점에 놀라기는 했지만 만
사가 형통했다. 적당한 시기에 일태자의 죽음을 알리면 이태자는 자기
가 원래 품고 있던 마음을 알고 있던 장수들이 의지할 곳이 없어서라
도 자기를 따를 것이라 확신했다.

일태자는 죽었고 자기는 살아 있기 때문이다. 후대 황제가 되는 데
걸림돌이 될 만한 것은 아무것도 없었다.

전포(戰袍)를 입고 검을 허리에 찬 장수들이 경내로 들어서고 있었
다.

제5장 수포(水泡)의 궁(宮)

수포(水泡)의 궁(宮)

양을기가 원수가 되어 제일 앞에 섰고, 나머지 장수들은 양을기의 뒤에서 두 줄로 벌려 늘어섰다.

그들은 여전히 무장을 갖추고 있었으며 상기되어 있었다. 소수의 군사로 기습한 다수의 적군을 물리친 그들이었다.

그토록 쉽게 승리하리라곤 그들조차 예상하지 못했던 터라 싸움이 끝난 후에도 흥분을 가라앉히지 못했다.

이태자는 그들이 들어오자마자 그들의 흥분과 열기를 느꼈다.

문관들은 한쪽으로 비켜서서 조용하지만 뜨겁게 그들을 맞이했다. 이태자는 양일기의 손을 마주 잡았다.

양일기는 멈칫했지만 얼굴 가득한 기쁨을 숨기지 못했다.

"애썼소. 수고가 많으셨소."

이태자가 그의 공을 치하하자 양을기가 무릎을 꿇고 군례를 취하면서 모든 공적을 황제 폐하와 태자 전하에게 돌리는 말을 했다.

형식적인 말이었지만 열기 가득하여 듣는 사람은 정말 자기의 공인 양 느껴지는 그런 말들이었다.

원수인 양을기가 말하는 동안 다른 장수들은 모두 부동 자세를 유지했다. 원수의 명이 없는 이상 그들은 이태자 아닌 황제가 눈앞에 있다고 해도 명령받지 않은 일은 하지 않을 터였다.

이태자는 그들이 아주 낯설게 느껴졌다. 일말의 두려움마저 느껴졌다.

양을기가 우렁찬 목소리로 말했다.

"적을 물리친 후에 전황(戰況)과 공과(功過)를 점고하지도 않고 어지를 받들어 달려왔습니다!"

이태자가 말했다.

"오로지 공이 있을 뿐 허물이 있을 리가 없소. 죽음을 두려워하지 않은 경들의 용맹과 충성이 우리 모두를 구했소."

"망극하오이다!"

양을기가 또 큰 소리로 말했다.

"즉시 전과(戰果)를 정리하여 보고드리겠습니다!"

"그리하오."

이태자는 높은 곳에 마련된 보좌로 올라가서 앉았다.

양을기는 장수들을 향해서 돌아섰다. 그 순간에 그의 표정이 어두워졌다. 다른 장수들의 표정에도 마찬가지로 불안한 빛이 흘렀다.

흥분되고 상기한 표정들 위에서도 철골 같은 장수들의 얼굴에 뚜

렷이 보이는 불안이었다. 이태자의 얼굴에 잠시 어렸던 두려움을 본 때문일 수도 있고 일태자가 보이지 않는 데 대한 불안일 수도 있었다.

그러나 군사(軍事)는 그 모든 것에 우선했다.

양을기는 장수들이 전과를 보고하게 했고 그것을 종합하고 공을 정확히 구분하여 이태자에게 보고했다.

죽은 적의 시신을 건져 낸 것이 칠백여 구, 생포한 적들의 숫자는 일천일백여, 반격에 나선 아군의 피해는 사망자와 중상자를 합하여 이백 미만으로 미미했고 그 과정에서 백성들의 도움이 컸다.

도성 전체의 피해 상황을 집계하면 그보다 수십 배는 더 될 것이었다. 그러나 그것은 장수들이 할 계산은 아니었다.

결과적으로 대승(大勝)이었다.

문관들이 이태자에게 간했다. 황제 폐하께 주청하여 장수들의 벼슬을 높여주고 잔치를 베풀어 노고를 위로해 주라는 것이었다.

이태자는 그렇게 하겠노라 한 후에 천재지변과 전쟁을 한꺼번에 겪은 백성들을 위해서도 국고(國庫)를 열겠다고 말했다.

이태자를 칭송하는 문관들의 소리가 드높았다.

양을기를 비롯한 장수들은 내심 당혹스럽기 이를 데 없었다. 무엇이 어떻게 되었는지 알 수가 없었다.

그들은 원래 이태자의 사람들로서, 성미가 지나치게 강하고 엄격하며 독선적인 일태자에 대해서 반기를 들어 이태자로 하여금 민천자의 뒤를 잇게 하려는 일에 뜻을 같이했던 사람들이었다.

그러나 일태자를 직접 만나서는 그의 우국충정과 애민하는 진실한 마음을 대한 후에 만사를 제쳐 놓고 지시를 받아 싸웠다.

명령이 적혀 있는 두루마리를 받아서 전장으로 달려나갔을 때는 그들도 자기들이 살 수 있을 것이라 생각하지 않았다. 적군은 많았고 강했으며 더구나 기습을 하여 도성을 완전히 장악한 상태나 마찬가지였기 때문이다.

다만 그들은 일태자에게 감동받아 죽기로 다짐하고 싸우러 갔고 그렇게 싸웠는데 승리하고 말았던 것이다. 살아서 다시 이태자를 만날 수 있을 것이라고 생각했다면 그처럼 쉽게 일태자의 명을 받고 나가기가 쉽지 않았을 터였다.

그러했기에 어지를 받고 달려와서 일태자가 아닌 이태자를 보았을 때 그들은 보름날 밤에 일그러진 달을 보는 것만큼이나 당혹스러웠던 것이다.

일태자가 아닌 이태자가 문신(文臣)들의 열렬한 지지를 받는 모습도 이상했고 마치 황제가 된 듯이, 다른 사람이 되어버린 듯한 이태자를 보면서 혼란을 느끼지 않을 수 없었다.

양을기를 비롯한 모든 장수들은 어찌 된 영문인지는 알 수 없으나 큰 사연이 저간에 있으리라 짐작했다.

함께 공을 세운 장수들은 이태자에 대하여 함께 죄를 범한 공범이나 마찬가지인지라 양을기를 불안스럽게 보았다.

하지만 양을기도 선뜻 일태자의 소식을 물을 수는 없었다. 이태자의 근엄하게 보이는 표정은 일태자에 관해서 한마디만 꺼내도 즉시 적으로 돌려세울 듯이 느껴졌기 때문이다.

양을기를 비롯한 무장(武將)들은 문관들과 이태자가 주고받으면서 침수된 지역을 복구하는 대책을 구체적으로 논의하는 것을 묵묵히 지켜보았다.

이태자와 문관들은 도성에서 삼 년 동안 세금을 감해주는 안과 백성들이 피해 입은 상황을 상세히 조사하여 피해를 직접 구제해 주는 안을 놓고 장단점을 나열했다.

전쟁만 아는 장수들의 머리 속으로 들어오는 말들이 아니었다. 그런데도 지금까지 장수들을 이끌고 있던 이태자는 잘도 그들과 논의하고 있었다. 역시 딴사람인 듯했다.

총명한 이태자이기는 했지만 작은 것에 신경 쓰는 것을 좋아하지 않고 호방했기 때문에 평소의 성격대로라면 문신들에게 적당히 물어본 후에 알아서 하라는 식일 텐데 전혀 그렇지 않았다.

양을기 등은 승리의 흥분도 가라앉고 점점 불안이 깊어지면서 귀에 들어오지 않는 이태자와 문관들의 말 대신에 그들의 처지와 상황에 몰두하기 시작했다.

그들은 전장(戰場)이 아닌 조정(朝廷)에서 생명의 위협을 느끼고 있었다. 이태자가 직접 가르친 금의위사들이 경내에서 점점 늘어나는 것도 그들에게 불안을 더해주었다.

정개화가 양을기에게 전음으로 말했다.

―양 원수! 우리는 어떻게 될 것 같소?

불안한 목소리였다. 정개화는 야심이 많은 인물이지만 노부모를 모시고 있었고 또한 효자였다. 그에게 해가 생긴다는 것은 그의 노부모에게 해가 미치는 것이나 마찬가지였다. 그리고 이번 전투에서 개별적으로 볼 때 가장 큰 전공(戰功)을 세운 사람이 바로 그였다.

일태자의 명을 받고 나가서 공을 크게 세웠으니 이태자의 미움도 그에 비례하여 살 가능성이 많았다.

양을기는 자청하지는 않았으나 원수가 되어 가장 먼저 달려갔으니 또한 후환이 두렵지 않을 리 없었다.

양을기가 전음으로 무겁게 말했다.

─기껏해야 죽기밖에 더하겠소?

정개화는 자기의 감정을 정리하는 듯했다. 공을 세우고도 죽어야 할 상황이라면 죽어야 하는 것이다. 무공을 익혀 장수가 되었으니 언제 죽더라도 전장에서 죽을 것이라 호언장담했던 그였기 때문에 죽음이 두려운 것은 아니었다.

노부모와 처자식이 자기로 인해 죽는 것이 두려웠고 전장이 아닌 곳에서 죽는 것이 마뜩찮은 것이었다.

그러나 그렇게 될 수밖에 없다면 받아들여야 할 일이었다.

정개화가 죽음을 각오한 듯 음성이 부드러워졌다.

"오늘에서야 소제(少弟)는 양 형이 많은 재주를 숨기고 있은 줄 알았소이다. 우리가 지시받은 대로 싸웠지만 우리 전체를 양 형이 그토록 잘 지휘하지 않았더라면 승리하더라도 손실은 크고 공은 적었을 것이오."

양을기는 정개화가 아직 공적인 장소에 있는데도 불구하고 '원수'라는 칭호를 쓰지 않고 양 형이라 부른 것으로 그의 마음을 느낄 수 있었다.

"변변찮은 재주에 칭찬이 과하오. 오 대원수님을 여러 해 보필하며 어깨 너머로 배운 것들에 지나지 않소."

“배워서 되는 장수가 어디 있소? 병법은 장수가 배운다지만 병법을 배워 장수가 될 수는 없는 것 아니오? 소제는 또한 양 형의 재주를 일찍이 알아보고 있은 일태자 전하께 놀람을 금할 수가 없소.”

하고 정개화가 말했다.

그들의 대화에 다른 장수들이 하나둘 끼어들기 시작했다.

이태자가 주도하는 정청에서는 목소리를 드높이며 백성을 더욱 잘 살게 하려는 문관들의 회의와 얼음장 밑에서 흐르는 물처럼 드러나지 않은 채 죽지 않기 위해 전전긍긍하는 무관(武官)들의 회의가 함께 진행되고 있었다.

스무 명에 이르는 장수들이었지만 뚜렷하게 의견을 개진하고 생각을 나눌 수 있는 대표 격인 사람들은 양을기, 정개화, 손청(孫晴), 종리민(宗里敏), 사경상(史慶祥), 이택신(李宅辰) 등 여섯 명이었다. 주로 그들이 이야기하고 다른 장수들은 듣다가 간혹 자기와 관련된 것에 한하여 한두 마디씩 말했다.

손청이 말했다.

“우리가 출격하기 직전의 상황을 다시 한 번 짚어봅시다. 일태자 전하께선 우리가 이태자와 함께 꾸민 음모를 모두 짐작하고 계셨을 뿐만 아니라 우리 스무 명의 면면을 다 알고 있었소. 일태자 전하께서는 뭐든지 다 알고 있는 분인 것 같았소. 결코 돌아가셨을 리가 없소.”

사경상이 말했다.

“일태자 전하를 만났다고 해서 우리가 이태자 전하께 했던 충성의 맹세를 다 저버릴 듯이 말하지는 맙시다. 이 사경상은 상황이 급하여 일태자 전하의 명을 받아 나서긴 했지만 훗날 형세에 따라 주인을 바꾸었다는 말은 듣고 싶지 않소이다.”

이택신이 말했다.

“답답하오. 경상 형의 뜻을 모르는 사람이 누가 있겠소? 하지만 이태자 전하께서 우리를 대하는 모습이 확연히 다른 것이 보이지 않소? 내가 보기에 금방이라도 저쪽에 있는 금의위사들이 우릴 공격할 것만 같으오.”

사경상이 완강하게 말했다.

“그럴 리가 없소. 우리 중 누구를 죽이고 누구를 죽이지 않을 수 없는 상황이오. 만약 우리 모두를 죽인다면 이태자 전하께서는 수족을 모조리 끊는 것이나 다름없지 않소? 우리가 모두 죽는다면 두 달 후에 전장에 달려가 싸울 장수들이 없어지는 것이오.”

이치상으로는 그의 말이 옳았다.

오번백 대원수가 이끄는 대위국의 군사는 장수의 경우에는 여섯 달을 전선에서 싸우면 여섯 달을 후방에서 쉬고, 장교와 사병일 경우에는 네 달을 전선에서 보내면 두 달을 후방에서 쉬는 체제를 가지고 있었다.

이런 체제로 인해서 전쟁이 길어지더라도 병사들은 지치지 않았고 병력의 보충도 순조로웠으며 장수들은 성급하게 판단하는 일이 없었다.

전선에 나가는 병사들은 열심히 싸워서 살기만 살아 있으면 몇 달 뒤에는 금의환향할 수 있다는 것을 알고 있기에 항상 사기가 충천했다. 그들이 후방으로 갈 때는 포상을 받거나 승진을 하기 마련이었으며 다시 그들이 전선으로 올 때는 더 강한 병사가 되곤 했다.

사경상의 말처럼 이태자가 양을기를 비롯한 장수들을 모두 죽인다면 전선에서는 교체해서 싸울 장수가 현저하게 줄어들어 버린다. 그것은 불가피하게 커다란 전력 손실을 가져오게 될 것이 분명했다.

하지만 상황을 그렇게만 바라볼 수 없는 것이 대다수 장수들의 심정이었다.

손청은 일태자가 잘못되지 않았을 것이라고 말했지만 대부분 장수들은 이태자가 모종의 수단을 써서 일태자에 죽였을 것이라 생각하고 있었다.

그런 상태에서 양을기와 장수들이 일태자의 명을 받들어 싸웠으니 이태자가 앙심을 품거나 그들을 위험하다고 느끼고 제거할 가능성이 농후했다.

침략한 적과 싸우지 않을 수 없는 상황이었지만 일태자의 명을 직접 받은 것은 잘못이었다. 그들의 직속상관은 이태자였다. 일태자의 명을 이태자는 들어야 하겠지만 양을기 등이 직접 듣는 것은 군율에 어긋나는 일이기도 했다.

손바닥에 땀이 쥐이는 일이었다.

이택신은 울컥하는 심정에 말했다.

"이태자 전하께서 우릴 죽이려 한다면 아예 우리가 자결을 하는 것이 어떻소? 우리가 공을 세우고도 자결한다면 설마 한들 가족이야 건드리지 않고 살려주지 않겠소?"

"좋은 생각이군!"

정개화가 말했다.

사경상이 화난 듯이 말했다.

"그 후는 어쩐단 말이오? 우리가 장수들의 전력으로만 따지면 전 장수들의 삼 분지 일이 넘소. 우리가 빠진 상태에서 능구렁이 같은 이능의 수십만 군사를 대원수께서 막을 수 있으시겠소? 당장은 몰라도 몇 달만 지나면 약해질 것이 뻔하오. 그래서 패하면 우리 가족들은 모조리 끌려가서 참수되거나 그들의 노리개가 될 것이오."

다른 사람들이 대꾸를 못했다. 사경상의 말은 답답할 정도로 앞뒤가 꽉 막히긴 했지만 모두 옳은 소리였다.

종리민이 말했다.

"대원수께 사람을 보내는 것이 어떻겠소? 우리 상황을 숨김없이 말하면 그분께서 방법을 강구해 주실 듯도 하오."

양을기가 말했다.

"그 생각을 하지 않은 것은 아니오. 다른 방법이 없다면 마지막에는 그렇게 할 수밖에 없소. 하지만 우선은 더 생각해 봅시다."

종리민이 물었다.

"이유를 설명해 주시오."

양을기가 대답했다.

"첫째, 대원수께서는 연로하셨소. 일의 전말을 알면 정신이 산만해지실 것이오. 적을 앞에 두고서 그분은 다른 일을 돌보지 않으시는데 자칫하면 우리로 인해 전장에서 실수를 하실 수도 있소."

모두가 수긍했다.

오번백 대원수가 실수한다는 것은 전선이 한꺼번에 무너질 수도 있다는 것을 의미했다. 숫자가 훨씬 많은 적군과 혼신의 힘을 다해서 싸

우는 대원수의 심기를 흩트리는 것은 오히려 적군이 좋아할 만한 일이
었다.

양을기가 말했다.

"둘째, 우리가 꾸민 일을 알게 되시면 크게 노할 것이오. 또한 군율
을 어긴 사실 역시 결코 용서하지 않으실 것이오. 나는 대원수의 진노
가 너무 무섭소이다. 대원수의 진노를 대하느니 차라리 전장에서 적군
과 싸우다가 죽는 쪽을 택하겠소."

대원수 오번백은 그들 모두가 아버님이라고 부르는 사람이었다. 존
경과 두려움의 대상을 넘어서 그들에게는 하늘 같은 존재였다.

모두가 잠시 침묵을 하는 중에 정개화가 말했다.

"그러면 우리 가족은 살 수 있지 않겠소?"

양을기가 말했다.

"그럴 것이오. 그래서 나는 우리가 대원수께 이 사실을 모두 알려야
한다면 알리기는 하되 그분을 직접 뵙지는 않을 것이오."

적진 속에 들어가서 죽겠다는 말이었다.

손청이 말했다.

"양 원수는 우리가 살 방법은 아예 없는 듯이 말씀하시오. 일태자
전하와 이태자 전하께서 사이가 좋아지셨는지도 알 수 없는 일이잖소?
원래 형제 분이시니."

양을기가 한숨을 쉬며 말했다.

"그랬다면 더 바랄 것이 없겠소."

이택신이 말했다.

"달아납시다. 핑계를 대서라도 전선으로 갑시다. 그곳까지 쫓아와

서 우리를 죽이기는 쉽지 않을 것이니.”

정개화가 담담한 어조로 말했다.

“나는 양 원수의 결정에 모두 맡기겠소. 죽자고 하면 함께 죽고 불 속으로 뛰어들라고 하면 그리하겠소.”

양을기가 말했다.

“감당할 수 없소.”

손정이 한숨을 쉬고 말했다.

“나도 정 형과 동감이오. 이미 화살은 쏘아진 것 같소. 양 원수! 이 손정의 목숨도 맡아주시오.”

양을기는 거듭 사양했다. 하지만 이택신과 종리민도 양을기의 뜻에 따르겠다고 말했다.

사경상이 남모르게 눈을 부릅뜨고 다른 사람들을 노려보았다. 정개화 등이 그의 시선을 피했다.

양을기에게 목숨을 맡기겠다고 한 것은 양을기에게 모든 재량을 준 것이고, 그 재량이 설사 어처구니없게 행사되더라도 다 따르겠다는 것을 전제로 하고 있었다.

사경상은 완고한 사람이기는 하지만 어리석은 사람이 아니었기에 그런 그들의 마음을 꿰뚫어 보고 있었다.

사경상이 양을기에게 말했다.

“양 원수는 충성과 의리와 맹세, 그리고 명성과 가족 중에서 무엇을 가장 중시하오?”

양을기는 즉시 대답했다.

“이전에는 내게 황제 폐하에 대한 충성이 가장 중하다고 생각했었소. 하나 오늘 일을 겪으면서 나 양을기는 의리를 더 중시하는 사람이라는 것을 알게 되었소. 일태자 전하의 말씀이 의리(사람이 마땅히 지켜야 할 도리)에 맞지 않았더라면 나는 따르지 않았을 것이오.”

사경상이 강한 어조로 말했다.

“의리를 위해서라면 명성과 가족, 충성, 맹세! 이 모든 것을 다 저버릴 수도 있다는 말이오?”

양을기가 말했다.

“이미 맹세와 상관에 대한 충성을 저버린 바 있소. 나는 다시 오늘 같은 상황을 만나면 오늘처럼 행동할 것이오.”

사경상이 그를 노려보다가 탄식하고 말했다.

“이 사경상이 친구들을 잘못 사귄 것인지 잘 사귄 것인지 모르겠소. 나는 의리를 중히 여기지만 양 원수처럼 큰 의리는 모르오. 그러나 형제를 저버리지 않는 작은 의리는 알고 있소. 나는 죽든 살든 이태자 전하를 따르겠지만 양 원수와 여러 형들에 대해서는 결코 입 밖에 내지 않겠소이다, 어떤 경우에도.”

사경상은 그럴 사람이었다. 그는 일태자의 명을 받들어 싸우기는 했지만 상황이 그러했을 뿐 결코 마음이 이태자에게서 조금도 움직인 것은 아니었다.

양을기와 정개화 등은 사경상을 조금도 비난하지 않았다. 그의 기개에 부러움과 함께 부끄러움을 느끼는 터였다.

사경상은 동조하지 않았으나 나머지 장수들은 모두 양을기에게 운명을 맡기겠다고 했다. 그들은 양을기가 그만한 자격이 있다는 걸 한번 겪어봄으로써 알고 있었다.

이태자는 정청을 마무리할 준비를 하고 있었다. 내일이면 궁궐에서 용악(龍樂)을 들으며 조회(朝會)를 주간하게 되기를 기대했다.

이제는 연회를 베풀어 아무 일도 없었던 것처럼 장수들을 위로하고 그들의 공을 자기 위에 쌓아놓는 일이 남아 있을 뿐이었다.

일태자의 죽음은 적당한 시기에 알리고 사대능신 역시 일태자를 따라 죽은 것으로 만들면 끝날 일이었다.

이태자는 노부인을 쪽을 보고 거만하게 미소를 지었다. 노부인이 마주 웃는데 미소가 차가웠다. 경멸을 애써 숨기지 않는 미소였다.

이태자는 속에서 울컥하고 살기가 치밀었다. 연회를 베풀어 승리를 마음껏 즐기게 하려 했던 마음이 순식간에 사라졌다. 노부인을 자기의 능력으로 죽이기는 쉽지 않을 거라고 생각하자 표출할 수 없는 분노가 속에서 들끓었다.

그런 중에 이태자는 자기를 바라보는 양을기를 발견했다. 양을기는 결연한 어떤 마음을 품고 있는 듯했다.

'저놈이!'

이태자는 자리에서 벌떡 일어섰다.

"원수!"

하고 이태자가 고함쳤다.

양을기가 앞으로 성큼 나서면서 바닥에 두 무릎을 꿇고 앉았다. 원수가 그렇게 하자 정개화와 손청을 비롯한 다른 장수들 역시 무릎을 꿇었다.

이태자는 영문도 모르고 꽉 쥔 주먹이 계속 떨렸다. 분노가 치밀어 자기를 태울 지경이었다. 그들이 갑작스럽게 무릎을 꿇은 것이 마치

자기에 대한 불경이나 거역처럼 느껴졌다. 경내는 갑자기 쥐 죽은 듯
이 조용해졌다.

이태자가 가슴을 들먹거리며 숨을 한 번, 두 번, 세 번 들이마셨다가
내쉰 후에 말했다.

"경들이 무릎을 꿇은 이유는 무엇이오?"

양을기를 불렀던 것은 이태자였고 양을기는 그 후에 무릎을 꿇었기
때문에 이태자의 질문은 선후를 제대로 파악하지 못한 것이었다. 하지
만 이태자는 그런 사정을 알지 못했다. 자기를 주체하는 것만으로도
벅찼다.

양을기는 고개를 들고 이태자에게 큰 소리로 말했다.

"소장 양을기, 태자 전하께 여쭙고 싶은 것이 있습니다!"

이태자는 자기의 머리가 봄날 강 위의 얼음이 갈라지듯 속에서 쩡,
소리를 내며 울리는 것을 느꼈다.

'이 쳐 죽일 놈이!'

양을기의 묻는 기세로 봐서 단단히 작정하고 있음이 분명했다.

"말하시오!"

이태자는 평정심을 잃지 않으려고 애쓰며 높고 느린 음성으로 위엄
을 싣고 말했다. 양을기 등의 소행은 용서할 수가 없지만 그가 물을 말
에 대한 대답은 진작 준비해 놓았던 것이다.

양을기가 말했다.

"일태자 전하께선 돌아가셨습니까?"

신하들의 입이 딱 벌어졌다.

이태자도 예상은 하고 있었지만 양을기가 단도직입적으로 일태자의

생사를 물으리라곤 생각지 못했다. 귓속이 윙 하고 울렸다.

양을기의 의도를 알 수 없었다. 함부로 부정하고 나가기엔 양을기나 장수들이 알고 있는 것이 너무 많았다. 양을기의 다음 말이 두려웠다.

'함께 일태자 전하를 죽이자고 모의하지 않았습니까?' 라고 하는 날에는 순간이 바로 나락(那落)이다.

이태자 민성은 신하들에게 내심을 드러내지 않으려고 애쓰면서 천천히 말했다.

"목숨은 하늘에 달린 것. 일태자 전하께선 쉽게 돌아가실 분이 아니오."

노부인이 안도하는 표정을 짓는 것이 보였다.

하지만 양을기가 다그치듯이 소리쳤다.

"돌아가셨습니까, 살아 계십니까?"

민성의 얼굴이 푸들푸들 떨렸다. 양을기의 뒤에서 무릎을 꿇은 정개화 등의 장수들도 몸을 떨었다. 양을기가 명하는 대로 하기로 했지만 양을기의 행동은 그들의 의표조차 찌르는 것이었다.

그들이 느끼기에 양을기는 의도적으로 가장 심각한 상황을 향해 질주하는 것 같았다. 그러나 그를 믿고 따르는 외에 다른 방법이 없는 상황이었다.

문관들이 이상함을 느끼고 이태자 민성을 주시했다. 말과 눈길과 상황에 의해서 민성은 벼랑 끝에 내몰린 심정이었다.

양을기가 다시 소리쳤다.

"돌아가셨습니까, 살아 계십니까?"

민성은 이를 악물고 천천히 말했다.

"돌아가셨다."

순간 낙담과 탄식에 가득 찬 소리가 연이어 터져 나왔다.

"아! 아아!"

"전하!"

이 일을 어이할꼬! 울음 섞인 그 한마디는 이태자 민성의 심장을 찌르는 듯했다. 죽음이 일상화된 전시(戰時)가 아니었다면 곡성이 경내를 가득 채울 상황이었다.

양을기와 장수들은 싸늘하게 체온이 식는 것을 느꼈다. 일태자가 죽었다. 죽었을 가능성이 많다고는 생각했지만 손청의 말이 맞기를 고대했던 그들이었다.

양을기가 음성에 힘을 모아서 외쳤다.

"어떻게 돌아가셨습니까?"

이태자 민성은 천천히 자리에 앉아서 두 손으로 얼굴을 감쌌다. 모든 사람들이 숨을 죽이고 그를 지켜보았다.

민성은 얼굴을 가린 상태로 말했다.

"적에게 입은 상처에서 헤어나지 못하셨소. 본 태자가 정청을 주도하고 조칙을 발송하는 것을 다 보신 후에 돌아가셨소."

손을 뗐을 때 그의 눈에는 눈물이 그렁그렁하였다.

"하지만 일태자 전하께서는 모든 일이 마무리될 때까지 당신의 죽음이 알려지는 것을 원치 않으셨소. 하여 부득이하게 본 태자는 거짓으로 경들을 속여야만 했소."

양을기가 말했다.

“신들이 일태자 전하의 사해(死骸:죽은 몸)를 뵙고자 합니다. 허락해 주십시오.”

이태자 민성이 말했다.

“환궁한 후에 보시오. 빈소(殯所)를 차리고 황제 폐하께서 먼저 보신 후에 경들은 보도록 하시오.”

양을기가 머리를 완강하게 흔들었다.

“소장은 일태자 전하의 명을 받아 원수가 되어 군사를 이끌고 싸웠습니다. 일태자 전하께 복명(復命:명령을 받고 일을 처리한 사람이 그 결과를 보고하는 것)하지 않고서는 갑주(甲冑:갑옷과 투구 또는 상징적으로 장수의 임무나 책임)를 벗을 수 없습니다.”

이태자는 얼굴이 굳어졌다.

양을기가 말했다.

“소장은 복명을 위해서라도 일태자 전하께서 돌아가셨음을 눈으로 확인할 책무가 있습니다.”

이태자가 싸늘한 음성으로 말했다.

“그렇다면 내게 먼저 보고한 것도 군율에 어긋나지 않았소?”

“그렇습니다.”

양을기가 큰 소리로 말했다.

“황제 폐하의 어지를 받아서 소장이 군율을 어겼습니다! 이 또한 일태자 전하께 아뢰고 처분에 따르겠습니다!”

이태자가 손으로 자기의 의자를 내려치면서 고함쳤다.

“원수는 기어코 본 태자로 하여금 일태자 전하의 명을 거역케 할 셈이오?”

양을기가 벌떡 일어서며 마주 소리쳤다.

"누구도 소장을 막을 수 없습니다! 소장에게는 원수의 복명을 가로막는 자를 처단할 권한과 책임이 있습니다!"

이태자의 목에서 푸른 핏줄이 돋아 나왔다.

"원수는 본 태자를 베서라도 일태자 전하께 복명하겠다는 것인가?"

양을기가 그를 올려다보며 말했다.

"그렇습니다. 소장은 명을 받은 장수입니다."

무엇이든 다 할 수 있다는 말이었다.

"감히!"

하고 소리치며 금의위사들이 이태자와 양을기 쪽으로 달려왔다.

"썩 물렀거라!"

양을기가 호통 쳤다.

"국사(國事)와 군정(軍政)을 말하는 자리에 감히 위사 따위가 나선단 말이냐!"

양을기의 서슬이 시퍼랬기 때문에 금의위사들이 주춤했다. 이태자의 명을 기다리는 것이었다.

이태자는 아무 명도 내리지 않았다. 금의위사들은 이태자 근처에서 만약의 사태에 대비했다.

양을기가 핏발을 세우고 그들을 노려보며 말했다.

"본 원수의 앞을 가로막는다면 하인(何人)을 막론하고 군율로 처단할 것이다."

그때 도성부윤(都城府尹) 한조이(漢潮梨)가 나서면서 말했다.

"전하, 양 원수의 말씀이 지당한 줄로 아룁니다. 우리 조정은 아직

젊어서 작은 실수는 서로 덮고 가려주는 전통이 생기고 있으나 큰일에 대하여는 대강(大綱)을 세우는 데 힘을 모아왔습니다. 양 원수가 군율을 엄히 지켜서 일태자 전하의 사해에나마 복명하고자 하는 것은 지극히 훌륭한 마음입니다. 장차 나라를 굳건히 하게 될 것입니다. 윤허하십시오."

이태자가 소리쳤다.

"나로 하여금 돌아가신 형의 유언도 받들지 말라는 말이오? 그리한다면 이것은 또 무슨 좋은 전통이 되겠소?"

예부시랑 한조이가 말했다.

"국사는 황실의 일에 우선합니다."

양을기가 그 뒤를 이어서 이태자가 말할 틈도 없이 외쳤다.

"소장은 쟁론을 하고자 함이 아니고 복명을 하고자 합니다! 더 이상 소장의 발을 묶으려 하신다면 소장에게 주어진 권한대로 행할 것입니다!"

이태자는 화가 하늘 끝까지 닿도록 뻗쳤다. 손으로 양을기를 가리키며 말했다.

"네가 정녕 죽고 싶으냐!"

그 말과 동시에 양을기의 뒤에 엎드렸던 장수들이 벌떡 일어섰다. 몸집이 큰 장수들이 일제히 일어나면서 갑주와 도검이 흔들리고 부딪치는 소리를 냈다.

정개화와 손청 등은 이제 양을기의 의도를 어느 정도 알 수 있었다. 양을기는 극한의 상황을 초래하더라도 문관들 앞에서 초래하려는 것이다.

황제가 되려는 생각을 가지고 있는 한 문관들 앞에서 신중하게 행동하지 않을 수가 없다.

정개화와 손청, 이택신 등은 원수인 양을기의 부하 장수로서 어떤 상황에서든 원수를 지킬 의무가 있었다. 원수인 양을기가 생명을 위협받는다면 그들은 죽음으로써라도 양을기를 지켜야 했다.

혁혁한 공을 세운 장수들이 이태자와 대치하는 형세가 되었다. 금의위사들은 물론이고 무장을 한 내관들마저 언제든지 칼을 뽑을 준비를 하고 있었다.

그때 좌부승지(左副承旨) 장만기(張晩器)가 나서서 말했다.

"전하, 전하께옵서는 일태자 전하의 유고(有故)하심으로 인해 전권을 일임받으셨습니다. 양 원수가 복명을 한다면 전하께 하는 것이 옳습니다."

이태자 민성이 소리쳤다.

"저자가 인정하지 않고 있질 않소!"

암암리에 나이 많은 신하 몇이 머리를 저었다. 이태자는 황제의 재목이 되질 못한다. 신하가 따르는 황제는 위대한 황제고 신하에게 굴복하는 황제는 못난 황제다. 그러나 어떤 황제도 신하와 다투는 황제보다는 낫다.

오직 용렬한 황제만이 신하와 다투기 때문이다.

양을기가 말했다.

"소장은 일태자 전하의 유고하심을 이태자 전하께 들었습니다! 일태자 전하께서는 어떤 언질도 없었습니다!"

민성이 양을기를 노려보며 말했다.

"나를 믿지 못한단 말이냐?"

양을기가 말했다.

"정변은 예로부터 믿을 수 있는 자에 의해 일어났다고 알고 있습니다."

이태자 민성이 이를 갈며 말했다.

"좋다! 일태자 전하의 사해를 뵙게 해주마. 그 후에 네 책임을 묻겠다."

양을기가 순순히 대답했다.

"마땅합니다."

신하들이 일제히 이태자 민성의 결정이 옳다고 치켜올렸다. 결국은 그가 졌다는 말에 다름 아니었다.

이태자 민성은 입을 다물고 눈을 부릅뜬 채 천장을 응시하며 서 있었다. 그의 밀명(密命)을 받은 노부인은 육선문의 비술(秘術)을 펼쳐서 그곳을 빠져나간 후였다.

이태자 민성은 형제의 마지막 도리마저 막는 것이 전쟁인가, 아니면 경들의 완고함인가 하며 분노와 슬픔을 담은 비통한 웅변을 토해냈다.

그러나 이제 문관들의 태도마저 그를 경계하는 듯한 분위기가 역력했다. 눈물 대신 땀이 이태자의 이마와 등줄기에서 솟고 있었다.

형을 죽였을 때 사대능신마저 죽였더라면 지금만큼의 곤경에는 빠지지 않았을 것 같았다.

목이 터질 듯이 열변을 토하고 있었지만 이태자 자신마저 자기의 말을 귀담아듣고 있지 않았다. 공허했다.

윤극사가 걸어가면서 들은 것은 그런 이태자의 공허한 웅변이었고, 물거품으로 지은 궁전이 빛 속에서 사라지는 것이었으며, 눈으로 본 것은 노부인이었다.

제6장 보탑(寶榻:황제의 자리)을 구걸하다

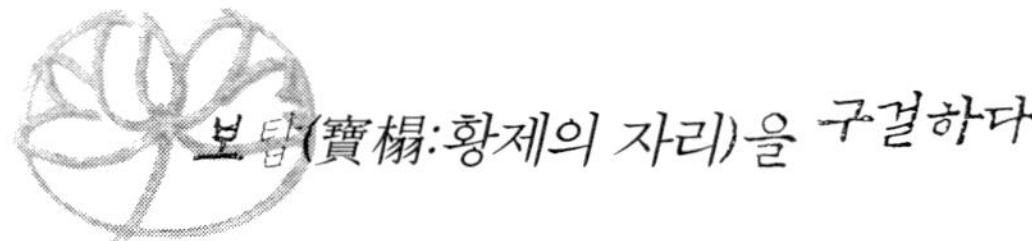

보탑(寶榻:황제의 자리)을 구걸하다

"멈춰라!"

하고 나직하게 외치며 광림 장군이 윤극사의 앞으로 뛰쳐나갈 채비를 했다.

"네 까짓 것이…… 헉!"

하며 체대에 손을 얹던 노부인은 윤극사를 보고 경악하여 뒷걸음질 쳤다. 놀란 입을 다물지도 못했다.

윤극사의 느낌과 모습이 조금 변했지만 노부인은 한눈에 알아볼 수 있었다. 그녀에게 세상에서 가장 두려운 사람이 바로 윤극사였다.

어떻게 나타났는지는 생각해 볼 틈도 없이 그녀의 머리 속이 텅 비어버렸다.

윤극사는 묵묵히 노부인 앞으로 다가갔다.

노부인은 몸을 덜덜 떨면서 달아날 생각조차 못하고 고개를 숙였다. 사신(死神)을 만난 것보다 더했다.

윤극사는 착잡한 심정으로 노부인을 보았다. 노부인의 모습은 나쁜 짓을 하다가 무서운 아버지에게 들킨 아이와 같았다. 연약하고 애처로웠다.

윤극사는 그녀 앞에 멈춰 섰다.

원래 그의 운명이 이런 것일 수도 있었다.

당당의 말들이 터무니없는 것이었을 수도 있었다. 원래 당당은 터무니없는 존재니까. 하지만 어쨌든 윤극사가 벼락을 내리치는 무모한 짓을 한 이유는 노부인의 잔학한 행동에 대해 천도(天道)가 무심치 않음을 보여주려 했기 때문이었던 것이다.

그렇게 하여 술김에 벼락을 내리친 대가가 컸다. 윤극사는 이영을 잃을지도 모른다는 위기에 몰리게 되었고 지금은 현실이 되어 닥쳤다. 당당의 말에 의하면 그 시작은 노부인에게 보여주기 위해서 벼락을 쳤을 때였다.

윤극사가 혼잣말처럼 중얼거렸다.

"그때 당신에게 벼락을 쳤어야 했는데……."

노부인의 몸이 오그라들 듯했다. 노부인은 상홍과 설대녕 등의 사대능신이 보기에도 애처롭게 떨었다. 일부러 하는 것도 아니고 진정으로 두려워하며 떨고 있었다.

상홍 등은 노부인이 이태자의 공격을 유유히 다 피해내는 것을 밀실에서 봤기 때문에 그녀가 세상에서 보기 드문 고수라는 사실을 알고 있었다.

그런 그녀가 윤극사를 보자 웅크리며 떠는 것을 보고 그들은 놀라움을 금치 못했다. 이태자를 충동질하여 결과적으로 일타자를 죽이게 한 사람이 바로 그녀였다.

상홍은 생각했다.

'이 여자는 우리를 죽이기 위해 돌아오는 중이었다. 하지만 이런 여자조차도 윤극사라는 이름 앞에서는 꼼짝도 하지 못한다. 벼락을 쳤어야 했다니……. 이 젊은 의원이 과연 어떤 신비한 힘을 지녔기에 벼락을 마음대로 칠 수 있단 말인가?

윤극사가 염제(炎帝)의 화신이라는 말이 민간에 떠돌았다. 그러나 학식이 있는 사람들은 그 말을 믿지 않았다. 언제나 말은 신비하게 나기 마련이고 패관(稗官:민간에 떠도는 이야기를 모아서 기록하는 벼슬)의 기록도 현실로 확인한 것이 아니었다. 다만 그런 말들로 미루어 민심을 살필 수 있는 것이었다.

민간에서 막 생겨나는 이야기에는 백성들의 기대와 원망이 내포되어 있기 때문에 위정자(爲政者:정치하는 사람. 다스리는 사람)는 항상 참조하여 정책을 입안하여야 한다. 그렇지 않으면 민심과 정치가 이반하여 결국은 나라를 위태롭게 하고 만다.

상홍은 광림 장군이 했던 말을 속으로 몇 번 뇌까렸다.

'이력을 지녔다. 이력을 지녔다… 이력을 지녔다…….'

노부인은 윤극사의 눈길을 견디지 못했다. 그의 시선을 의식하는 것만으로도 숨을 쉬지 못하고 습기 찬 바닥에 부복(俯伏)했다.

윤극사가 나직하게 중얼거렸다.

"천벌을 어떻게 감당하려고……."

　노부인은 윤극사의 왼손이 올라가는 것을 보며 질끈 눈을 감았다. 그리고 윤극사의 손이 그녀의 머리에 닿았다.

　노부인은 벼락이 전신을 훑고 지나가는 듯한 충격 속에서 정신을 잃고 말았다.

　병부시랑 시적이 물었다.

　"그 여자는 죽었습니까?"

　윤극사는 머리를 흔들었다. 시적은 그에게 더 물을 수가 없었다. 광림 장군이 노부인을 겨드랑이에 꼈다.

　상홍 등은 상황을 봐가면서 윤극사에게 노부인을 내달라고 간청해야겠다고 생각했다.

　윤극사는 닫혀 있는 석문 앞까지 걸어가서 노부인의 머리에 그랬듯이 손바닥을 석문에 붙였다.

　문이 그르르륵 하는 작은 소리를 내면서 옆으로 열렸다. 작은 소리였는데도 예민해 있던 이태자는 즉시 말을 멈추고 고개를 문 쪽으로 돌렸다.

　무장한 내관들이 문을 에워싸며 검을 잡고 뾰족한 음성으로 말했다.

　"잡인은 들 수 없다! 물럿거라!"

　이태자는 자기를 바라보는 윤극사와 시선을 맞닥뜨렸다. 아찔했다. 저자가 왜 여기에 있단 말인가? 하고 자신에게 속으로 물었다.

　그가 생각할 때 윤극사가 있어야 할 곳은 종남산의 어느 동굴이었다. 이영과 윤극사가 우중에 서안으로 들어와 물건을 샀을 때, 이태자는 그들이 들어왔다는 보고를 받고 부하들에게 지시하여 객점에 있는 윤극사와 이영의 짐에 수작을 부려놓게 했었다.

백초곡에서 혼돈석유로 만든 특수한 물약 형태의 향을 뿌려놓았던 것이다. 그 향은 사람의 코로 맡을 수 있는 것이 아니었다.

분중초(盆甑草)라고도 하고 천가(天茄), 견우(牽牛), 구미초(狗尾草) 등의 이름으로 불리는 나팔꽃 중에서도 빨간 꽃을 찧고 다질 때 나온 붉은 즙액을 이용하여 냄새를 눈으로 보는 것이었다.

향기가 있으면 붉은 즙액은 푸른색으로 변하기 때문이다. 나팔꽃의 붉은 접액에 적신 천이나 종이를 펼쳤을 때 향기가 흘러오는 방향부터 푸른색으로 변하므로 상대방을 추적할 때는 아주 은밀하고도 정확하게 할 수 있었다(나팔꽃의 이런 성질 때문에 현대에서는 공해를 판단하는 중요한 생물 수단으로 여기기도 함).

이태자가 일태자에게 윤극사를 죽여달라고 부탁했다가 오히려 자기가 찾아서 제거해 주겠다고 자신있게 말할 수 있었던 것도 백초곡 의원들에게서 그 향을 받았기 때문이다.

어쨌든 이태자의 생각에 윤극사가 있어야 할 곳은 종남산이었다.

윤극사는 성큼 안으로 들어섰다.

내관 한 사람이 검을 뽑으며 소리쳤다.

"불측한 자다! 죽여라!"

그때 윤극사의 뒤에서 병부시랑 시적이 호통 쳤다.

"멈춰라!"

내관들이 사대능신을 알아보고 놀라며 물러섰다. 그곳에 있던 조신들도 시적의 목소리를 알아듣고 큰 소리로 외쳤다.

"병부시랑!"

병부시랑 시적은 윤극사 앞으로 뛰어나가 내관들에게 거듭 호통 쳤다.

"물러서지 못할까!"

그의 서슬에 내관들이 완전히 비켜서서 길을 열었다. 윤극사의 뒤에서 이부시랑 상홍과 예부시랑 설대녕, 그리고 호부시랑 무수영이 연이어 달려나왔다. 그리고 한 그림자가 번득하더니 내관들 일고여덟을 허공으로 던져 버렸다.

"으악!"

"아이고!"

내관들이 가랑잎처럼 날아서 뒹구는 틈에 그 그림자는 내관들 사이에 있던 얼굴을 가린 여인을 안고 윤극사 곁으로 돌아왔다.

광림 장군이 영강 공주를 구한 것이었다.

금의위사들이 일제히 검을 뽑고 날아들며 윤극사 일행을 포위했다. 이태자가 죽이라고 명령했던 사람도, 죽어야 할 사람도 그 속에 있었다.

이태자가 윤극사를 불쑥 손으로 가리키며 불같이 고함쳤다.

"저자가 일태자 전하를 살해한 자다! 죽여라!"

그 순간부터 그곳은 난장판이 되어버렸다. 금의위사들은 마치 시정의 잡배들처럼 소리치며 윤극사 일행을 향해 공격했다. 문관들은 멀리서부터 윤극사 쪽으로 달려가며 창을 휘두르고 고함치는 금의위사들을 피해서 바닥에 엎드리거나 벽 쪽으로 달아났다.

사대능신은 사방에서 날아들며 창검을 번득이는 위사들 앞에서도 굳게 버티고 움직이지 않았다. 광림 장군이 노부인과 영강 공주를 바닥에 놓고서 도끼를 번득였다.

순간 십여 명의 입에서 동시에 기다란 비명 소리가 터져 나왔다.

"으아아악!"

합창을 한 듯한 그들의 비명 소리가 정적을 불러왔다.

도끼의 번득임이 멈췄을 때 몸이 두 토막으로 잘려진 금의위사 십수 명이 바닥에 나뒹굴었다.

잘린 몸에서 뿜어진 피가 사방에 비처럼 뿌려졌다. 쏟아진 내장은 더운 김과 비린내를 함께 풍겼다.

비위 약한 누가 '우엑!' 하며 구역질을 했다. 몇 사람이 잇달아 구역질을 하며 속에 든 것을 다 토해냈다.

대부분 사람들이 기함(氣陷)할 정도로 놀랐다. 이태자 민성도 예외는 아니었다. 한순간에 십수 명을 베어버린 거대한 도끼는 그가 쓰는 쾌검인 다비칠검(多臂七劍)보다 빨랐다.

이태자는 자신이 그 도끼를 피할 수 있을 것이라 생각할 수 없었다.

그때 양을기가 나서며 착 가라앉은 음성으로 물었다.

"뛰어난 무용(武勇)이다. 여우 같은 이궁 밑에 있는 장수인가?"

광림 장군이 껄껄 웃었다.

"이궁이 무슨 덕이 있어 나를 거느릴 수 있겠는가?"

양을기가 어투를 바꾸어 물었다.

"적이 아니란 말이오?"

광림 장군이 웃으며 말했다.

"그대들이 내가 섬기는 주인의 적이 아니라면 나도 그대들의 적이 아니다."

이태자가 소리쳤다.

"귀하의 주인은 누군가?"

광림 장군이 코웃음을 치며 말했다.

"이태자! 상백천(商白天)과 상흑지(商黑地)의 가르침이 부족했던 듯하오."

이태자의 얼굴이 시뻘겋게 달아올랐다. 다른 사람들은 모르고 있었지만 상백천과 상흑지는 그의 두 스승 이름자였다.

양을기는 장수들을 거느리고 광림 장군 앞을 막아서며 말했다.

"신분을 분명히 하시오. 적이 아니라면 손님으로 대할 것이고 적이라면 싸워야 할 것이오."

광림 장군이 도끼를 드리우고 말했다.

"나는 제세원 말의 윤극사 공을 섬기는 사람이다. 바로 이분이시다."

윤극사라는 이름이 또 한바탕의 소란을 일으켰다.

양을기가 윤극사에게 허리를 숙여 예를 취하며 말했다.

"이곳은 우리 조정의 정청이 열린 곳이외다. 귀공께서는 무슨 용무로 오셨소?"

상홍이 울면서 말했다.

"양 원수, 윤 공께서는 억울하게 형제의 손에 돌아가신 일태자 전하의 유지(遺志)를 받으셨소."

"뭣이?"

하는 고함 소리가 나이 많은 신하들의 입에서 터져 나왔다.

각오는 했지만 이태자의 안색은 새파랗게 질렸다.

조정엔 막여작(莫如爵)이란 말이 있지만 이 순간에 신하들은 벼슬의 높고 낮음도 없이 이태자 앞으로 몰려들며 소리쳐 물었다.

"전하! 정녕 일태자 전하를 시해하시었소?"

이태자는 이를 악물었다. 그를 추궁(追窮)하는 목소리들이 하늘을 메우고 땅을 메웠다.

양을기는 상홍과 설대녕을 붙잡고 물었다.

설대녕이 이태자와 노부인을 손가락질하면서 말했다.

"사실이오. 일태자 전하를 죽이고 강호의 자객을 보내 우리마저 죽이려 했소. 윤 공께서 우리를 보호해 주지 않으셨다면 우리도 모두 죽었을 것이오."

양을기는 이태자를 향해 돌아서며 있는 힘을 다해서 외쳤다.

"전하!"

그의 목소리가 다른 사람들의 목소리를 삼켰다.

이태자는 오기가 발동한 듯이 대답했다.

"말하라!"

양을기가 음성을 떨면서 물었다.

"정말로 일태자 전하를 죽이셨소?"

이태자가 딱딱한 음성으로 말했다.

"그렇다. 그대들과 논의한 대로 했다."

이태자는 벌떡 일어나서 고함쳤다.

"오만하고 강퍅하며 자기밖에 모르는 그자를 내 손으로 죽였다! 희생만을 강요하며 너그러움과 부드러움이라고는 티끌만큼도 없던 그자를 내 손으로 죽였다! 어떻게 이 나라 금수강산을 그런 자에게 맡길 수 있단 말인가? 그래서 내 손으로 죽였다! 경들과 만백성의 부귀영화를 위하여 죽였다!"

"아아! 전하는 틀렸소."

우부승지(右副承旨) 가구영(賈求鎣)이 털썩 주저앉아 탄식하며 이태자의 말을 끊었다.

"일태자 전하를 가까이서 모시던 사대능신은 제쳐 두고, 보잘것없는 재주를 가진 신들조차 부귀와 재물을 탐했더라면 저 주씨(朱氏)를 섬겨서도 모자람이 없었을 것이오. 전하는 신들을 고작 그런 사람들로밖에 보지 않았구려. 신들은 가슴속에 경략(經略:나라를 경영하고 다스림)을 품고 이 땅에 큰 뜻을 펼쳐 요순 같은 시대를 만들고자 하는 뜻이 있었지 부귀와 공명을 꿈꾸지는 않았소. 황제 폐하와 일태자 전하의 거룩하신 뜻을 알았기에, 어떤 사람은 조상 대대로 살던 땅을 버리고 가족과 함께 왔으며 어떤 사람은 거짓으로 죽어 무덤 속에 들어갔다가 나와 황제 폐하께 달려왔던 것이오. 그까짓 부귀영화가 무엇이란 말이오? 백성의 고초를 눈으로 보면서도 어찌하지 못하는 울분으로 나날을 보내던 신들에게 부귀영화는 가시로 만든 이불과 베개에 지나지 않소이다. 황제 폐하께서 이 땅의 만백성에게 요순 같은 시대를 열어주기 위해 애쓰시는데 신들은 일평생을 바쳐 뼈가 구부러진다 한들 영광으로만 알 뿐 원망하는 마음은 없소. 전하! 전하는 그토록 황제 폐하와 일태자 전하의 마음을 모르셨단 말이오? 전하는 그렇게 어리석은 사람이었단 말이오?"

가구영이 꾸짖듯이 고함쳤다.

"전하가 이 나라와 백성을 도탄에 빠뜨리게 했소! 전하는… 전하는 애초부터 태어나지 말았어야 했소!"

이태자 민성이 두 주먹을 불끈 쥐고 소리쳤다.

"말 다 했는가?"

가구영이 말했다.

"아직 남았소."

그는 다른 신하들을 둘러보며 말했다.

"일찍이 나 가구영은 선친으로부터 호소인(好小人)을 가장 경계해야 한다는 말을 들었소. 하나 호인(好人)은 쉽게 알아볼 수 있었지만 소인(小人)을 보는 눈이 없어서 선친의 말씀을 따르지 못했구려. 나는 내 손으로 황제 폐하의 자식 된 이태자를 죽일 수가 없으니 폐하의 심려가 되기 전에 먼저 죽고자 하오."

"영감(令監)!"

하고 누가 소리쳐 불렀지만 가구영은 말을 맺기도 전에 머리를 벽에 부딪쳐서 죽고 말았다. 늙은 몸이지만 맹렬히 달려들었기에 두개골이 산산조각났다.

가까이 있던 사도(司徒) 최선혁(崔仙赫)이 가구영의 시신을 붙들고 눈물을 뿌렸다.

"나라에 흉(凶)이 드니 곧은 선비가 먼저 가는구려. 장차 우리 황제 폐하 어이할까. 어이할까."

그러다가 사도 최선혁은 양을기와 손청 등을 돌아보며 말했다.

"어리석으면 따르기나 할 것이지, 무지한 것들이 이태자를 부추겼구나. 금수만도 못한 놈들. 심지없는 뼈다귀가 단단하면 어디 쓴단 말이냐? 이제 네놈들은 이태자와 함께 만고의 죄인이 되었으니 만 번에 만 번을 죽으라!"

양을기와 손청 등은 얼굴을 들지 못했다. 이태자를 일러 호소인이라고 한 가구영의 말도 옳았고 사도 최선혁의 말도 옳았다.

이태자가 엄숙하게 말했다.

"민융을 따라 죽고 싶은 놈들은 다 죽어라. 그렇지 않은 자는 나를 따르라. 높은 벼슬과 황금과 미녀를 주겠다."

몇몇 신하가 어이없어서 '허허' 하고 웃었다.

이태자가 말했다.

"죽는 놈은 구족을 멸해서 뒤쫓아가게 해주마."

어떤 젊은 신하가 말했다.

"전하, 돌았소? 완전히 미쳤소?"

이태자가 고개를 끄덕이며 진지하게 말했다.

"그렇다. 본 태자는 미쳤다. 황제가 되고 싶어서 미쳤다. 황제가 될 수 있다면 무슨 짓이든지 다 할 수 있고, 나를 황제로 만들어준다면 무엇이든 다 주겠다."

모든 사람들이 어이가 없어서 말이 막혔다.

이태자가 낮은 곳으로 내려오며 말했다.

"나는 이제 황제 폐하의 하나뿐인 아들이다. 나를 후대 황제가 될 수 있게만 해준다면, 그대들이 원하는 선정(善政)과 그대들이 원하는 세상(世上)을 만들어가겠다. 나를, 그대들은 나를 황제로 만든 후에 민융과 더불어서 만들려던 세상을 만들면 되지 않는가? 나는 그대들이 정하면 뭐든지 따르기만 하겠다. 맹세하라면 할 수 있다. 내 한 팔, 한 눈을 뽑아서 맹세하라고 해도 하겠다. 그대들은 강퍅한 민융보다 내가 황제가 되는 것이 더 편하지 않은가? 나는 결코 그대들의 뜻을 거부하지 않겠다."

윤극사와 광림 장군, 그리고 사대능신조차 광적인 이태자의 말에 병해졌다. 전선에 나가 있는 장수들과 황제 폐하를 봉행하는 몇 명의 대신들 외엔 문무백관이 다 모인 자리라고 할 수 있었다.

이태자는 그런 곳에서 스스로 형인 일태자를 죽였음을 시인하고 황제의 자리를 신하들에게 구걸하는 중이었다.

유사 이래로 이토록 뻔뻔한 자는 없었다.

이태자는 사도 최선혁을 향해 바닥에 무릎을 꿇고 절하며 말했다.

"만 번에 만 번 아니라 만 번에 천만 번을 죽어도 좋소. 나를 황제로 만들어주시오."

최선혁이 고개를 외면하고 하늘을 우러러 탄식했다.

이태자는 팔방에 절을 하면서 자기를 황제로 만들어달라고 말했다. 윤극사에게조차 절하며 황제가 될 수 있게 도와준다면 무엇이든 다 주겠다고 말했다.

신하들 중 이태자의 절을 받고 기가 막혀 흐느껴 우는 사람들이 있었지만 이태자는 개의치 않았다.

금의위사들조차 절을 받았고, 그들은 황급히 비켰다.

이태자는 양을기에게 엎드려 절하면서 말했다.

"내겐 아무것도 필요치 않소. 오직 황제로만 만들어주시오. 나는 다른 것을 가지려고도 하지 않겠소. 복수심도 자존심도 갖지 않겠소. 장군! 부디 나를 황제로 만들어주시오!"

또 정개화에게 절하며 말했다.

"우리가 함께 술을 마시며 놀았던 적이 얼마였소. 그대들은 모두 내 친구였지 않소? 친구를 황제로 만들어주오."

"전하!"

원수 양을기가 바닥에 엎드리며 큰 소리로 울었다. 다른 장수들도 따라서 울음을 터뜨렸다. 그들이 따랐던 원래의 이태자는 총명했고 거침없었으며 호방한 일대 호걸이었지 이런 사람이 아니었다.

항상 문관들만 감싸며 차가운 눈빛으로 사람을 압도하던 일태자와는 비할 수 없이 따뜻하고, 전장에서 함께 말을 달리기도 하며 장수들의 고충을 모두 알고 있던 사람이었다.

이해심이 많았고 부하들의 곤란한 처지를 보면 참지 못하고 돕는 사람이었다. 그런 사람이었기에 그가 황제가 되어야 한다고 믿었던 정개화와 양을기 등의 장수들이었다.

사경상이 울면서 소리쳤다.

"전하! 차라리 저희를 죽이십시오!"

그 말이 모든 장수들의 공통된 생각이었다. 이태자가 이러는 것은 자신들이 그의 손에 죽는 것보다 더 견디기 힘들었다.

빼어난 재주를 가진 사대능신도 이런 경우에는 속수무책이었다. 이태자는 그들 앞에 와서도 황제가 되게 해달라고 빌었다. 그리고 돌아서면서는 돕지 않으면 구족을 멸할 것이라며 이를 갈기도 했다.

참으로 기가 막힐 노릇이었다.

도성부윤 한조이가 버럭 소리쳤다.

"전하! 이성을 차리시오! 이 무슨 추태란 말씀이오!"

그러나 이태자는 들은 척도 하지 않았다. 한조이가 뛰어가서 그의 어깨를 잡고 흔들었지만 오히려 그의 절을 한 번 더 받았을 뿐이었다.

광림 장군이 허깨비처럼 이태자의 앞에 나타나며 혈도를 찔러 쓰러뜨렸다. 이태자가 축 늘어졌지만 누구도 광림 장군을 탓하지 않았다.

모두가 이태자의 광태로 허탈해졌고 지쳤다. 자리를 찾아서 앉거나 그것도 귀찮은 사람은 축축한 바닥에 그대로 주저앉았다.

호부시랑 무수영이 의자를 가져다가 윤극사에게 앉게 했다.

광림 장군은 내관들에게 이태자를 던져 주고 난 후에 나직하게 탄식하며 중얼거렸다.

"보탑(寶榻)은 부자지간(父子之間)에도 다툰다고 했던가."

음성은 작았지만 조용하여 듣지 못할 사람이 없었다.

그때 싸늘한 웃음소리와 함께 말이 들렸다.

"보탑은 부자간에 다투고 공(功)은 장수들이 다투지."

정개화가 놀라서 튕기듯 일어나며 소리쳤다.

"신포 필재!"

펑! 하는 소리와 함께 한쪽의 문이 박살나면서 신포 필재가 일곱 명의 부하들과 함께 들어왔다.

제7장 나는 내가 없으면 세상이 어떻게 될지를 보는 중이다

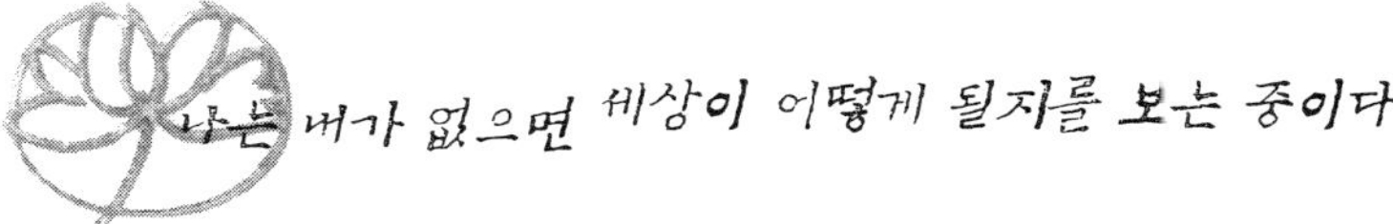

양을기가 고함쳤다.

"적장(敵將)이다! 막아라!"

내관들과 위사들이 검을 뽑고 앞을 다투어 달려갔다.

양을기가 소리쳤다.

"대감들은 모두 벽으로 물러나시오! 정개화는 네 사람을 데리고 적의 좌측을 봉쇄하라! 손청은 우측을 맡으라! 사경상과 이책신은 정면을 막되 적이 밀고 들어오지만 못하게 한다! 종리민은 태자 전하를 보호하라!"

다섯 장수가 원수 양을기의 명을 받고 동료들과 함께 달려갔다. 그들이 달려가는 곳에서는 벌써 검광과 함께 피보라가 일어나고 있었다.

양을기는 또 소리쳤다.

"위사들은 지명하는 장수들의 지휘를 받아라! 따르지 않는 자는 누구를 막론하고 군법으로 다스리겠다!"

신포 필재가 일곱 부하들 뒤에서 껄껄 웃었다.

"양을기! 제법이구나. 오번백이 수하 중에서 숨은 별이 있다고 하더니 바로 너였던 모양이지."

양을기는 대꾸하지 않았다. 눈으로 자기의 명령이 수행되는 것을 확인하기에도 바빴다. 양을기는 물건들이 쌓여 있는 높은 곳에 뛰어올라가 활을 들며 소리쳤다.

"대감들은 가까이 있는 물건을 손에 잡히는 대로 들고 본 원수의 뒤로 피하시오! 사대능신께서는 본 원수를 도와주시오!"

상흥이 달려가며 문관들에게 소리쳤다.

"타지 않는 것은 이 앞에 쌓고 타는 것은 뒤로 가지고 오시오!"

설대녕이 등불을 깨뜨려 불과 기름을 의자에 붓고 고함쳤다.

"앞에는 쌓아서 벽을 만드시오! 타는 것에는 불을 붙여서 적에게 던지시오!"

"으아악!"

그 순간에도 여섯 명의 내관이 필재의 부하들에게 살해당했다. 장수들이 그들과 싸웠지만 두세 합을 버티지 못하고 밀려 나왔다. 그들의 뒤쪽으로는 문관들이 불붙여 던지는 물건들이 날아갔다. 힘이 없어서 적에게까지 날아가지 못한 것들이었다.

양을기가 소리쳤다.

"차륜전을 펼쳐라! 내관들은 물러나서 불을 주워 적에게 던져라!"

이택신이 금의위사들에게 분통을 터뜨리며 소리쳤다.

"신병(神兵)은? 네놈들이 가졌던 신병은 어디 있느냐?"

신생조화문에서 만들어 이태자의 부하들인 금의위사들 중 일부가 사용하던 홍염창을 말하는 것이었다.

그러나 그들에게 홍염창은 없었다. 신생조화문이 없어지면서 홍염창에 넣어 불을 뿜어내게 하는 연료가 사라졌기 때문에 홍염창은 아무 소용 없고 불편하기만 한 물건이 되어버린 까닭이었다.

위사의 숫자가 육십여 명이었다. 장수가 스물 가까이 되었다. 그러나 불시에 쳐들어온 일곱 명을 막으면서 그들은 밀리고 있었다. 몇 번이나 포위가 뚫릴 뻔했다. 그때마다 양을기가 장수의 이름과 움직여야 할 곳을 지시하여 가까스로 막을 수 있었다.

양을기가 활에 살을 먹인 후 신포 필재를 겨누고 기회를 엿보면서 호령은 호령대로 하는 중이었다.

그때까지 뒤에 서 있던 신포 필재가 검을 뽑고 나서면서 소리쳤다.

"역적 민소동의 자식놈은 목을 받쳐 들고 나와라!"

동시에 그의 부하들이 검을 강하게 떨쳐 내며 몇 명의 위사가 죽고 두 장수가 다리와 허리를 다쳤다.

신포 필재는 무시무시한 기세로 돌진하며 네 사람의 장수를 순식간에 베어버리고 막아선 위사를 어깨로 튕겨 날리며 길을 열었다.

양 무리에 뛰어든 맹수나 마찬가지였다. 양을기는 활을 겨누고 있었지만 쏠 틈을 찾지도 못했고 명령을 내릴 틈도 없었다.

광림 장군은 감탄을 금치 못했다.

양을기는 활을 집어 던지고 포위를 순식간에 뚫고 나오는 필재를 향해 검을 뽑아서 달려가며 소리쳤다.

“필재! 내 칼을 받아라!”

필재는 달려오는 기세 그대로 두우검법을 펼쳐서 양을기의 검을 막아내며 그를 뛰어넘었다.

“못 간다!”

양을기가 고함치며 허리에 감고 있던 채찍으로 그의 다리를 후렸다. 필재가 검으로 채찍을 베었으나 잘려진 채찍에 발목을 맞았다.

양을기는 채찍을 그의 머리를 향해 던지고 벼락처럼 달려들며 검으로 연환삼초(連環三招)를 펼쳤다.

“하하하하하!”

신포 필재가 호쾌하게 웃음을 터뜨렸다.

“좋다, 좋아! 과연 양을기구나!”

그러나 그 말이 끝나는 것과 동시에 양을기는 필재의 발에 어깨를 걷어차였다. 동시에 뒤에서 덮쳐드는 바람 소리를 듣고 바닥에 납작 굴러서 옆으로 피했다.

머리 위로 두 자루의 검이 투구의 끝을 자르고 지나갔다. 필재를 뒤따라 포위를 뚫고 나온 그의 부하들이었다.

뒤따라 정개화를 비롯한 장수들과 위사들이 벌 떼처럼 왕, 하며 몰려들었다. 신포 필재는 양을기가 위험을 면하는 것을 보면서 허공으로 솟구쳐 이태자 쪽으로 날아갔다.

순간 신포 필재는 자기 앞을 가로막아 선 여자를 보고 움찔했다. 그 여자는 원래 윤극사 가까이에 쓰러져 있었는데, 언제 그곳에 누워 있었는지 알 수 없었다. 갑자기 벌떡 일어서더니 두 팔을 벌린 채 이태자가 있는 곳으로 필재가 가지 못하게 막은 것이었다.

신하들과 위사들이 소리쳤다.

"공주마마!"

영강 공주는 흐릿한 눈으로 신포 필재를 보면서 말했다.

"가지 못한다."

필재는 검을 번쩍 치켜들었지만 영강 공주의 목을 내려치지 못했다. 그때 좌우에서 내관들이 달려들었다.

필재는 발로 차서 그들의 검을 날려 버리고 몸을 회전시키며 그 여세로 두 내관의 목을 베어버렸다.

그리고 피 묻은 검으로 영강 공주의 혈도를 찍어 쓰러뜨렸다.

제자리에서 한 바퀴 맴돌며 필재는 뒤에서 쫓아온 사경상의 검을 막고 허벅지를 차 올렸다. 사경상의 큰 몸이 튕겨져 올랐다가 떨어졌다.

신포 필재는 검을 바닥에 꽂으며 영강 공주를 붙잡아 들고 내둘렀다. 이택신과 손청은 영강 공주가 다칠까 싶어서 다가서지 못했다.

그들이 공격하면 신포 필재는 영강 공주를 방패 삼거나 그녀를 집어 던지고 검을 뽑아 들 것이라는 의도를 분명히 하는 듯했기 때문이다.

필재는 두 바퀴나 영강 공주를 내두른 후에 소리쳤다.

"물러서라! 다가들면 공주를 죽이겠다!"

공주가 힘없이 말했다.

"어차피 죽을 몸. 얼마를 더 살겠다고 굴욕을 받으리오?"

필재는 공주를 바로 밀쳐 버렸다. 인질로서의 가치가 없었다. 한데 그때 그림자가 번득하더니 영강 공주를 낚아채서 사라져 버렸다.

"엇!"

신포 필재는 뜻밖에도 고수가 나타나자 자기도 모르게 놀라서 소리쳤다. 그러나 사라진 그자와 영강 공주를 찾을 틈은 없었다.

사방에서 공격이 들어왔고 신포 필재는 검을 들어서 휘두르며 바닥을 굴러서 한 사람의 다리를 베고 이태자를 향해 다시 솟구쳤다.

뒤는 그의 일곱 부하가 엄호했다. 필재는 누워 있는 이태자의 앞에 떨어져 내렸다. 이태자를 지키라는 명을 받았던 종리민이 공격했지만 종리민은 그의 적수가 될 수 없었다. 단 이 초 만에 종리민이 가슴에 검을 맞고 나가떨어졌다.

달려드는 한 내관의 심장을 찌르니 다른 내관은 놀라서 제 바람에 엎어져 버렸다. 필재는 이태자의 목을 검으로 겨누었다.

양을기 등이 모두 움직임을 멈췄다. 이태자가 제압당한 것이다.

필재는 검을 칼집에 꽂고 이태자의 가슴팍을 붙잡아 일으켰다. 정신을 잃은 이태자의 몸이 축 늘어져서 빨래처럼 드리워졌다.

하지만 신포 필재가 이태자의 얼굴을 다시 보는 순간에 아차 하며 속으로 외쳤다.

'속았다!'

즉시 이태자의 몸을 힘을 다해 던졌다. 그러나 이태자의 소매 속에 숨겨져 있던 손에 들린 비수가 필재의 오른팔 어깨에 박히며 뼈가 긁히는 깊이로 한 뼘 길이나 미끄러져 내려갔다.

"대영반!"

하고 필재의 부하가 소리치며 그의 팔을 지혈했다. 필재의 팔은 보통 검으로는 삼 푼도 찌를 수 없을 정도로 강했지만 그 비수는 그의 근육마저 세로로 절단해 버렸다.

"색혈비도!"

하고 신포 필재가 말하며 입술을 질끈 씹었다.

다른 부하들이 양을기 등의 공격을 받아냈다. 검과 검이 부딪치며 푸른 불꽃이 튀었다.

이태자로 변장하고 있다가 필재의 팔에 상처를 내고 던져진 병부시랑 시적은 내관 둘과 잇달아 부딪친 후에 혼절하고 말았다.

광림 장군은 한편으로는 신포 필재와 양을기 등의 치열한 싸움을 보고 다른 한편으로는 윤극사를 번갈아 보다가 마침내 작은 소리로 입을 열었다.

"저들은 모두 뛰어난 인물이네. 저대로 죽도록 내버려 둘 것인가? 구한다면 훗날 큰 힘이 될 것일세."

윤극사가 나직하게 말했다.

"나는 내가 없으면 세상이 어떻게 되는지를 보고 있는 중입니다."

광림 장군과 함께 윤극사의 곁에 있던 무수영은 섬뜩한 전율을 느꼈다. 여태까지 윤극사가 이곳에 들어온 후 말없이 있었던 이유가 바로 그것이었는가 싶었다.

윤극사가 무거운 음성으로 말했다.

"민천자가 여기에 있다면 상황은 저렇지 않겠지요?"

광림 장군이 탄식하며 말했다.

"그렇네. 여기는 민천자의 그림자가 들지 않는 곳이기 때문이네. 민천자의 그림자를 느낄 수 있는 곳만 되어도 이렇지 않았을 것이네."

무수영은 두 사람의 어투에서 광림 장군과 윤극사의 관계가 단순하지 않음을 짐작했다. 무수영은 바로 이 순간이 자기가 역할을 할 때라는 생각이 들었다.

사대능신이 저마다 일을 찾아 달려갈 때 그가 윤극사의 곁에 붙어 있은 이유는 그를 보호하려는 마음도 있었지만 그의 힘을 빌려야 할지도 모른다는 생각 때문이었다.

무수영은 윤극사에게 허리를 깊이 조아리며 간곡한 어조로 말했다.

"윤 공께서는 두려운 말씀을 거두시고 여기에 모인 사람들을 외면하지 말아주십시오."

윤극사는 무수영의 부탁에 답하지 않았다. 무수영은 윤극사의 눈빛이 칼날처럼 예리하다는 느낌을 받았다.

윤극사의 이름을 그도 잘 알고 있었지만 윤극사가 대체 무엇인지 누구인지는 점점 더 의문이 생겼다.

무수영은 속으로 중얼거렸다.

'이런 이상한 사람이 있을 수 있단 말인가? 이 사람을 이해하지 않고서는 움직일 수가 없을 텐데 내가 만난 사람 중에서 알기가 가장 어려운 사람일 듯하구나.'

윤극사는 밀실에서 순수한 이성의 상태에서 만났던 존재에 대해서 생각하고 있었다. 그를 만난 이후로 계속 그의 존재를 의식하고 있었다.

스스로 '하늘'이며 절대자이고 '존재의 근원'이라 했으며 자기 자신이라고 말했던 그였다.

윤극사는 눈앞에 보이는 잔인하고 난해한 상황도 그의 사유가 빚어낸 현실임을 그로부터 직접 들어서 알고 있었다.

윤극사는 신포 필재와 양을기 등의 충돌하는 의지와 의지 너머에 있는 '그'의 사유를 바라보고자 했으며 그 사유의 한계와 범위를 보려고

했다.

왼팔은 화상을 입어서 오른쪽 가슴에 붙었고 오른팔마저 색혈비도에 다쳐서 쓸 수 없게 된 신포 필재는 부하가 팔에 약을 뿌리고 상처를 싸매주고 있었다.

양을기와 상홍 등이 소리치며 장수들을 독려해서 신포 필재가 움직이지 못하는 틈에 그들을 몰아붙였다.

그러나 신포 필재는 눈을 번득거리며 부하들을 지휘했다. 적의 허점을 보고 소리쳐서 지적하면 그의 부하는 그대로 돌진했고, 상대방은 피하기에 급급했다.

수십 명의 사람이 뒤엉켜 돌아가는 상황에서도 신포 필재는 침착하기 이를 데 없었다. 양을기는 신포 필재의 여섯 부하를 죽이지 못하고 고슴도치와 싸우는 사냥개마냥 펄펄 뛰기만 했다.

그들에게는 불도 소용없었고 뛰어난 검술 때문에 다른 공격으로 상처를 입힐 수도 없었다. 무공의 격차가 심했다. 오히려 사상자는 양을기 측에서 늘어나고 있었다.

사대능신도 속수무책이었다.

신포 필재는 그들의 적이지만 정(正), 기(奇), 변(變), 력(力)을 고루 갖춘 자였기 때문에 어찌할 방법이 없었다.

신포 필재가 양을기에게 말했다.

"양을기! 잘못을 되돌려 바르게 돌아감이 어떤가? 죽이기엔 네 재주가 아깝다!"

양을기가 큰 소리로 웃었다.

"필재, 잘 들어라! 너도 대비하지 않으면 언젠가는 네 재주로 인해 주씨의 손에 죽임을 당할 것이다. 우리 황제 폐하께서 주씨의 손에 해를 입으실 뻔한 것을 잊지 마라!"

상홍이 웃으며 소리쳤다.

"필재, 당신의 공이 크면 클수록 벼슬이 높으면 높을수록 못난 주씨는 익어가는 과일 보듯 할 것이오. 이제나 먹을까 저제나 딸까 하면서 말이오."

신포 필재가 껄껄 웃고 말했다.

"상홍, 굴 속의 두더쥐들마냥 달아나기 위해 쥐어짜낸 궁리는 끝났느냐? 아니면 여덟 개의 길이 모두 막혔다는 것을 알고서 나를 문으로 삼으려는 것이냐?"

상홍이 말했다.

"토끼가 범의 아가리에 들어와서 범이 달아날 것을 염려하는구나."

신포 필재가 말했다.

"내가 잡으려는 것은 오직 민소동과 그의 혈족이다. 그들을 넘겨준다면 너희들에게는 순순히 길을 열어주고 떠나겠다."

"개소리!"

하고 손청이 소리쳤다.

전쟁에 진다면 그들의 가족은 죽거나 끌려가서 종이 될 것은 불을 보듯 훤한 일이다. 미리 도망치지 않는 한 그런 운명을 피할 길은 없다. 관대함을 약속하는 적일수록 승리 후에는 더욱 가혹해 왔던 것이 바로 전쟁의 역사였다.

전쟁에서는 강한 자가 관대한 것이 아니며 관대한 척하는 자는 어떤 면에서든 약한 자다. 그렇기 때문에 관대함을 약속하는 자가 승리하면 두려워서라도 가혹하게 짓밟는 것이다.

정개화가 고함쳤다.

"목을 바쳐라, 필재!"

그러나 정개화의 공격은 전쟁에 단련되어 강하고 의력적이며 반응이 빨랐어도 정묘하지는 못했다. 필재의 부하들은 어렵지 않게 그의 공격을 막아냈다. 정개화 등의 장수들이 전쟁 속에서 강해진 인물들이 아니었다면 그들의 공격에 벌써 다 죽고도 남았을 것이었다.

필재의 부하들은 지치는 기미도 없었다.

양을기가 신포 필재를 향해 돌진하다가 부하들과 접전을 벌이며 나직하게 필재에게 말했다.

"필재, 악독하구나. 도둑을 쫓아도 길을 열어놓고 쫓는 법이거늘, 우리를 모두 죽이려고 왔느냐?"

필재도 음성을 낮추어서 말했다.

"이제 그럴 생각도 드는군."

양을기가 말했다.

"여기는 고수가 있다. 그는 너보다 더 강하다."

필재도 그 사실을 알고 있었다. 그가 어느 정도 자중하는 것도 그 이유 때문이었다.

양을기와 싸우는 필재의 부하가 힘을 삼 할쯤 거둬들여 필재와 양을기가 이야기하는 것을 도왔다.

양을기는 검으로 밀고 들어가며 말했다.

"그가 네 손에서 공주를 구했다. 하지만 너도 눈치 챘겠지만 그는 비아비적(非我非敵:우리 편도 적도 아님)이다."

필재는 윤극사 쪽을 잠깐 살피고 냉소하며 말했다.

"그보다 더한 사람도 있다. 그리고 나는 그가 나를 돕지는 않을지 몰라도 내 편이라는 것은 확신할 수 있다."

양을기가 말했다.

"순순히 물러가라, 필재. 네가 여기 있는 사람을 다 죽인다면 우리 대위국이 멸망하는 것이겠지만, 황제 폐하께서 건재하시니 국운이 다 하지 않은 것은 분명하다. 우리 대위국의 국운이 다 하지 않았다면 너는 우리 모두를 죽이지 못할 것이다."

필재는 싸늘하게 미소를 지었다.

양을기가 필재의 부하에 의해 뒤로 밀렸다. 종리민이 달려들어 양을기를 대신해서 싸웠다. 양을기는 땀을 흠뻑 쏟고 물러나서 쉬었다. 주위에 늘려 있는 시체 숫자만큼 포위망이 얇아졌다.

장수가 다섯 죽었고 위사와 내관이 삼십여 명 죽었다. 그런 상태에서도 소수인 필재 측은 필재가 팔에 중상을 입었을 뿐 피해가 경미했다.

장수와 위사를 포함해서 스무 명만 더 쓰러진다면 필재를 포위하는 것도 불가능할 것이라고 양을기는 생각했다. 발빠른 그들을 숫자로 막고 있는 상황이니 그들이 포위 밖으로 뛰쳐나가 조정대신들을 살육한다면 도저히 어쩔 방법이 없다.

양을기는 자기의 말이 필재에게 효과가 있기를 바랐다. 바깥으로 나가기만 하면 사가장 내에 집결해 있는 군병들을 지휘하여 필재가 제아무리 고수라 해도 붙잡을 자신이 있었다.

처음 생각대로 황궁에 있었더라면 필재를 이처럼 두려워하지 않아도 되었을 것이다. 양을기는 오번백 대원수라면 이 순간에 어떻게 대처할 것인지를 생각해 보았다.

순간 번개처럼 영감이 떠올랐다. 양을기는 투구를 벗어 들어 방패로 삼고 굴러 들어가며 적의 하체를 검으로 쓸었다. 갑작스런 그의 공격에 필재의 부하는 검으로 내려쳤지만 양을기는 투구로 막았고, 그자는 다리를 잘리지 않기 위해서 솟구쳐야만 했다. 그 순간에 정개화가 덮쳐들면서 거센 힘으로 검을 휘둘렀고, 그가 방어하는 틈에 양을기는 몸을 벌떡 일으키며 그의 등을 찌르고 빠져나왔다.

검이 그자를 완전히 관통했다. 번갯불을 방불케 할 만큼 갑작스럽게 이루어진 일이었다. 필재의 다른 부하들은 동료를 구할 틈도 없었다. 여태까지 잘 싸워왔기 때문이다.

죽은 자는 비명도 지르지 않고 쓰러졌다.

환호는 손청 등의 장수들과 위사들이 질렀다. 와! 하는 소리와 함께 한순간에 사기가 충천했다.

난공불락 같던 자들 중 하나가 맥없이 쓰러지는 것을 보며 적들이나 자신들이나 똑같다는 것을 확인했기 때문이다.

여덟에서 하나는 병신이고 하나는 죽었으니 남은 것은 여섯이었다.

전장에서 사기가 오르면 가진 힘보다 더 큰 힘을 발휘하는 장수들이 무시무시한 기세로 압박하고 돌진해 들어갔다.

장수들의 큰 몸집에 비해서 필재의 부하들은 상대적으로 몸이 작았다. 사방에서 벽이 몰려오는 것처럼 달려들며 몸을 사리지 않고 무모한 공격을 펼치는 양을기의 장수들에 의해 공세가 한번 수세로 바뀌자 국면의 전환이 쉽지 않았다.

날아오는 검을 막기에도 급급하여 눈에 보이는 적의 허점조차 공격할 수가 없었다. 그에 맞추어 와! 와! 하는 엄청난 함성이 터져 나왔다.

대신들이 기세를 돋우기 위해서 상홍의 지휘에 따라 함성을 질러대기 시작한 것이었다.

필재를 가운데 두고 여섯 명의 부하가 있는 힘을 다해 방어했다. 무모하게 몸을 던지고 앙을기가 했던 것처럼 땅을 구르며 부하들의 하체를 노리는 자를 필재가 몸을 낮추고 발로 차서 밀쳐 냈다.

그들 일곱 명이 서 있는 곳이 점점 좁아지고 그만큼 날아오는 공격이 많아졌다. 그러나 필재는 그 순간에도 진짜 이태자를 눈으로 찾고 있었다.

손청은 적을 한 번 공격하고 검이 튕겨 나오자 아예 던져 버린 채 두 팔을 벌리고 와락 달려들어 적을 안아버렸다. 가까웠기 때문이다.

그자가 발로 가슴을 찼지만 공력이 온전히 실리지 않았다. 손청은 그대로 밀면서 두 팔로 그자를 꽉 조이며 힘을 쓸 수 없도록 번쩍 들어 올렸다.

"죽여라!"

손청이 고함쳤다.

종리민이 도끼를 휘두르듯 검을 휘둘러 손청이 안은 자의 팔을 잘랐다. 다른 장수 한 명이 높이 솟은 그자의 머리를 옆으로 쳤다. 귀에서 귀로 두개골이 잘려졌다. 손청은 있는 힘을 다해서 시체를 필재가 있는 쪽으로 던졌다. 필재가 가운데서 뛰쳐나와 죽은 자의 위치를 점하며 발로 날아오는 시체를 받아서 다시 차냈다.

시체에 부딪쳐 세 사람이 넘어졌다.

그러나 '한 놈 더 죽었다!' 하는 소리가 터져 나왔고, 함성 소리는 더 먼 데서 고막을 먹먹하게 할 만큼 크게 들려왔다.

몰리는 쪽은 필재 측이었다. 양을기 측은 이대로 싸우면 모두를 죽일 수 있다는 생각이었고, 필재는 이대로 싸우면 자기들 모두 죽을 거라는 생각을 하고 있었다.

팔을 다치지만 않았어도, 한쪽 팔만이라도 쓸 수 있다면 전세(戰勢)를 되돌릴 수 있을 테지만 현실은 그렇지 못했다.

부하가 세 번째 요청을 해왔다.

"대영반, 여기서만이라도 우리를 자유롭게 해주시오!'

자유롭게 해달라는 말은 그들의 방식대로 싸우겠다는 뜻이었다. 어쩔 수 없었다. 남아 있는 방법이 그것뿐이기 때문이다.

"허락한다."

필재는 발에 떨어진 검을 차서 날리고 부하의 어깨를 밟은 후에 유심히 보아두었던 곳으로 도약했다.

"잡아라!'

여러 자루의 검이 그의 몸을 베려고 했지만 모두 허공을 쳤다. 동시에 다섯 명의 부하가 그 자리에서 꺼지듯 사라졌다가 위사들과 장수들 틈에서 기척도 없이 솟아올랐다.

"으아아아악!'

아홉 명이 그들에 의해 한순간에 목숨을 잃었다. 강호에서 쓰이는 살인 수법이었다.

양을기가 피를 토할 듯이 소리쳤다.

"필재, 강호의 도적들을 끌어들였구나!'

필재는 허공에서 열세 번의 재주를 부린 후에 바닥을 밟으며 막아서는 자 둘의 다리를 차서 쓰러뜨리고 다시 밟아서 목을 꺾었다.

양을기와 장수들이 필재의 뒤로 쫓아갔다. 필재는 재주를 넘으며 훌쩍 뛰어올라서 머리를 바닥에 대고 발을 앞뒤로 차서 또 세 명을 쓰러뜨렸다.

필재의 다섯 부하가 살인을 위한 죽음의 검을 사용하여 무자비한 살육을 시작했다. 비명 소리가 끊이지 않고 포위망은 무너졌으며 장수들은 그들의 검을 막고 물러서기에 급급했다.

마침내 필재는 자기가 목표로 했던 곳에 이르렀다. 다섯 명의 내관에 둘러싸여 있는 이태자의 목을 발로 밟아서 끊어버릴 작정을 했다.

허공에서 몸을 회전시키며 먼저 검을 들고 달려드는 두 명의 내관을 발로 차서 죽였다.

남은 내관은 셋. 뒤에서 달려오는 양을기가 도착하기 전에 그들과 이태자를 죽이는 것이 가능할 듯했다.

그때 다른 쪽에서 이태자가 벌떡 일어서면서 소리쳤다.

"필재! 너는 속았다!"

필재는 자기도 모르게 멈칫하고 말았다.

'아차!'

제8장 구슬 같은 인물들

구슬 같은 인물들

이번에도 이태자를 앞에 두고 아차 했지만 먼저처럼 대상이 달라서
가 아니었다. 그 말에 멈춰 버려 시기를 놓쳐 버린 것을 한탄한 것이었
다.

처음에 모습으로 이태자를 흉내 내어 자기의 팔을 돗 쓰게 한 자가
이번에는 음성으로 그의 호기(好機)를 망쳐 버렸던 것이다.

뒤에서 양을기의 검이 쫓아오고 있었다. 동시에 이태자의 앞으로 세
내관이 막아섰으며 그들 중 한 사람이 말했다.

"신포 필재, 당신은 우리와 해결해야 할 빚이 있다."

차림은 내관이었으며 수염도 없었지만 그의 목소리는 차분하고도
굵었다. 어투로 봐서 강호인이지 궁중의 인물이 아니었다.

다른 자가 흰 자기병을 꺼내 흔들며 말했다.

"거기서 멈추지 않으면 우리도 최후의 수단을 쓰겠다."

필재는 그들이 누군지 확연히 알았다. 치가 떨리는 자들이며 눈에 보이는 즉시로 베지 않으면 위험 그 자체인 자들이었다. 검을 쓸 수 없게 된 것을 두 번째로 아쉬워했다.

필재는 그들에게서 몸을 돌리며 고함쳤다.

"멈춰라!"

양을기와 장수들, 그리고 필재의 부하들마저 그 한소리에 멈췄다.

흰 자기병을 든 자는 내관의 모자를 벗어서 던져 버렸다. 사십 대 중반의 건장한 남자였다.

필재가 웃으며 말했다.

"본관도 당신들과는 계산해야 할 것이 있지. 제세원을 멸망시킨 흉수들을 본관은 아직 처단하지 못했으니."

윤극사는 오래된 얼굴들이었지만 세 내관을 알아볼 수 있었다. 그들은 백초곡의 의원들로 원영춘(元永春), 은자린(殷紫燐), 그리고 관연소(關沿沼)였다. 곡주의 측근들이었다.

세 사람 중 먼저 말했던 사람인 원영춘이 한숨을 쉬면서 말했다.

"좋다, 좋아. 해결해야겠지. 당신 재주로는 우리 세 명이 독을 쓰기 전에 죽이는 것도 가능하겠지. 하지만 필재, 당신도 멈췄을 때는 여기에 우리 세 명 말고도 동료가 더 숨어 있을 거라고 생각했기 때문이 아닌가?"

"하하하하!"

필재가 큰 소리로 웃으며 고개를 끄덕였다.

"백초곡의 사람치고 대단치 않은 자는 없는 듯하군."

원영춘이 나직하게 말했다.

"허세 부리지 마라, 필재. 당신은 중상을 입었다. 팔 없는 병신으로 살 텐가? 이각만 지나면 저 윤극사라 해도 당신 팔을 잘라내지 않고는 치료할 수 없다."

필재가 웃으며 말했다.

"진작 우리를 죽일 수 있었어도 극사에게 발각될 것이 두려워서 숨어 있었겠지."

원영춘이 쓸쓸하게 웃었다.

"그를 두려워하지 않을 사람이 어디 있는가? 무지한 자만 용감할 뿐."

필재가 양을기 등을 쭈욱 훑어보면서 말했다.

"이제 힘은 백중세다. 그러나 이기는 쪽은 살고 지는 쪽은 전멸하겠지. 양을기! 더 싸워볼 텐가, 이쯤에서 그칠 텐가?"

이택신이 고함쳤다.

"강호의 살귀들을 끌어들이다니 부끄럽지도 않느냐?"

필재는 이태자가 누워 있는 곳에서 조금씩 멀리 떨어지며 부드러운 얼굴로 말했다.

"백초곡 사람들을 보고 부끄러움을 잊었지."

피장파장이란 말이었다.

필재의 부하들이 필재가 있는 곳으로 모여들었다.

양을기가 손으로 장수들에게 갈 곳을 지적했다. 장수들이 재빨리 움직였다.

양을기가 말했다.

"필재, 당신은 갈 수 없다! 여기서 뼈를 묻어야 한다."

필재가 눈을 부릅뜨고 말했다.

"누구 뼈가 묻힐지 모르는데 무모하지 않은가?"

양을기가 고개를 끄덕이며 말했다.

"무모하다. 하나 당신이 나간다면 우리에겐 패배밖에 없을 테니 무모함을 택할 수밖에 없다. 당신이 군사를 거느리고 다시 공격해 온다면 솔직히 내 재주로는 막을 수가 없다. 내가 당신이라고 해도 군사를 물리고 잠입해 왔을 때는 다시 우리를 물리칠 방법을 강구해 놨을 것이다."

필재가 진정으로 감탄했다.

"아직은 아니지만 당신은 장차 내 적수가 될 만하다, 양을기! 나는 당신이 가진 재주를 민소동과 오번백이 몰라준다고 생각했는데, 이번에 당신을 원수로 내세웠기에 크게 놀랐다. 그의 평이 정말 옳았다."

두 번이나 필재를 골탕 먹였던 병부시랑 시적이 멀찍이서 소리쳤다.

"양 원수는 일찍부터 일태자 전하께서 염두에 두셨던 장수요! 그 외에 누가 또 양 원수를 그리 높게 평했단 말이오?"

필재가 말했다.

"그대는 누군가?"

병부시랑 시적이 호탕하게 웃으며 말했다.

"필 신포, 소생에게 고생이 많으셨소. 소생은 병부시랑 시적이오."

필재가 웃으며 말했다.

"서생 나부랭이치곤 기개가 있다 싶었소. 사대능신 중 하나인 시 형이셨군."

"과찬이오."

하고 시적이 겸양했다.

필재가 상홍을 보며 말했다.

"귀하는 사대능신의 우두머리인 이부시랑 상홍이실 테고……."

상홍이 성벽처럼 물건들을 쌓아 올린 위에서 인사를 했다.

필재가 윤극사 쪽을 보고 말했다.

"극사 옆에 있는 저분은 호부시랑 무수영 대감이실 텐데."

상홍이 손가락을 치켜올리며 말했다.

"그대는 적이지만 칭찬하지 않을 수가 없소. 그 난중에서도 우리를 모두 보고 있었다니 놀랍기만 하오."

필재가 차갑게 웃으며 말했다.

"예부시랑 설대녕 대감이 안 보이니 우리가 막아놓은 길을 뚫으러 간 모양이시군."

상홍이 속으로 놀라며 말했다.

"저쪽, 그대한테 보이지 않는 곳에 있을 수도 있지 않소?"

"하하하하!"

필재가 낭랑하게 웃고 말했다.

"당신들처럼 총명한 사람들이 호기심이 없을 리 있는가? 얼굴을 들이민 사람 중에 없다면 여기에 없는 것이지."

"으하하하하하!"

상홍과 시적, 그리고 무수영이 동시에 큰 소리로 웃었다. 아주 통쾌한 웃음이었다. 그곳에 있는 모든 사람들에게 그들의 웃음은 적수를 만나서 기쁜 듯이 들렸다.

무수영이 여전히 입가에 웃음을 머금은 채 말했다.

"다들 신포 필재, 필재 하길래 믿지 않았는데 오늘 보니 명불허전이오. 그대에게 죄를 짓고는 빠져나갈 수 없다는 말이 헛되지 않음을 알겠소. 아직 소식이 없는 것을 보니 아마 설대녕 대감도 지금쯤 그대에게 감탄하고 있을 듯하오."

상홍이 말했다.

"우리는 설대녕 대감이 신포 필재 그대를 감탄시킬 수 있기를 고대하는 중이오."

필재는 말했다.

"아깝구나, 아까워. 그대 같은 인재들이 역적 민소동 때문에 헛되이 죽겠구나."

시적이 웃으며 말했다.

"신포, 이것이 싸움이 아니라면 주인을 욕하는 말은 서로 하지 맙시다. 우리는 입이 많고 더구나 입으로 사는 자라 욕은 수백 배 더 잘할 거요. 그러면 당신이 불리하지 않겠소? 누가 양 원수를 그렇게 평가하고 있었는지나 말해 보시오."

신포 필재가 순순히 말했다.

"우리 이궁 대원수에게 들었소."

무수영이 말했다.

"허, 겁 많고 무능한 그 사람한테 그런 재주가 있었군."

필재가 웃으며 말했다.

"오번백이라는 걸출한 인물과 맞서 싸우면서 아직 패하지 않았으니 그분도 역시 인물 아니오? 그대들의 대원수가 우리 대원수를 금방 깨뜨리지 못하는 것은 우리 대원수가 그대들의 대원수를 잘 알고 있기 때문이오."

상홍 등이 고개를 끄덕였다. 이궁은 오번백을 알기에 대군을 거느리고도 오로지 지키려고만 하지 함부로 군사를 써서 모험하지 않았다.

그들은 대장군 이궁이 자기들의 장수들까지 속속들이 아는 듯하여 속으로 은근히 놀랐다. 이궁이 남몰래 사람을 깊이 아는 면에서는 일 태자와 비슷했다.

시적이 정개화를 가리키며 말했다.

"그럼 정 장군은 그가 어떻게 평했소?"

필재가 말했다.

"정개화? 정개화라면 크게 싸우고도 공은 적게 얻는 장수 아니오? 대원수는 그가 흩어지는 적은 쫓지 않고 장수만 쫓기 때문에 미숙한 병사들을 항상 그가 싸우는 곳에 보낸다고 했소."

정개화의 얼굴이 부끄럽고 화가 나서 붉어졌다. 전장에서 언제나 공을 다퉜기 때문에 그가 적진을 깨뜨리면 항상 외치던 말이 '졸개는 잡을 필요 없다! 적장을 잡아라!' 하던 말이었다. 그래서 싸움에 이기고도 전과(戰果)는 대체로 미미한 편이었다.

그렇게 했던 것이 이궁의 새로운 병사들을 훈련하는 데 자기가 이용당했다는 것을 안 것이다.

시적은 깜짝 놀랐다.

그도 병부시랑으로 정개화에 대한 보고를 받을 때면 그런 점이 못마땅하여 오번백 대원수를 통해 몇 번 부탁했지만 정개화가 잘 듣지 않았던 사항이기 때문이었다.

필재가 무심코 던지는 말이 장난이 아니다 싶어서 식은땀이 났다. 결코 그를 살려서 돌려보내지 말아야 되겠다는 생각이 들었다.

조정백관들이 다 모인 곳을 그가 보았으니 어떤 약점을 그가 발견했을지 알 수가 없었다.

상홍이 불쑥 물었다.

"신포, 이번 기습은 당신 대원수의 계획이었소, 그대의 계획이었소?"

필재가 능청을 떨며 말했다.

"무슨 뜻인지 모르겠소."

상홍이 다 알고 있다는 듯이 웃으며 말했다.

"최고의 정병들에게 군량미를 운반하게 하고 일부러 강탈당한 척하여 병사를 숨기고 패잔병을 모아서 도성을 기습한 일 말이오."

"하하하하핫!"

신포 필재가 큰 소리로 웃었다.

그곳에 있던 모든 사람들이 상홍의 말에 놀랐다. 전선에서 아득히 먼 도성에 갑자기 수천의 적군이 나타날 수 있었던 이유를 알게 된 때문이다.

상홍은 이궁이 생각보다 대단한 인물임을 알게 되자 그가 움츠리고 있었던 주된 이유가 이번 기습을 위해서가 아니었는가 하고 생각하게 되었고, 그렇게 한 번 생각하자 수천 명이 운반하던 군량미 탈취 사건과 자연스럽게 이어져서 그러한 결론을 추리해 낼 수 있었던 것이다.

"과연 사대능신의 상홍."

필재는 크게 고개를 끄덕였다. 그리고 기쁜 듯이 말했다.

　"큰 틀은 우리 대원수가 꾸몄고 작은 실행은 내가 꾸몄소. 대원수는
군량미를 숨겨놓고 탈취당했다 황제께 보고했소. 그때 대원수는 목숨
을 걸고 보고했던 것이오. 조정에서 그를 밀어내려는 움직임이 거센데
도 그렇게 했던 이유는 그 계획이 실패하면 누가 대원수가 되든지 결
국 패하고 말 것이라는 것을 알고 있었기 때문이라 했소. 안타깝지만
우리 조정에는 그대들의 대원수인 오번백을 이길 만한 인물은 없었기
때문이오. 우리 대원수는 자신이 그대들의 대원수를 이길 수는 없어도
전선에 붙잡아둘 만한 인물은 된다고 스스로 평하셨소. 조정에서 의논
이 분분했지만 대원수는 겨우 자리를 보전하셨고 군량미 탈취 사건에
내부자의 동조가 있었을 것이라는 사실을 빌미로 하여 나를 불렀소."
　뒤는 듣지 않아도 빤한 이야기였다. 그곳에 있는 사람들 중 그 뒤를
추측하지 못할 사람들은 몇몇 장수와 위사, 그리고 내관들 정도에 불과
했다.
　필재는 미소를 지으며 말했다.
　"아마 내일쯤은 우리 대원수께서도 크게 싸움을 걸지 않을까 싶소."
　다들 간담이 서늘하여 아무 말도 하지 못했다.
　대원수 이궁이 움츠리며 단 한 번의 기회를 오랫동안 노려왔다면 온
갖 기책(奇策)들을 숨겨놓지 않았을 것이라고는 결코 생각할 수 없었
다.
　신포 필재는 웃으며 양을기에게 말했다.
　"양 원수, 오늘 검으로도 싸우고 입으로도 싸워보았지만 당신 말대
로 민씨의 운이 아직 다하지 않은 모양이오. 운을 거스르면 무슨 일이
더 생길지 모르니 이만 물러가겠소. 길을 열어주시오."

병부시랑 시적과 이야기를 시작하기 전에 양을기가 갈 수 없다고 했던 말을 잊어버린 듯 마치 건성으로 그냥 해보느라고 하는 말 같았다.

양을기는 신포 필재를 쏘아보았다. 이처럼 대담무쌍하고 기지(機智)가 뛰어난 사람을 그는 아직 보지 못했다. 민천자처럼 큰 인물도 아니고 오번백처럼 만인의 존경을 받을 만한 덕이 있는 사람도 아닌 듯했지만 필재는 뛰어난 무공과 세상을 놀래킬 만한 총명이 있었다.

필재는 공을 모두 이궁에게 돌리는 듯했지만 장수인 양을기는 알고 있었다. 계획보다 더 어려운 것이 차질없이 실행하는 것이며, 실제 전쟁에 있어서는 장수의 기지와 능력이 모든 것을 좌우한다는 것을.

이궁과 싸워본 양을기는 이궁의 병법이 필재만큼 치밀하고 능수능란하지 못하다는 것도 잘 알고 있었다.

양을기는 이궁이 처음 생각한 것은 군량미를 이용하여 병사를 빼돌리고 그 병사로 적의 후미를 친다는 단순한 계획이었을 것이라 짐작했다.

도성을 완벽하게 유린해 버린 필재의 기습은 전적으로 그의 손에서 이루어진 것이 틀림없었다.

기습에서 가장 중요시하는 시기와 방법, 장비와 도구, 그리고 전술. 이 모든 것이 필재에게서 나왔을 것이다.

양을기는 병법에 있어서 아직 자기가 필재의 적수가 되기는 어렵다는 것을 느낄 수 있었다. 한 번의 승리는 사대능신의 도움이 있었기에 가능했지만 다시는 그렇게 하기가 어려울 것이다.

양을기는 속으로 생각했다.

'이자를 보내주는 것은 독기를 품은 맹수를 산으로 돌려보내는 것과 마찬가지다. 팔을 치료한 후에 군사를 이끌고 다시 쳐들어온다면 그의 용맹과 지략을 누가 감당할 수 있단 말인가?

얼핏 눈을 돌려보니 병부시랑 시적이 미미하게 고개를 젓고 있었다. 시적의 눈빛이 죽든 살든 여기서 결판내야 한다는 듯이 빛났다.

양을기는 자기가 생각한 것보다 훨씬 더 필재가 위험할지도 모른다는 생각이 들었다. 단호하게 결심했다.

최악의 경우에 이곳에 있는 사람이 모두 죽는다고 할지라도 안에는 황제 폐하와 승상이 계시고 밖에는 오번백 대원수가 있으니 나라가 망하지는 않을 것이라는 판단이 섰다.

국운이 다하지 않았다면 이곳에 있는 사람들이 모두 죽을 리도 없다는 생각도 들었다. 운명을 믿어야 할 때였다.

양을기는 긴장으로 굳어 있는 사람들과 태연한 척하지만 속에서는 불이 나고 있을 신포 필재를 향해 천천히 머리를 저었다.

장수들이 검을 불끈 움켜잡았다.

필재는 양을기를 노려본 후에 고개를 획 돌려서 내관 차림을 하고 있는 백초곡 사람을 응시했다.

이래도 되느냐느고 항의하는 듯한 눈빛이었다.

은자린이 한숨을 쉬면서 말했다.

"양 원수, 보내주시오. 어쩔 도리가 없소. 여긴 그만 있는 것이 아니오."

무수영이 말했다.

"윤극사 공을 두고 말씀하시는 거라면 그럴 필요가 없소. 윤극사 공은 일태자 전하의 유지를 잇는 분이시오."

모든 사람의 눈이 윤극사에게로 쏠렸다.

이제 두 번째로 듣는 말이었으나 여전히 윤극사가 일태자의 유지를 잇는다는 말은 여러 사람에게 여러 가지 의미로 받아들여졌다.

신하들 중 한 사람이 당장 소리쳐서 물었다.

"병부시랑! 무슨 뜻이오? 좀 더 자세히 말해 보시오."

무수영은 색혈비도를 들어 보이며 말했다.

"이것은 내가 필 신포의 팔을 찌르는 데 썼지만 원래는 이태자 전하가 사용하던 비도(飛刀)요. 일태자 전하께서는 이태자 전하가 던진 이 칼에 얼굴을 맞고 돌아가셨소."

작은 소리가 났지만 이내 사라졌고 대부분의 사람들이 침묵했다.

무수영이 말했다.

"윤극사 공은 전날에도 일태자 전하께서 괴질에 걸렸을 때 치료한 적이 있었소. 이번에도 구하려 하셨지만 상황이 그리되질 않았소."

무수영은 밀실에서 일태자가 다치고 난 후부터 죽기까지의 정황을 마치 그림으로 그리듯이 생생하게 설명했다.

일태자의 음성으로 일태자가 했던 말을 재현하고, 윤극사가 했던 말을 윤극사의 음성으로 말했다.

중간중간의 설명만이 그의 목소리였다.

"나는 황제가 되려면 기필코 형제를 죽여야 한다고 배웠지만 그렇게 하지 못하여 내가 아우의 손에 죽는 바가 되었다. 우리 대위국의 안녕을 위하여 가르침대로 훗날 아우를 죽일 생각을 하지 않은 바는 아니었으나 이리되고 말았어."

하고 일태자의 음성으로 말했을 때 분노와 탄식에 가득한 음성들이 터져 나왔고, 음성을 높여서 비분강개하게 이렇게 말했을 때는 백관이 함께 비분강개한 감정에 젖어들었다.

"경(卿)들은 들으시오. 아우는 형을 죽여 황제가 되지 못하게 할 수는 있어도 자신이 황제가 될 만한 자는 아니오. 경들은 나를 위해 힘썼던 것처럼 앞으로 윤 의원을 보필하여 주시오."

무수영의 말은 민융의 마지막 말에서 끝이 났다.

"내 꿈은 여기서 끝났네. 이제 자네의 꿈을 시작해 보게."

조용했다. 그 와중에 신하들 중에서는 아직 황제 폐하가 정정하신데 그의 자식도 아닌 윤극사가 황제 운운하는 것은 역모가 아닌가 하고 생각하는 자들도 있었다.

일태자의 유지를 받았으니 황제 폐하가 없을 때라면 그를 따를 수 있겠지만 그들은 일태자뿐만 아니라 황제인 민천자의 사람들이기도 했다.

뭐라고 말하기에도 애매했고 애매하지 않다 싶은 말은 함부로 입 밖에 낼 수 있는 말이 아니었다. 장소는 갑론을박(甲論乙駁)만 하면 되는 궁정이 아니라 적이 있고 일태자를 죽인 이태자와 그의 무리들이 있으며 일태자가 지목한 사람과 그를 지키는 사람이 함께 있는 곳이었다.

혼란에 혼란만 더해지고 풀려 나가는 것은 없는 것 같았다. 그나마 어렴풋이 드러나는 것은 상황이 신포 필재에게 불리해졌다는 정도였다.

필재는 윤극사를 덤덤하게 바라보고 있었지만 상홍을 비롯한 몇몇은 그의 심사가 착잡함을 읽고 있었다.

상홍은 여러 정황으로 봐서 신포 필재가 윤극사와 밀접한 관계가 있음을 알아채고 넌지시 말했다.

"필 신포, 윤극사 공을 도와주심이 어떻소?"

그러나 상홍의 말은 신포 필재의 반응에 앞서서 다른 신하들의 격론을 이끌어냈다.

제9장 당신들은 민천자의 신하(臣下)

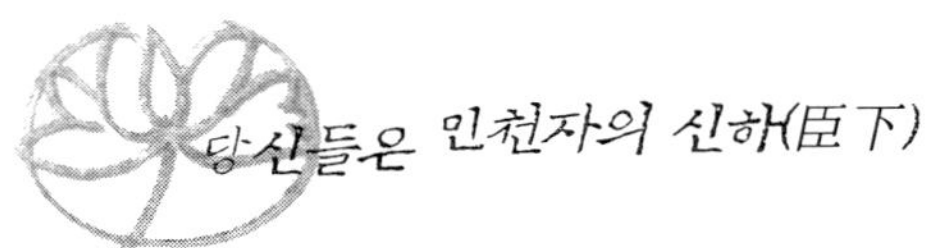

온갖 말들이 다 나오고 있었다. 그 말들 중에는 의외로 이태자를 옹호하는 말들이 적지 않았다. 거의 모든 사람들이 논쟁에 끌려 들어갔다. 백초곡 의원들도 마찬가지였다. 그러나 윤극사와 광림 장군은 무슨 말을 해도 휘말리지 않았다. 질문을 던지고 욕설을 퍼붓는 사람이 있었지만 조금만 있으면 그 사람이 다른 사람의 공격을 받아서 주의를 돌리기 때문이었다.

윤극사는 그러는 외중에 사유(思惟)의 한계와 변화의 한계를 계속하여 볼 수 있었다. 그것은 싸우고, 다투고, 죽고, 화해하고, 이기고, 지고 하는 등의 것이며, 그러한 행위의 결과가 다른 시작을 낳아서 이어가고 이어가는 것이었다.

어릴 적에 했던 말 잇기 놀이와 똑같았다. 이을 수 있는 말은 항상 있었다.

윤극사가 보기에 자기가 없는 세상에서 펼쳐지는 이 세상은 자기가 끼지 않은 말 잇기 놀이와 다를 것이 없었다.

이 세상이 순수 의식 상태에서 만났던 그자의 사유가 체화(體化)된 것이라면, 그자의 사유는 체화된 말들로 말 잇기 놀이를 하는 것에 다름 아닌 것 같았다.

태초에서 사람이 사람을 낳아서 이어온 것처럼, 태초에서 말과 말이 이어왔고 사건과 사건, 운명과 운명이 서로 영향을 받으면서 이어왔다.

환상 속에서 생명의 근원을 거슬러 가보았던 것처럼 윤극사는 말의 고리, 사건을 만드는 업의 고리를 거슬러 가보았다.

너무 많은 말과 너무 많은 사건들이 쏟아져 나왔다. 윤극사가 봄으로써 아들이 아버지를 낳고 아버지가 그 아버지를 낳으며 생명의 근원을 거슬러 갔듯이, 사건이 그 사람과 결합하여 그 이전의 사건을 낳고 그 이전이 또 이전을 낳으며 역진(逆進)했다. 사람이 사람과 사건을 낳고 사건이 사람과 사건을 낳기도 하는 것이었다.

윤극사는 소후 노인인 광림 장군에게 민천자가 여기에 있다면 상황이 이렇지는 않았겠지요 하고 물었을 때부터 어렴풋이 느끼고 있었다. 자기가 마음만 먹으면 마음먹은 대로의 상황과 결과를 만들어낼 수 있다는 것을.

그리고 그 방법은 일단 '그자'가 말했던 것과 같은 사유였다.

윤극사는 자기 곁에 서서 열띤 음성으로 다른 사람들과 공박하고 있는 무수영에게 자기의 영역을 확장하였다. 당당이 말했던 것처럼, 윤극사는 자기의 능력을 사용하기 위해서 자기의 영역 속으로 대상이 들어오게 했던 것이다.

그런 후에 윤극사는 그가 사람들 속으로 걸어가며 논쟁하게 했다. 말로 한 것이 아니라 단지 그런 결과를 생각하며 원했던 것이다. 무수영은 화가 난 듯이 걸어가면서 말하고 있었다.

될 것이라 생각했는데 생각대로 되었다. 무수영에게 뻗쳐 놓았던 영역을 거둬들이니 무수영은 다시 돌아왔다.

그것 역시 예상했던 대로 였다.

윤극사는 두 번째 말 잇기를 했다. 신포 필재를 자기의 영역에 포함시켜 다가오게 했다. 필재가 사람들 사이로 걸어왔다. 그를 에워싸다시피 하면서 그의 부하들이 함께 왔다.

더 실험해 볼 필요가 없었다.

윤극사는 자리에서 일어나 마주 걸어가 그를 맞았다.

필재가 웃음을 지었다.

"너는 만날 때마다 나를 놀래키는구나."

윤극사가 고개를 떨구며 말했다.

"미안해요."

필재가 한숨을 쉬면서 말했다.

"네가 황제가 되는 것도 괜찮겠지."

윤극사는 대답 대신 그의 다친 팔을 붙잡았다. 필재는 윤극사가 하는 대로 몸을 맡겨 버렸다.

윤극사는 필재를 눕히고 검으로 옷을 찢어서 오른쪽 어깨와 가슴, 그리고 팔이 다 드러나게 했다.

지혈을 하고 천으로 감아놓은 오른팔에서 검고 진한 피가 흘렀다.

팔이 거무스름하게 죽어가는 중이었다.

윤극사는 상처 위를 손으로 쓰다듬었다. 복통을 만난 환자에게 시골의 용의(庸醫)가 하듯이 했다.

윤극사의 손이 어깨에서 아래로 쓸어 내려감에 따라서 신포 필재는 통증의 불쾌함이 사라지며 감각이 생생해지는 것을 느꼈다.

손이 쓸고 내려가는 것뿐인데도 상처가 치유되고 있었다.

필재는 눈을 크게 뜨고 윤극사를 바라보았다. 윤극사는 그의 팔을 여러 번 쓸어 내렸고, 한 번 쓸어 내릴 때마다 필재는 자기의 팔이 나아가는 것을 확연하게 느낄 수 있었다.

갈라져서 굳어졌던 근육이 풀리며 이어지고 피가 손가락 끝까지 통했다.

윤극사가 상처를 매고 있던 천을 뜯어버렸을 때도 피가 쏟아지지 않았다. 색혈비도에 다친 흔적은 그대로 남아 있었지만 상처는 갈라지지 않고 붙어 있었다.

윤극사는 찢어냈던 옷을 길게 만들어 필재의 상처에 가볍게 감았다.

필재가 말했다.

"신기하군."

윤극사가 잠깐 미소를 지은 후에 검을 들며 말했다.

"조금만 참으세요."

필재는 고개를 끄덕였다.

윤극사는 검으로 필재의 가슴에 붙은 왼손을 종이 도려내듯이 도려냈다. 필재의 가슴에는 피가 흐르는 손바닥 자국이 남았고 그의 손바닥은 걸레처럼 너덜거렸지만 윤극사가 손으로 쓰다듬어서 너덜거리는 부위를 손바닥으로 말아 넣었다.

두 팔을 다 잃게 되었던 필재가 두 팔을 다 건진 것이었다.

필재가 나직하게 말했다.

"너한테 세 번째로 빚을 지는구나."

윤극사가 마른침을 삼키고 작은 소리로 말했다.

"부탁이 있어요."

필재의 얼굴에 긴장이 어렸다.

윤극사가 필재 앞에 엎드리며 말했다.

"영을 찾아주세요. 여기서 영을 잃어버렸어요."

필재가 안도의 한숨을 쉬고 전음으로 말했다.

─나는 다른 부탁일 줄 알았다. 네 처는 이곳에 오기 전에 내가 만났다. 함정에서 함께 빠져나왔지. 별다른 위험은 없을 것이다. 다친 곳도 없었다.

"그랬군요."

윤극사는 기쁜 표정을 지으며 말했다.

필재가 전음으로 말했다.

─나와 함께 가서 네 처를 찾자.

윤극사가 머리를 저었다.

"전 갈 수 없어요. 어쩌면 제가 가면 영은 더 멀리로 가버릴지 몰라요. 영을 좀 찾아주세요."

필재는 미간을 살짝 찌푸리며 말했다.

"다퉜느냐? 하지만 네 처도 너를 찾는 중이었으니 네가 찾아간다고 해서 달아나진 않을 것이다."

윤극사는 다시 머리를 저으며 말했다.

“그런 게 아니에요.”

필재는 부부 간의 일을 더 캐묻기가 뭐해서 말을 돌렸다.

“하지만 나는 여기서 나가기가 쉽지 않구나.”

윤극사가 손으로 필재가 들어왔던 출구를 가리키며 말했다.

“저리로 나가세요.”

필재가 멈칫했다. 그쪽으로는 양을기가 버티고 있는 중이었다. 윤극사는 허리를 쭉 펴고 몸을 바르게 세웠다. 그리고 세 번째 말 잇기를 했다.

순간 양을기가 침통한 표정으로 말했다.

“나가시오. 하나 다음엔 나도 쉽게 당하지 않을 거요.”

필재는 속으로 놀라움을 금치 못했다. 벌써 양을기가 윤극사의 눈빛 하나에 복종하는 듯이 느껴졌다.

필재가 정중히 예를 취하며 말했다.

“기대하겠소.”

양을기가 길을 열어주었다.

필재가 윤극사에게 전음으로 물었다.

―정말 저들의 황제가 되려느냐?

윤극사가 머리를 저었다.

“저들의 황제는 민천자예요.”

필재는 아리송한 표정을 지었다. 그러나 윤극사는 거기에 대해서 더 말하지 않았다.

“조심하거라!”

하고 말한 후에 필재는 문으로 나갔다.

윤극사를 그가 나가는 것을 본 후에 몸을 돌려서 시장 바닥보다 더 어지러운 경내를 쓸어보았다.

그리고 네 번째 말 잇기를 했고 열띤 고함 소리와 저마다의 달변이 난무하는 중에 상홍이 큰 소리로 외쳤다.

"그만 하시오!"

연이어 시적과 무수영도 '그만 하시오!' 하고 목청을 높여서 고함쳤다.

소리가 일순간에 없어지지는 않았지만 모두 말끝을 점점 내리면서 수그러들었다.

상홍이 말했다.

"여기, 이태자 전하도 있고 윤극사 공도 있소. 우리만 이럴 것이 아니라 그들과도 이야기를 해봅시다. 그런 후에 총지(聰智)를 모아서 결정하고 따릅시다. 우리가 갈라지고 흩어진다면 이미 우리 나라는 반쯤 망한 것이나 다름없지 않겠소? 총지를 모으고 결정이 되면 모두 따르도록 합시다."

누가 소리쳤다.

"총지를 어떻게 모은단 말이오?"

시적이 말했다.

"황제 폐하께서는 예전 전장에서 중요한 결정을 하실 때 장수들을 모아놓고 설명을 다 하신 후에 벼슬의 높고 낮음과 상관없이 손을 들게 하셨다고 들었소. 지금도 오번백 대원수께서 그 방법을 자주 쓰신다고 하니 우리도 이태자 전하와 윤극사 공을 두고 충분히 논의한 후에 손을 들어서 결정합시다."

민천자가 그런 방법을 썼다는 말은 시적의 말에 권위를 더해주었다. 누구도 방법 자체를 놓고서 이의를 말하지 않았다.

상홍이 다시 말했다.

"여러 대신들께서 논의가 많았으나 대체로 네 가지였소. 이태자 전하께서 황제 폐하의 뒤를 이어야 한다고 하시는 분들과 윤극사 공이 이어야 한다는 분들, 그에 더해서 이태자 전하께서 되지 말아야 한다는 분들과 윤극사 공이 될 수 없다는 분들이오."

대신들이 고개를 끄덕였다.

상홍이 말했다.

"이태자 전하께서 황제 폐하의 뒤를 이어야 한다는 견해의 이유는, 첫째는 그가 비록 잘못을 하긴 했지만 황제 폐하의 핏줄을 이은 태자라는 점이며, 둘째는 그가 한 약조를 지키기만 한다면 황제 폐하와 일태자 전하, 그리고 우리 모두가 바라는 세상을 만들 수가 있다는 점이었소."

명쾌했다. 여러 가지로 말을 하며 다퉜지만 그 두 가지가 이태자를 지지하는 사람들의 견해라 할 수 있었다.

상홍은 이어서 윤극사가 되어야 한다는 의견들을 모아서 말했다. 그 의견들이 말하는 바는 단순했다. 그가 일태자 민융의 유지를 이었기 때문에 민융을 따르던 신하들도 그의 뜻을 존중하여야 한다는 것이 전부였다.

이태자가 되지 말아야 한다는 견해는 이태자가 형님인 일태자 민융을 살해했으므로 그가 황제가 된다는 것 자체가 세상의 도덕을 무너뜨리는 결과가 된다는 것이었고, 윤극사가 될 수 없다는 견해는 그가 민천자의 자식이 아니라는 것이 이유였다.

상홍이 말했다.

"이 외에 다른 의견이 있으면 말해 보시오."

한두 사람이 비슷한 소리를 하다가 입을 다물었다. 그 네 개의 범주를 벗어나는 이야기가 아니었기 때문이다.

시적이 이태자 쪽을 향해 말했다.

"이태자 전하, 우리들이 알지 못하는 것이 있으면 깨우쳐 주시기 바랍니다."

이태자는 벌써 정신을 차리고 있었다. 백초곡 의원들이 광림 장군에게 제압된 이태자의 혈도를 타통시켜 놓았기 때문이다.

그러나 이태자는 일어나지 않고 누운 채 힘없이 말했다.

"본 태자는 다른 뜻이 없다. 내가 할 말은, 나는 내가 되고 싶은 황제가 되고 경들은 경들이 만들고 싶은 세상을 만들자는 것뿐이다. 경들이 결정하면 나는 그대로 따르겠다, 무엇이든."

어떤 의미에서 바보스러운 이태자의 이 말이 바로 신하들의 마음을 뒤흔들어 놓았던 그 말이었다. 적지 않은 숫자의 신하들이 이태자의 이 한마디에 부풀어 올랐다. 아직까지 세상에 표명되지 않았던 통치 방식이 탄생할 여지가 있었다.

옛날부터 황제의 후궁이 많아지면 많아질수록 황제는 정사를 돌보지 않았고 권력은 재상의 손에서 움직였다. 그렇지만 이 경우에도 재상은 황제의 그림자 속에서 권력을 행사하는 것에 지나지 않았다. 한데 이태자는 스스로 권력없는 황제가 되겠다고 말한 것이다.

용렬한 황제는 없는 것보다 못하다는 것을 대부분의 신하들이 알고 있었다. 황제의 권력이 없어지면 그만큼 신하들이 계획한 세상은 차질 없이 만들어질 수 있다.

시적이 윤극사에게 말을 시켰다.

"윤 공께서 말씀하시지요."

윤극사는 고개를 흔들었다.

무수영이 곁에서 작은 소리로 권했다.

"뜻을 알리십시오."

윤극사는 다시 고개를 저었다.

상홍이 눈짓을 했다.

윤극사는 마지못해서 일어서며 말했다.

"나는 황제가 되려 합니다. 하지만 당신들의 황제가 되지는 않겠습니다."

이태자가 놀라며 몸을 일으키려 했다.

시적은 아주 당황했으나 몸을 조아리며 차분하게 말했다.

"윤 공께서 가르침이 계신 듯하군요."

윤극사가 말했다.

"민천자의 신하인 당신들은 그의 태자를 살해한 자를 눈앞에 두고 황제로 만들 건지 말 건지를 의논하는 중입니다. 당신들은 내가 민천자를 죽여도 나를 황제로 모실 것인지 말 것인지를 의논하겠지요."

상홍을 비롯한 신하들의 얼굴이 수치심으로 화끈 달아올랐다.

윤극사가 말했다.

"나는 황제가 되려 하지만 당신들처럼 도의를 생각지 않는 사람들과 함께하진 않을 것이오. 내가 민천자라면 형제를 살해한 살인자를 붙잡지도, 묶지도 않고 황제 위를 운운한 당신들을 용서치 않을 것이오.”

광림 장군이 중얼거리듯이 말했다.

“일태자 민융은 신하를 구하기 위해 목숨을 내던졌지만 신하들은 그를 위하여 죽기는커녕 살인자를 앞에 두고서도……. 쯧쯧. 민천자의 조정에서 의인(義人)은 오직 우부승지 가구영뿐이었구나.”

모든 사람이 긴장하고 경직되었다.

병부시랑 시적이 자기의 실수를 깨닫고 음성을 떨면서 양을기에게 말했다.

“양 원수… 이태자 전하를 포박하시오.”

대세가 완전히 기울었다. 앞으로 어찌 될지는 도저히 예상할 수가 없었다.

양을기는 부하 장수들에게 명했다.

“이태자 전하를 포박하라.”

명령을 받은 장수들이 이태자를 향해 다가갔다. 살아남았던 위사들이 머뭇거렸다. 장수들을 막아야 할 것인지 말 것인지 몰랐던 것이다.

양을기가 위사들에게 호통 쳤다.

“물러서라!”

위사들이 주춤거리며 물러섰다.

그러나 백초곡의 세 의원은 비켜나지 않았다. 이태자가 미친 것처럼 껄껄껄 웃었다.

정개화가 말했다.

“전하! 오라를 받으시오.”

이태자가 누워서 고개를 들며 말했다.

"받지, 받아야지."

정개화가 속으로 안도의 한숨을 내쉬었다. 이태자의 무공이 강하고 백초곡 의원이란 자들도 괴이해서 저항한다면 어떻게 될지 점칠 수가 없었기 때문이다.

갑자기 이태자는 벌떡 일어서며 소리쳤다.

"나를 따를 자는 누구냐!"

아무도 나서는 사람이 없었다.

양을기가 말했다.

"전하, 순순히 응하시오."

"배은망덕한 놈들!"

이태자가 옥새를 번쩍 치켜들며 고함쳤다.

"양을기, 정개화! 어떤 놈이 내게 황제가 되어야 한다고 했느냐? 내가 죽으면 네놈들은 살 수 있을 것 같으냐?"

옥새로 정개화의 머리를 내려칠 듯했다.

정개화가 진땀을 흘리며 비켜섰다.

그때 백초곡 의원들이 달려들어 이태자의 두 팔과 허리를 안았다.

"전하, 진정하시오."

"네놈들도!"

이태자가 고함쳤다.

원영춘이 나직하게 말했다.

"지금은 때가 아닌 듯하오. 물러섭시다. 여기는 우리가 맡겠소이다."

이태자의 어깨가 축 처졌다.

은자린과 관연소가 그를 부축하며 물러섰다.

원영춘은 손으로 돌기둥을 쓰다듬으면서 먼저 양을기에게 말했다.

"양 원수, 망동하지 맙시다. 이태자께서 붙잡히면 목숨을 부지하기 어려울 듯하니 우리는 죽기를 각오하고 싸울 것이오."

원영춘이 만진 돌기둥이 촛농처럼 녹아내려 움푹 패었다. 그는 손가락으로 밀가루를 떼어내듯 돌기둥의 일부를 떼어내서 뭉쳤다가 바닥에 떨어뜨렸다.

양을기는 놀랐지만 활에 화살을 쟀다. 원영춘은 그에게서 시선을 돌려 윤극사에게 말했다.

"극사야, 잘 지냈느냐?"

"예."

하고 윤극사는 짧게 대답했다.

원영춘과 은자린 등도 그에게 사형이었으며, 그들은 곡주와 함께 배운 사람들이기도 했다.

원영춘이 말했다.

"우리는 네가 서안에 나타났다는 말을 들은 후에 이태자 전하를 보호하기 위해서 왔다. 너와 싸우려고 온 것은 아니다. 너도 알고 있겠지만 우리는 너와 부딪치는 것을 원치 않는다. 부딪칠 생각이었다면 우리 셋만 오지는 않았을 것이다."

윤극사는 고개를 끄덕인 후에 묵묵히 듣고 있었다.

원영춘이 잠시 있다가 물었다.

"황제가 되겠다는 네 말은 진심이냐?"

“예.”

하고 윤극사가 다시 대답했다.

“너도 의원이 될 팔자는 아니었던 모양이구나.”

원영춘은 한숨을 쉬면서 말했다.

“황제가 되기로 생각했다면 너와 우리는 아마도 비슷하게 생각하는 부분이 많을 거다. 네가 이 땅을 극락정토로 만들 생각이 있다면 함께 이야기해 보는 것이 어떻겠느냐?”

관연소가 말했다.

“원 사형의 말뜻은 잊을 건 잊어버리고 함께 도와서 만백성을 이롭게 하자는 것이다.”

윤극사가 말했다.

“저는 사형들을 미워하지 않아요. 사형들이 극락정토를 만드는 것도 좋겠지요. 하지만 제발 사람은 죽이지 마세요.”

원영춘이 말했다.

“우리 백초곡의 형제들은 네가 있는 곳에서는 살인을 하지 않는다. 독을 함부로 사용하지도 않는다. 우리는 너를 두려워한다. 너를 거스를 뜻은 추호도 없다.”

은자린이 주위를 둘러보며 말했다.

“사람을 보낼 테니 다른 곳에서 만나자. 우리는 이만 떠나마.”

원영춘이 눈을 감으며 말했다.

“잘 있거라.”

은자린이 뭔가를 쥐고 있던 손바닥을 폈다.

순간 그의 손바닥에서 아주 밝은 광채가 뿜어져 나와 주위 사람들의 눈을 멀게 했다.

잠시 소동이 있고 사람들의 시력이 다시 돌아왔을 때 원영춘과 이태자 일행은 사라지고 없었다.

한편 필재는 부하들과 함께 출구로 나갔지만 멀리 가지 않고 바로 근처에 있었다. 그는 일태자가 죽은 이상 이태자만 제거해 버리면 대위국은 자멸해 버리고 말 것이라는 계산을 갖고 있었다.

오늘 같은 기회를 다시 만들 수 있다는 걸 보장할 수 없기에 기필코 이태자를 죽일 생각이었다.

그러던 중 문밖에서 귀를 기울이고 있다가 밝은 빛이 번쩍 할 때 무슨 일이 생겼다는 것을 알았다.

필재는 이태자가 달아난다는 것을 직감적으로 알아챘다. 그런 방법은 그가 중악 백초곡에 갔을 때 사용했던 것이기도 했다. 불빛이 터져 나오자마자 안으로 날아 들어갔다.

사람들은 눈을 가린 채 허우적거리고 있었고 백초곡 의원들이 비밀 통로를 열고 이태자와 함께 한 노부인이 들어가는 중이었다.

필재는 닫히고 있는 문으로 뛰어들었다. 다섯 명의 부하와 함께였다. 백초곡 의원들은 이태자와 노부인을 부축하고 벌써 칠팔 장 밖으로 달려가는 중이었다.

이태자가 소리쳤다.

"저놈들을 다 죽여!"

원영춘이 말했다.

"아니 되오. 윤극사가 손을 쓰면 전하도 위험하오."

이태자가 은자린의 팔을 뿌리치며 벽에다 연거푸 삼 장을 가했다.
순간 '드드드드' 하는 소리와 함께 벽과 바닥이 모두 흔들렸다.

관연소가 소리쳤다.

"전하, 무슨 짓이오!"

이태자가 차갑게 말했다.

"양을기 놈들을 죽이지 않으면 여길 빠져나가지도 못해. 그놈들은 보복이 무서워서라도 나를 죽이러 쫓아올 거야."

원영춘이 버럭 고함쳤다.

"전하는 자기밖에 모르시오? 본 곡의 제자도 그곳에 둘이나 남아 있소!"

이태자가 화를 내며 소리쳤다.

"그럼, 그 두 놈 때문에 내가 죽으란 말이오?"

"이런……."

원영춘이 기가 막힌 듯이 내뱉었다.

이태자는 앞서서 달려갔다. 그러나 그보다 더 빨리 노부인이 빛줄기처럼 날아가고 있었다. 백초곡의 세 의원이 허탈하게 서로를 바라본 후에 달려갔다. 그들의 뒤쪽에서 통로가 붕괴되며 모래가 쏟아지기 시작했다.

필재와 그의 부하들은 쏟아지는 벽돌과 돌을 막고 피하면서 달려 가까스로 모래에 매몰되지 않고 빠져나올 수 있었다.

모래 먼지가 자욱하여 앞을 볼 수도 없어서 이태자를 놓쳐 버렸다. 바닥이 흔들리던 진동은 벌써 멎었다.

필재가 말했다.

"그들은 의원들이다. 약 냄새를 찾아라."

부하 중 하나가 손으로 방향을 가리키며 말했다.

"이쪽으로 갔습니다."

필재는 지체없이 몸을 날렸다.

부하가 물었다.

"대영반, 몸은 괜찮습니까?"

필재가 말했다.

"역적을 죽이면 말짱해질 몸이다."

제10장 하처불상봉(何處不相逢)

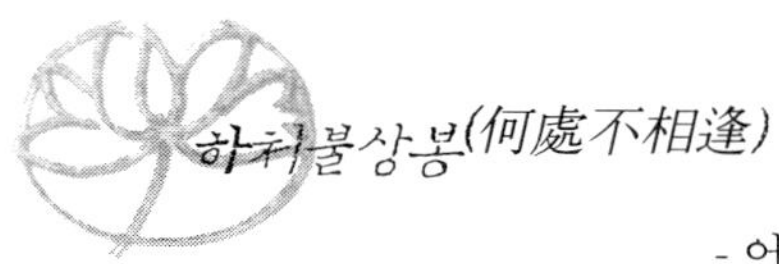# 하처불상봉(何處不相逢)

- 어느 곳에선들 마주치지 않으리

우르릉거리는 소리를 들으면서 광림 장군이 나직하게 말했다.

"이태자가 물러나는 법은 잘 배웠군."

전쟁 중에 급히 퇴각해야 할 경우에는 진지를 스스로 불태워 적이 이용할 수 없도록 하는 것에 비유한 듯했다.

노부인은 그사이에 정신을 차리고 이태자와 함께 달아나고 없었다.

"설 아우!"

상홍이 소리치며 한쪽의 문으로 달려갔다. 그러나 그 문에서 와락 밀치고 들어온 것은 모래였다.

상홍은 모래에 휩쓸려 뒤로 내동댕이쳐졌다.

무수영과 시적이 달려가서 상홍을 부축하고 망연자실한 표정을 지었다. 상홍이 달려간 문은 설대녕이 신포 필재가 막아놓은 길을 열기 위해서 들어간 곳이었다. 설대녕은 돌아오지 못했고 모든 통로에서 모래가 쏟아져 나와 완전히 길을 막아버린 것이다.

상홍이 비통하게 부르짖었다.

"설 아우! 우리 모두를 구하려다 설 아우 네가 죽고 말았구나!"

양을기가 문을 막은 모래를 퍼내서 길을 트려 했으나 퍼낸 만큼 모래는 계속 빈자리를 메웠다.

벽을 부수고 나가려는 시도도 함부로 하지 못했다. 그들은 사가장에 헤아릴 수조차 없을 정도로 많은 살인 기관이 설치되어 있다는 사실을 알고 있었다.

두려움과 절망감이 사람들의 얼굴을 덮었다. 갇혀 있는 사람들은 많은데 바깥으로는 바람조차 나들지 못하는 듯했다.

상홍과 시적, 그리고 무수영에게서 사람들이 방법을 구했지만 그들이라고 뾰족한 수가 있는 것은 아니었다.

모래로 막힌 길을 밀어서 나갈 수도 없고 한 줌씩 끌어내서 여는 것도 모든 사람들이 죽기 전에는 될 성싶지 않았다.

그러나 그사이에 몇 번이나 기척도 없이 바닥과 천장이 흔들렸다. 이유는 알 수 없고 불안만 가중되었다.

윤극사는 사람들의 얼굴에 가득한 죽음의 그림자를 훑다가 시선을 돌렸다. 평정을 유지하고 있는 사람은 열 손가락에 다 꼽히지도 않았다.

윤극사는 그들에게 자기를 보여줘야겠다고 생각했다. 벌떡 일어나서 모래가 밀려들어 온 문으로 걸어갔다.

윤극사의 움직임을 따라서 다른 사람들의 시선이 움직였다. 그의 걸음이 완만하면서도 동작이 크게 보였기 때문이다.

윤극사는 오른손으로 모래를 가리키고 왼손으로는 모래가 옮겨져야
할 곳을 가리켰다. 그의 손이 방향을 만들어주자 모래는 보이지 않는
흐름을 타고 움직이기 시작했다. 사르르 하던 흐름은 점점 세차고 빨
라졌다. 사람들이 비켜선 자리에 모래는 산무더기처럼 쌓였다.

그리고 어느 순간에 확! 하고 바깥바람이 안으로 돌아쳤다. 길이 열
린 것이다. 모래는 길이 열리고도 폭풍처럼 몰려와서 쌓였고 마침내
흐름은 끝이 났다.

윤극사도 손을 내렸다.

기이한 일을 목도(目睹)한 조정대신들이 윤극사를 두려운 듯이 바라
보았다. 도성부윤 한조이가 물었다.

"귀공(貴公)은 사람이오 귀신이오?"

윤극사는 이미 뚫린 문으로 나가는 중이었다. 한데 그는 걷고 있어
도 날아가는 듯이 보였다. 광림 장군이 사람들에게 큰 소리로 외쳤다.

"그가 바로 윤극사다!"

*　　　*　　　*

이영은 속으로 사 노파 상여란이 했던 부탁을 되새겼다.

마녀의 공격을 한 번만 막아달라는 것이었다.

'정말 그녀일까?'

이영은 반신반의하여 확신이 없으면서도 노부인을 기다렸다. 정황
으로 본다면 노부인이 마녀였다. 그러나 노부인의 사문은 원래 철종곡

이고 후에는 육선문(六仙門)이 되었으나 그 두 곳은 모두 마공(魔功)과는 거리가 멀었다.

이영이 왕 곡주에게 받은 부채로 살펴본 철종곡의 무공은 어느 것이나 정종의 무학(武學)이었다.

그녀가 마녀라면 마공은 어디서 배웠을까 하는 생각이 이영의 머리를 어지럽혔다.

사가장의 식구들은 조용히 있었지만 생생한 생명력이 발버둥 치고 고함지르는 것보다 더 강하게 느껴졌다.

이영은 그들이 살아나기만 한다면 반드시 무공을 익힐 것이란 생각이 들었다. 그들 중에서 사 노파와 같은 인물이 있다면 어떤 식으로든 큰 성취를 이룰 것임에 틀림없었다.

어쩌면 글을 배웠지만 신통치 않았다고 사 노파가 말했던 셋째 아들도 사 노파의 기준에서 신통치 않았을 수도 있었다.

그가 가르쳤을 사씨 집안의 사람들을 보면 죽어서 반듯하게 누워 있는 그 사람을 어렴풋하게나마 느낄 수 있었다.

그때 바람 소리가 들리고 이태자와 노부인이 나타났다. 정말 노부인이었다. 그녀가 바로 이야기 속에 나오는 그 마녀였다.

이영은 옆에 있는 사씨의 여자들처럼 고개를 숙였다. 가슴이 쿵쿵 뛰었다. 그러나 사씨 일가는 그들이 나타난 것을 전혀 모르는 것처럼 변화가 없었다. 조용했으며 사 노파는 여전히 죽은 셋째 아들의 가슴에 엎드려 있었다.

늙은 아들의 시신에 엎드려 있는 더 늙은 노파의 조용하고 온화한 모습은 한 폭의 그림과 같았고 한 수의 시(詩) 같았다. 슬프고도 평화로웠다.

이태자가 훌쩍 날아서 내려오며 말했다.

"나가는 길은 어디 있는가?"

사씨 일가는 그를 쳐다보지도 않았고 말도 들리지 않은 듯 변화가 없었다. 이태자는 화가 난 듯 사 노파의 백발을 거칠게 움켜잡았다.

순간 사 노파는 아무런 무게도 형체도 없는 허깨비처럼 흔들리며 오른손으로 이태자의 왼쪽 귀를 때리고 오른손으로는 그의 왼쪽 눈을 찔러 버렸다.

"으악!"

이태자가 비명을 지르며 사 노파를 내던지고 물러섰다.

왼쪽 귀와 눈에서 피가 흐르고 있었다. 이태자는 눈 깜짝할 사이에 한쪽 눈과 한쪽 귀를 잃어버린 것이었다.

사 노파는 유령처럼 이태자의 가슴으로 접근하여 매달리듯 뒤로 돌아가며 목 뒤의 혈도를 찍었다.

이태자의 몸이 쿵! 소리를 내며 앞으로 쓰러졌다.

사 노파는 지팡이를 이태자의 등에 짚고 섰다. 이태자와 노부인을 뒤따라온 백초곡 의원들이 놀라며 소리쳤다.

"전하!"

사 노파는 노부인을 올려다보았다. 노부인도 눈을 부릅뜨고 사 노파를 쏘아보았다. 그녀의 몸이 미미하게 떨리고 있었다.

"사 노파!"

노부인의 입에서 목쉰 듯한 소리가 흘러나왔다.

사 노파가 말했다.

"곡빈, 나를 알겠느냐?"

노부인이 부르르 진저리쳤다.

상관곡빈, 그녀는 그 상관곡빈이라는 이름으로 생애를 통틀어 가장 행복하던 시기를 살았었다.

마지막으로 상관곡빈이라 불렸던 딱 한 번을 제외하고는 그 이름은 언제나 그녀에게 기쁨과 행복을 주었다. 그리고 지금 눈앞에 마지막으로 그녀를 상관곡빈으로 불렀던 장본인인 사 노파가 서 있었다.

노부인은 입술을 꽉 깨물며 사 노파를 노려보기만 했다.

사 노파가 말했다.

"잊지 않았구나. 네가 나를 잊지 않았듯이 나도 너를 잊지 않았다."

노부인의 입에서 빠드득 소리가 났다.

그리고 그녀의 전신에서 무시무시한 살기가 뻗쳐 나오며 모습이 조금씩 변했다.

'마녀(魔女)!'

하는 소리가 이영의 목구멍에서 튀어나올 뻔했다.

검푸른빛이 감도는 그녀의 얼굴은 기괴하고 공포스러웠으며 전신 모공에서 뿜어져 나온 살기가 그녀를 휘감고 있었다.

이십여 년 전 천하를 공포 속에 몰아넣었던 마녀의 모습이었다. 마녀의 입에서 웅웅거리는 음성이 흘러나왔다.

"의심은 했었다, 간교한 할망구야! 너를 찢어 죽이고 네 새끼들도 허파를 쥐어짜서 죽여주마!"

사 노파가 지팡이로 바닥을 두드리며 말했다.

"오랫동안 기다렸다, 언젠가 다시 네가 찾아올 거라고 생각하며. 잘 보아라, 마녀야. 이곳은 나와 내 가족을 위해서 만든 곳이 아니다. 너를 위해 공들여 만들었다.”

사 노파의 몸이 이태자를 밟은 채 아지랑이처럼 흔들리며 위로 올라갔다. 동시에 사방에서 이상한 소리가 들려오며 사씨 일가가 갇혀 있던 곳의 상부가 항아리의 입 모양으로 좁혀들며 막히기 시작했다.

마녀가 두 손에서 푸른 빛이 일렁거렸다.

“한 놈도 달아나지 못한다! 암흑청광수(暗黑靑光手)!”

마녀는 닫히고 있는 사씨 일가의 공간을 향해서 손을 뻗었다. 두 가닥의 빛줄기가 섬광처럼 허공을 갈랐다.

사 노파가 그 빛줄기를 향해서 이태자를 던져 버리며 소리쳤다.

“지금이다!”

마녀가 손을 휘젓자 하나의 빛줄기는 이태자의 몸을 피해서 꺾어졌다. 다른 하나의 빛줄기는 곧장 사씨 일가에게로 떨어졌다.

이영은 두 손에 숨기고 있던 태극인을 날리고 솟아오르며 양손으로 마녀의 암흑청광수를 맞받아 쳤다.

펑! 소리와 함께 벼락을 맞은 듯이 전신의 솜털이 곤두섰다. 힘에 억지로 저항하지 않고 부딪친 순간에 외운룡대구식을 펼쳐서 더욱 높이 솟구쳤다. 곤륜파의 절학인 운룡대구식에는 상대방의 어떤 공격이든 충격을 완화시키는 능력이 숨어 있어서 공력의 차이에도 불구하고 내상을 입지는 않았다.

마녀가 이영을 알아보고 섬뜩한 눈빛을 발하며 괴성을 질렀다.

먼저 날아갔던 한 쌍의 태극인은 마녀의 이마와 허리를 노렸다. 사 노파가 지팡이로 마녀를 치려다 급하게 소리쳤다.

"빨리 돌아가게! 어서!"

이영은 발 밑에서 닫히고 있는 사씨 일가가 갇힌 공간을 보았다. 그곳에 여러 가지 기구가 바닥과 벽에서 밀려 나오고 있는 것이 보였으며 사씨 일가가 일어서서 움직이는 것도 보았다.

이영은 번개처럼 머리 속에서 생각했다.

'단순히 갇힌 장소가 아니라 외부로 달아날 수 있는 장소였구나!'

이태자가 찾던 장소가 바로 사씨 일가가 갇혀 있던 바로 그 장소였던 것이다.

마녀는 체대를 휘두르며 태극인을 피하고 사 노파를 공격하는 것과 동시에 사씨 일가가 있는 곳으로 날아가려 하였다.

사 노파가 온몸으로 마녀와 맞서면서 소리쳤다.

"어서!"

이영은 그곳에 남아 있으면 죽음을 면키 어렵겠다는 사실을 알았다. 사 노파가 준비한 기관들이 작동한다면 마녀는 죽을 것이고 사 노파도 그곳을 자기의 무덤인 양 생각하고 있었으니 죽을 것이 분명했다.

바닥에는 이제 세 자 남짓한 넓이의 공간만 동그랗게 남아 있었다. 그 속에서 사씨 일가의 사람들이 초조하게 올려다보고 있었다.

그때 갑자기 세 사람의 중년인이 이태자를 안고서 한 덩어리의 구름처럼 그곳으로 날아들어 갔다. 이태자와 마녀에 이어서 그곳에 도착했던 사람들이었다.

사 노파가 놀라며 높고 뾰족하게 고함쳤다.

"안 된다!"

사 노파는 방향을 바꾸어 세 사람을 공격했고 마녀는 그런 사 노파를 체대로 휩쓸어갔다. 이영은 운룡대구식으로 마녀의 앞을 막으며 체대를 쥔 오른팔을 태극인으로 내려쳤다.

마녀가 차갑게 웃었다.

탕!

마치 무쇠를 내려친 것처럼 이영의 태극인이 튕겨 올랐다. 빈틈이 아니라 일부러 노출시킨 함정이었다.

이영은 왼손의 태극인으로 가슴을 지키며 물러섰다.

동시에 세 중년인이 비명을 질렀고 사 노파도 미미한 신음을 내뱉었다. 이영의 겨드랑이 아래로 지나간 마녀의 체대가 사 노파의 등을 찌른 것이었다.

사 노파는 꽃잎이 떨어지는 것처럼 바닥에 내려섰다. 그녀의 등에서는 피가 흐르고 있었으며 바닥의 통로는 한 자 반 크기로 좁혀져 있었다.

사 노파는 통로를 지키며 소리쳤다.

"어서 들어가시게!"

이영은 그녀의 옆에 내려섰지만 머리를 흔들었다. 어쩌면 잘된 일이었다. 또 어쩌면 마녀와 싸우다 윤극사가 가까이 있는 이곳에서 죽는 것이 자기의 운명일지도 모른다는 생각이 들었다.

사 노파가 그녀를 밀어 넣으려 했다. 그때 마녀의 체대가 하늘과 땅을 모두 베어버릴 듯 어지럽게 날아들었다.

"바닥을 베려고 해요!"

하고 이영이 소리쳤다.

사 노파는 번쩍 하는 순간에 체대의 그림자들 속으로 파고들어 가며 마녀의 가슴을 지팡이로 찍어갔다.

번갯불 같은 초식이었지만 이영은 그런 초식이 있다는 것을 알지 못했다.

마녀도 놀란 듯했다. 왼손으로 사 노파의 지팡이를 움켜잡으며 오른손의 체대로는 여전히 이영과 바닥을 모두 갈가리 찢어버리려 했다.

이영은 태극인의 초식들 중에서 가장 강력한 원융건곤세(圓融乾坤勢)를 펼쳤다. 두 개의 태극인이 서로 끝을 마주 보고 움직였으며 이영은 가까스로 마녀의 체대를 모두 쳐냈다.

하지만 그 틈에 바닥의 통로는 완전히 닫혀 버렸고 그 속에서 기이이이잉! 하는 소리가 흘러나오기 시작했다.

마녀는 왼손으로 사 노파의 지팡이를 잡았으나 지팡이는 연기처럼 꺼져 버리고 사 노파는 마녀의 이마를 왼손으로 찍었다.

마녀가 고개를 돌리며 뒤로 날아갔다. 사 노파의 손짓도 허공을 쳤고 마녀의 발끝이 사 노파의 오른 발목을 스쳤다.

딱! 소리가 나며 사 노파의 발목이 부러졌고, 마녀의 긴 체대는 뒤에서 사 노파의 허리를 베어들었다.

이영은 날아오르며 체대의 끝을 쳐냈다. 그리고 체대의 중간을 발로 밟으며 마녀를 향해 파고들면서 태극인의 수법 중 하나를 유감없이 펼쳐 냈다.

마녀가 왼손으로 막으려 했지만 이영의 왼손에 있는 태극인에 봉쇄당했고, 봉쇄당한 그 팔 아래로 이영의 오른손 태극인이 쑥 들어오면서 마녀의 허리를 베어버렸다.

탕! 하는 소리가 또 들렸고 이영은 거듭 놀라며 물러섰다. 철종곡의

왕 곡주가 마등곡에서 얼핏 말한 바 있는 금강불괴의 경지가 완연했다.

그때 기이이이잉! 하면서도 높고 큰 소리가 고막을 찢을 듯이 울렸다가 점점 멀어졌다.

"카아아아!"

마녀가 괴성을 지르며 바닥에 쌍장을 날렸다. 펑! 소리가 나며 바닥이 움푹 패었지만 그 아래에 특별한 공간이 있었던 흔적은 전혀 없었다.

사 노파는 이영의 손을 잡고 바닥에 내려서면서 말했다.

"왜 가지 않으셨는가? 여기서 죽는 사람은 상여란과 마녀면 충분하거늘."

이영은 쓸쓸히 웃으며 말했다.

"갈 곳이 없어요."

사 노파가 미간을 찌푸렸다.

"부군은? 부군은 어쩌시려고?"

이영은 억지로 웃으며 말했다.

"저는 그의 동정(同情)을 받으며 염치없이 살 수는 없어요. 잠시 동안은 견딜 수 있겠지만 결국 견딜 수 없을 거예요. 그 사람은 너무 착하니까요."

사 노파가 한숨을 쉬며 작은 소리로 말했다.

"아직 젊기 때문이시라네. 나이가 들면 정말 소중한 것이 뭔지 알게 되거늘……."

마녀가 사 노파에게로 걸어오며 말했다.

"간교한 계집! 너를, 너를……."

사 노파가 차가운 미소를 지으며 말했다.

"곡빈! 네가 낳은 아이는 병신이 되었느냐 죽었느냐? 아니면 너와 똑같은 마물이 되었느냐?"

마녀가 걸음을 멈추고 몸을 부르르 떨었다.

사 노파가 말했다.

"그때 서운장에서 좌건중 대협이 했던 말의 뜻의 아직도 모르느냐? 아직도 세상에 흐르는 큰 이치가 있음을 알지 못한단 말이냐?"

사 노파가 옛날 좌건중이 했던 말을 그대로 읊었다.

"한 자루 검을 품어서 기르는 데도 지극한 정성이 있어야 검이 바르게 자라는 법이오. 하물며 사람을 뱃속에 품은 자가 아무 짓이나 한다면 그 자식이 태어나서 어떤 사람이 되겠소? 죄가 작으면 자식에게 벌을 물려줄 것이고 죄가 크면 그에 더해서 자식에게 벌을 받을 것이오. 제 배 아파 낳은 사랑하는 자식이 주는 고통이오. 세상에 그보다 더한 고통이 어디 있겠소?"

마녀가 이를 닥닥 부딪치며 말했다.

"오냐! 나는 살아도 지옥이고 죽어도 지옥이다. 그렇게 만든 네년을 내가 용서할 성싶으냐?"

이영이 말했다.

"따님에게까지 지옥을 물려줄 건가요?"

"닥쳐라!"

마녀가 소리쳤다.

"내가 너를 무서워할 줄 아느냐?"

마녀의 체대는 한 자루의 기다란 검이나 마찬가지였다. 체대 그림자가 구름처럼 날면서 이영을 덮었다.

이영은 솟구쳐 올라 피하면서 마교의 빙음장법(氷陰掌法)으로 그녀를 공격했다.

이영과 마녀는 사십여 초를 장법으로 싸웠다. 이영은 초술을 기묘하게 썼지만 마녀의 공력과 절묘하게 운용하는 수법을 도저히 맞설 수가 없었다.

그녀가 물러난 후에 사 노파가 아픈 몸으로 또 육십 초가량을 싸웠으나 마녀를 이길 수가 없었다.

잠시 쉰 이영이 함께 가세했으나 마녀는 공격하고 이영과 사 노파는 지키기에 급급했다. 마녀는 시간이 갈수록 초조한 듯이 날뛰었다.

체대가 천변만화하는 조화를 부렸다. 이영과 사 노파는 아무리 방법을 찾아도 체대의 공격에서 쉽게 헤어날 수가 없었다.

사 노파가 마침내 한숨을 쉬며 이영에게 말했다.

"부인을 살려서 내보내려 했네만 그전에 마녀의 손에 죽겠네. 이젠 도리가 없으니 선택하시게. 우리 모두 마녀와 함께 죽을 것인지, 마녀가 우리보다 좀 더 살다가 죽게 내버려 둘지."

이영은 고개를 끄덕이며 말했다.

"함께 죽어요."

사 노파가 말했다.

"큰 빚을 지는구려. 내세에 우리가 다시 태어나면 부인의 종이 되어서라도 갚겠네."

이영이 빙긋 웃었다. 체대가 어깨 위쪽 옷을 터뜨리며 지나갔다.

사 노파는 마녀에게 연거푸 네 번의 기이한 초식을 쓴 후에 뒤로 훌적 물러나면서 말했다.

"금강불괴라 해도 여기선 살아남지 못하네."

사 노파는 벽에 붙어 있는 개머리 상의 입속에 손을 넣어 짧은 줄을 하나 꺼내서 당겼다.

이영은 마녀의 체대 권역 밖으로 훌쩍 물러났다. 마녀가 쫓아오려다가 사 노파를 향해서 날아갔다.

그때 갑자기 사방 벽에서 길고 둥근 막대 모양을 한 대롱들이 튕겨지듯 나왔다. 그 끝에는 창날 같은 쇠 화살이 하나씩 박혀 있는데, 검은빛이 감돌며 예리하기 짝이 없어 보였다.

그런 쇠 화살이 한쪽 벽면에만도 수천 개가 넘게 보였다. 전체적으로는 마치 폭죽 같은 모양이었다.

마녀가 우뚝 멈춰 섰다. 이영은 놀라며 쇠 화살들 사이의 벽에 등을 기대고 붙어 섰다.

순간 펑 소리와 함께 사방에서 쇠 화살이 쏘아졌다.

이영은 눈을 깜짝했다. 자욱한 연기 속에서 쇠 화살들이 불을 뒤로 뿜으며 날아갔다. 모든 방향에서 날아갔고 모든 방향으로 날아왔다.

베틀에서 베를 짜는 것처럼 정교하게 길이 서로 엮이지 않았다. 이영은 자기를 향해 날아오는 쇠 화살도 보았다. 그러나 피할 곳은 어디에도 없었다.

그곳에 있는 세 사람 모두 똑같은 상황이었다. 그러나 화살과 가장 먼저 맞서야만 했던 사람은 마녀였다.

마녀는 체대로 화살을 감아서 옆으로 밀어버렸다. 순간 화살이 화살과 부딪쳤고 번갯불 같은 섬광이 번쩍였다.

쿠아아아앙!

이영은 그 소리와 함께 화염이 화살에서 화살로 옮아가며 순식간에 모든 화살이 화염으로 변하는 것을 보았다.

그리고 눈이 멀어버렸다. 엄청난 열과 압력, 그리고 뿌연 그림자가 그녀를 덮쳤고 헤아릴 수 없이 많은 미세한 쇳조각들이 온몸을 관통했다. 등을 기대고 있던 벽도 종이장처럼 찢어지며 날아갔고 화염은 폐부 속으로 들어온 것 같았다.

마지막으로 남편, 윤극사의 모습이 한순간 떠올랐다. 그리고 끝, 끝이었다.

제11장 화청궁의 민천자

첫 번째로 기기기기깅 하던 소리가 났을 때 이미 길은 봉쇄되고 있었다. 신포 필재는 이태자가 자기의 추적을 눈치 챘다고 생각했다.

유리로 된 벽과 철로 된 문들이 천장에서 내려오고 벽에서 밀려 나오면서 길을 봉쇄하고 있었다. 그곳의 기관 장치들은 필재가 앞서서 뚫었던 기관들과 종류가 달랐다. 정교함보다는 둔중하고 단순했다.

그런 기관은 설치하기에도 가장 시간과 비용이 많이 드는 종류지만 그만큼 파괴하거나 돌파하는 데도 시간이 많이 걸리고 위험한 기관이었다. 한번 갇히면 그 자체로써 깊은 땅속에 묻히는 것과 매한가지였다.

신포 필재는 앞쪽에서 시작된 봉쇄를 피해서 왔던 길을 되짚어 거꾸로 달릴 수밖에 없었다. 그러나 종국에는 그마저도 실패하고 좁은 공간에 갇히고 말았다. 다섯 명의 부하 중에 두 명만 함께 있었고 세 명은 뒤처져서 다른 곳에 갇힌 모양이었다.

두 명의 부하가 가로막은 군청색 유리벽을 주먹으로 쳤다. 엄청난 반탄력이 쏟아져 두 사람 모두 손뼈가 부서지고 말았다.

두꺼운 유리벽은 그 뒤에 붙어 있는 철벽으로 보호되고 있는 상황이었다.

그들은 이판사판으로 검에 공력을 주입하고 벽을 찔렀지만 한 뼘 반 정도 들어간 후 공력이 이어지지 않아서 더 찌를 수가 없었다.

필재는 벽에 귀를 댄 후 찔러 넣은 검을 손가락으로 튕겨서 돌아오는 소리로 벽의 두께를 계산해 보았다. 최소한 넉 자가 넘는다는 것만 알아낼 수 있었다.

넉 자라고 해도 검으로 파고들어 갔을 때 예사 보검이 아닌 이상 한 두 자를 넘기지 못하고 마모되어 버릴 것이었다. 공력의 소모가 심해지고 허기가 겹치면 더 이상 뚫을 수도 없게 될 가능성이 많았다.

두 부하가 천장과 바닥의 두께도 측정해 보았지만 상황은 마찬가지였다.

부하 중 한 명이 필재에게 물었다.

"대영반, 이 벽들은 내려오기만 할 뿐 장치를 조작해서 올라가게 할 수는 없는 종류들이지요?"

그의 음성이 미미하게 떨리고 있었다.

필재는 이등백일자객인 그의 부하들이 죽음 앞에서일망정 두려워하거나 떠는 것을 본 적이 없었다.

한데 폐쇄되고 가망없는 상황이 그들조차 두렵게 하고 있는 듯했다.

숨길 필요가 없었다. 그리고 그들도 이미 짐작하고 있는 것을 확인하는 것에 불과했다. 필재는 고개를 끄덕였다.

세 사람이 죽을힘을 다 하면 하나의 벽은 어찌어찌 뚫을 수도 있을 것이겠지만 첩첩이 쌓여 있는 모든 벽을 뚫고 가는 것은 애초부터 불가능했다.

다른 부하가 툭 내뱉었다.

"이제 죽겠군."

필재가 싸늘하게 말했다.

"함부로 말하지 마라!"

부하가 입을 다물었다.

필재가 말했다.

"우리가 해야 할 일은 첫째로 체력을 아끼는 것이며, 둘째로 할 수 있는 생각을 다 해보는 것이고, 셋째로 가능한 모든 수단을 동원해 보는 것이다. 이것이 아닌 한 여기서 나갈 때까지는 어떤 행동도 하지 마라!"

부하들은 즉시 가부좌를 틀고 앉았다.

필재는 손가락만한 피리를 꺼내어 세 명의 부하가 갇혀 있을 벽으로 가서 불었다. 피리 소리가 가볍게 부우 하고 났다.

그러나 그 피리는 아주 특별하게 만들어진 것으로 트인 곳에서는 공력을 주입할 경우 이십 리 이상까지 가볍게 부우 하는 소리를 전할 수 있고 땅속처럼 막힌 곳에서도 삼 리 밖까지 소리가 전해지는 것이었다.

소리를 듣는 법을 훈련한 사람이라면 더 먼 곳에서도 듣는 것이 가능했다.

즉시 대답이 돌아왔다.

필재는 피리에 뚫린 다섯 개의 구멍을 이용하여 다른 곳에 갇힌 부하들과 대화했다. 부하들은 바로 뒤에 갇혀 있었으며 무사했다.

필재는 거대하고 두터운 유리벽을 보았다. 두드리는 것은 무엇이든 튕겨내 버리기 때문에 깨뜨린다는 것이 불가능했다.

검으로 홈집을 냈지만 두께에 비하면 그 정도는 너무 미미했다.

사자후(獅子吼)나 창룡음(蒼龍吟) 같은 음공(音功)을 생각했지만 그 것도 유리가 너무 두꺼워서 안 될 것 같았다.

헛되이 공력만 낭비하면 나중에 다른 방법을 찾아내더라도 실행할 힘이 없게 되어버릴 수가 있었다.

하지만 그나마 가장 가능성이 높은 방법은 여전히 소리를 이용한 음공이었다.

필재는 윤극사가 가슴에서 떼내어준 왼팔을 유리벽에 짚은 후에 검의 자루로 유리벽을 강하게 한 번 쳤다.

치자마자 반탄력이 돌아왔다. 필재는 다친 후에 민감해진 왼손에 전해지는 진동을 느꼈다.

다시 몇 번을 더 두들겨서 그 진동을 기억했다.

될지 안 될지는 미지수였다. 필재는 유리벽에서 두 자쯤 떨어진 곳에 앉아서 짧은 피리를 불었다.

아무런 곡조도 없이 다만 길게 불면서 피리를 잡은 왼손에 전해지는 진동이 유리벽에서 느껴지던 것과 비슷해지기를 고대했다.

필재가 알기에 모든 음공의 근본 원리는 떨림, 바로 진동(振動)이었다. 사람을 해하거나 두려움을 주는 음공을 익힐 때는 자기의 몸을 기본으로 했다. 자기의 몸이 떨리고 자기가 두려워지는 소리를 만들어낼 때까지 연공했다.

소리를 원하는 곳으로 모아 보내거나 자기 쪽으로 소리가 오지 못하게 하는 것은 모두 그 이후에 익히는 것들이었다.

필재는 스승에게서 음공을 배웠던 것을 기억하고, 사람을 떨리게 하는 것이나 마찬가지로 유리벽을 떨게 만들어서 깨뜨릴 작정이었다.

그런 공부는 이전에 한 적도 없고 생각도 해보지 않았지만 지금 당장은 그것을 익혀 성공하지 않으면 갇혀서 죽게 될 판이었다.

소리를 여러 가지로 조절했다. 피리가 짧아서 소리는 높았지만 고르게 다양한 높이의 음을 낼 수는 없었다.

조금 시간이 지났다. 필재는 왼손에 전해지는 피리의 진동이 점점 유리벽에서 느꼈던 진동과 비슷해지는 것을 느꼈다.

'됐다!'

하고 필재는 속으로 외쳤다. 즉시 내력을 주입하기 시작했다. 음이 강해졌지만 피리가 진동하는 모양은 변하지 않았다. 필재는 유리벽의 떨림을 몸으로 느낄 수가 있었다. 음공이 유리벽에도 그대로 통하는 것이었다.

필재는 점점 더 강하게 내력을 피리 속에 주입했다. 막힌 공간에 유리벽이 미미하게 출렁이며 만들어내는 바람의 떨림이 필재의 얼굴과 온몸에 턱턱 와 닿았다. 그리고 마침내 필재의 앞에 있던 유리벽이 픽! 소리를 내면서 허물어졌다.

하지만 필재는 멈추지 않고 소리를 더 길고 강하게 불었다. 이내 다른 곳에서도 퍽, 퍽, 하는 소리가 잇달았다. 철벽 너머에 있던 유리벽들이 부서지는 소리였다.

세 번에 걸쳐서 그 소리가 들린 직후에 너무도 엄청난 소리와 함께 거대한 진동이 모든 곳을 다 훑고 지나갔다.

콰아아아앙!

필재와 두 부하의 몸이 튕겨져 올랐고 벽과 천장도 산산조각났다. 필재는 먼저 부숴놓았던 유리 더미에 처박히며 정신을 잃었다.

눈을 뜨고도 방향을 구분할 수 없었다. 그러나 밤하늘의 별들이 보였다. 필재는 몸을 일으켰다. 내외상을 모두 입었지만 움직이지 못할 정도는 아니었다.

부하들을 찾아보았다. 한 명은 죽었고 한 명은 아직도 숨이 붙어 있었다. 벽 건너편에 있던 세 명의 부하는 흔적도 찾을 수가 없었다.

피리를 한 번 불었지만 대답이 없었다.

필재는 살아 있는 부하를 어깨에 메고 하늘이 보이는 쪽으로 걸어갔다. 모든 것이 파괴되어 있었다.

필재는 지표에서 이십 장 깊이의 공간에 있었다. 하늘이 보이는 아래에는 깊고 넓은 연못이 생겨나 있었으며 그곳에서 물이 빠른 속도로 차 올라오는 중이었다.

물은 순식간에 필재의 발치에 이르고 점점 불어나서 그를 위로 밀어 올렸다. 물은 땅 높이 가까이까지 올라온 후에 멈추었다. 필재는 땅 위로 올라가서 어둠 속으로 자취를 감추었다.

　　　　　*　　　　　　*　　　　　　*

윤극사는 모래를 치우고 걸어가던 중에 유리벽과 철벽이 교차하며 길을 막고 있는 것을 발견했다. 그리고 어디선지 날카로운 피리 소리가 벽을 뚫고 들려왔다.

"벽이다!"

하고 누가 소리쳤다.

윤극사는 벽을 향해 걸어가면서 작은 휘파람 소리와 함께 입을 벌렸다. 윤극사의 입에서 황록색 안개가 확! 하고 뿜어져 나왔다.

십독십이약을 사용한 것이다. 황록색의 독이 닿은 곳은 유리든 주철(鑄鐵)이든 다 녹아버렸다.

촛불로 종이를 태우는 것 정도의 시간밖에 걸리지 않았다.

윤극사는 뻥 뚫린 두터운 벽을 지나갔다. 그 뒤에서 다른 사람들이 탱탱하게 당겨진 활시위처럼 긴장하며 따라갔다.

어떤 것도 윤극사의 발을 멈추게 하지는 못했다. 사 노파가 거금과 정성을 들여서 만들었을 이 장애물들은 땅 위에 그어놓은 전쟁 놀이 꼬마들의 영토를 표시하는 금보다도 미약했다.

윤극사는 걷고 그 뒤를 따라가는 사람들의 발자국 소리가 병사들이 행진할 때 나는 소리처럼 통일되었다. 뒤처지지 않기 위해서 사람들이 보폭과 속도를 일정하게 하는 때문이었다.

땅 위로 올라오는 데까지는 겨우 일각 정도의 시간이 걸렸다.

사가장 내에는 이천여 명의 군사가 원수의 명을 기다리며 흩어지지 않고 있었다. 양을기를 비롯한 장수들과 조정대신들이 윤극사에게 감사를 표했다.

윤극사는 무수영에게 신포 필재가 밖으로 나왔는지 알아봐 달라고 말했다. 무수영이 병사들을 불러서 물어보더니 알 수 없다고 했다.

그때 땅이 흔들리며 북쪽 언덕이 터져서 허공으로 날아오르며 무수한 흙과 돌과 불길을 뿜어냈다.

이틀이 지났다.

윤극사는 아무것도 먹지 않고 초조함 속에서 이영을 찾았다. 종남산의 소선동부로 달려가 보기도 했고 신생조화문의 폐허에도 달려가 보았다. 폭발이 있은 후에 사가장의 지하로 다시 내려갔으나 그곳은 어디 할 것 없이 물로 가득 차 오르고 있었다. 이영의 기운을 읽으려 했으나 마음이 혼란스러워 뜻대로 할 수가 없었다.

안정하려고 노력했으나 자꾸만 손끝이 떨렸다. 꼭두를 불러낼 수도 없었다. 물속으로 들어가서 찾아 헤맸지만 윤극사에게 다른 재주는 있어도 숨을 안 쉬고 살 수 있는 재주는 없었다. 그날 새벽까지 차가운 물속에서 자맥질을 하고 혹시 소선동부에 돌아갔을지도 모르겠다는 생각에 종남산으로 달려갔던 것이다. 소선동부에서도 하루를 기다렸고, 신생조화문에 가서도 반나절을 찾아보았다.

돌아온 사가장은 병사들이 둘러싸고 일반 백성들의 출입을 막고 있었다. 주인들이 하루아침에 모두 없어져 버린 빈집을 노략질할까 싶어서였다. 그러나 지키는 병사들이 은밀히 노략질을 하고 있다는 것은 윤극사에게도 뻔한 일로 보였다.

서안을 진창으로 만들었던 물은 대부분 위하(渭河)로 빠져나가서 침수되었던 곳들이 물 밖으로 나왔다. 추운 날씨 때문에 악취가 심하지는 않았지만 코끝을 자극하고 비위를 뒤집는 냄새는 어느 곳에나 있었다.

사가장으로 들어가서 건물들을 훑어보고 아직 파괴되지 않은 조그마한 절진들을 넘나들며 행여나 하고 이영을 찾았다. 손의 떨림도 어느 정도 가셨고 꼭두도 불러낼 수 있었다. 하지만 어디에서도 이영은 보이지 않았다.

처음의 밀실에서 물을 먹고 죽은 영강 공주의 유모와 칼을 맞고 죽었던 일태자의 시신을 찾아냈을 뿐이다.

소후 노인은 광림 장군의 차림을 계속 유지하고 윤극사가 가는 곳이면 어디든지 따라다녔다.

윤극사가 아무것도 먹지 않았기 때문에 그도 먹지 않았다.

상홍과 시적, 그리고 무수영이 와서 윤극사를 위로하고 음식을 가져와 먹기를 권했다. 윤극사는 고마웠지만 먹을 수가 없었다. 마음도 꽉 막히고 목도 막혀 있었다.

상홍이 말했다.

"죽은 줄 알았던 설대녕도 살아 있었습니다. 귀공의 부인께서도 어디선가 무사하실 것이외다."

윤극사가 바라는 바가 오직 그것이었다.

설대녕은 막혀 있던 길을 뚫고 난 후에 모래가 쏟아지면서 그곳으로 돌아오지 못하자 병사들을 데려갈 생각으로 천신만고 끝에 바깥으로 나갔기에 많이 다치기는 했지만 살아 있었다. 그나마 치명적인 기관이 발동되기 전이었기에 가능했다.

'발동되기 전!'

그 생각이 윤극사는 머리를 강하게 때렸다. 다시 몸이 떨렸다. 발동되기 전에, 그것도 충분한 시간 여유를 두고 신포 필재가 그곳을 떠났고 자기가 필재에게 그녀를 찾아달라는 부탁을 했었던 기억이 떠올랐다. 이틀 전의 기억이었는데도 수십 년 전의 케케묵은 약속처럼 느껴졌다.

머리 속에서 세월이 많이 지나 버린 모양이다.

필재는 이영을 만났으며 그녀가 안전할 것이라 했었고, 약속을 한 이상 신포 필재는 반드시 그녀를 찾을 것이란 생각이 들었다.

'찾아내서 함께 나갔을지도 모른다!'

가슴이 쿵쿵 뛰었다. 주먹을 쥐고 조바심을 내면서 그 생각에 믿음과 확신을 더했다.

생각은 점점 이영이 신포 필재와 함께 나갔을 것이라는 쪽으로 굳어졌다. 그녀가 필재와 함께 벗어났기 때문에 그녀의 흔적을 찾을 수 없는 것이라는 생각도 들었다.

신포 필재는 바쁜 사람이다. 이영을 자기의 군막(軍幕)에 데려가서 보호하며 윤극사가 찾아오길 기다리고 있을 수도 있었다. 틀림없이 그럴 것 같았다.

윤극사는 필재가 어디에 있는지 알아야 했다.

즉시 병부시랑 시적에게 물었다.

"필 신포의 군사들은 어디에 있습니까?"

윤극사가 입을 열자 상홍 등이 기뻐하며 말했다.

"종적을 찾고 있는 중입니다. 어쩌면 그사이에 새 소식이 들어왔을

지도 모르니까 함께 가봅시다."

윤극사는 그들과 함께 궁궐로 갔다.

궁궐에는 일태자와 이태자가 모두 없으니 영강 공주가 주인 노릇을 하고 있었다. 상홍 등이 안내한 곳은 양을기와 장수들이 각처에서 오는 보고를 받고 회의를 하는 곳이었다.

윤극사가 들어갔을 때 그들은 아주 바쁘게 움직이고 있었다. 윤극사 일행이 온 줄도 모를 정도였다.

시적이 윤극사 보기가 민망스러워 화난 음성으로 양을기를 불렀다.

"양 원수!"

양을기는 그제야 시적을 발견하고 달려와서 말했다.

"잘 오셨소. 방금 사람을 보냈는데 금세 오셨구려."

시적은 양을기의 음성에서 무슨 일이 터졌다는 사실을 알았다. 큰일을 연거푸 겪은 지 얼마 되지도 않은지라 시적의 음성이 저도 모르게 떨려 나왔다.

"무, 무슨 일이오?"

양을기가 주위를 둘러보며 작고 빠르게 말했다.

"고원술(高原述)이 황제 폐하께서 거느린 친위대를 공격했다고 하오."

시적과 상홍 등이 놀라서 외쳤다.

"뭣!"

양을기가 음성을 낮추고 초조하게 말했다.

"고원술이 군사들을 이끌고 화청궁으로 달려가 황제 폐하를 포위했소."

"언제?"

하고 시적이 소리쳤다.

"고원술?"

하고 상홍이 외쳤다.

양을기가 대답했다.

"고원술은 이궁의 수하들 중 손꼽히는 자였소. 그자는 군량미를 옮기는 중책을 맡았다가 죽었다고 알려졌는데, 아시다시피 그것은 다 이궁의 계략이었소. 그자가 이틀 전 밤에 화청궁을 습격했다고 하오."

상홍이 털썩 주저앉으며 말했다.

"또 필재로군. 그자가 군사를 물릴 때 바깥에 둔 것이 아니라 화청궁으로 보낸 것이었어."

무수영이 말했다.

"황제 폐하께서는 도성이 공격당했다는 것을 모르고 계셨소?"

양을기가 무거운 음성으로 말했다.

"지금은 알고 계실 것이오."

"허허!"

상홍이 기가 막혀서 웃었다. 도성이 공격당했다는 사실마저 황제에게 보고가 제대로 안 된 것이다. 이태자가 조정대신들을 장악한 후에 하려고 했던 것이 잘못되는 바람에 소식은 완전히 전해지지지조차 못했던 것이 분명했다.

상황이 그랬다면 양을기는 사가장의 지하에서 나온 이후에 전서구를 날렸을 것이고, 민천자는 공격받을 즈음해서 도성이 공격당했다는 사실을 알게 되었을 것이다.

시적이 화가 치밀어 버럭 고함쳤다.

"이제 어떻게 하겠다는 거요? 원수는 어떤 생각이시오?"

양을기가 진땀을 흘렸다. 장수들이 달려와서 고개를 푹 수그렸다.

시적은 손으로 탁자를 내려치며 말했다.

"여기 앉아서 폐하께서 무사하시길 부처한테 빌기라도 할 작정이오!"

정개화가 쩔쩔매면서 말했다.

"원군이 달려가기엔 너무 먼 거리요. 지금 우리 병사들은 도성을 지키기에도 부족한 숫자요. 함부로 나갈 경우 혹시 근처에 적이 숨어 있다가 다시 도성을 공격해 오면 속수무책이오."

상홍은 한숨을 쉬면서 말했다.

"상황이 위급하니 양 원수께선 우리가 정하는 대로 따라주시오. 공과 허물은 이후에 따집시다."

양을기가 고개를 떨구며 말했다.

"좋은 계책을 알려주시오."

시적이 여전히 화난 음성으로 말했다.

"즉시 가서 백성들에게 상황을 알리고 병사를 모집하시오! 이택신 장군, 당신이 가시오."

이택신이 허리를 숙이고 달려나갔다.

시적이 또 소리쳤다.

"북면후삼영(北面後三營)에 연락을 취하시오! 즉시 모든 병사들을 이끌고 화청궁으로 달려오라고 하시오! 발이 빠른 자는 앞서 가고 느린 자는 뒤에 세워서 쉬지 않고 가게 하라고 명하시오. 정개화, 종리민,

사경상, 당신들도 지금 당장 화청궁으로 달려가시오. 말을 바꾸어 달
린다면 오늘 밤 늦게 도착할 것이오. 북면후삼영의 병사들과 접응하는
즉시 지휘권을 인계받아서 고원술을 포위하고 그의 중진(中陣)을 공격
하시오. 다른 곳을 공격해선 안 되오. 그들의 병력이 중진으로 모여들
면 일거에 약한 곳으로 치고 들어가서 적을 깨뜨리고 황제 폐하를 구
출하시오!"

정개화 등 네 사람이 달려나갔다.

상홍과 무수영이 잇달아 계략을 내놓았다.

오번백에게 연락하여 이궁과 크게 한판 벌이게 하는 한편 후방에서
는 이궁이 죽었다는 소문을 내고, 정개화 등이 지나갈 길목에 있는 군
소 읍락에도 연락을 취하여 병사를 즉시 징집하고 화청궁을 향해 출발
하라는 명령을 내렸다. 곧 일백십 마리의 전서구가 동쪽과 북쪽 하늘
로 날아갔다.

도성은 손청이 이택신 등 남은 장수들과 함께 지키고 양을기와 사대
능신 등은 수레를 타고 이천 명의 병사와 더불어 출진했다.

모든 사람들의 얼굴에 긴장이 어려 있었다. 민천자의 생사 여부에
대위국 전체의 운명이 달려 있었다. 굳건하게 자리를 잡아가고 있던
대위국이 한순간에 풍비박산할 수도 있는 처지였다.

그들이 떠나는 서안은 백성들도 낌새를 알아채고 불안해하고 있었
다. 심지어 짐을 싸서 그들의 뒤를 따라가는 백성들까지 있었다.

슬피 우는 사람, 욕을 하는 사람, 잘 싸우고 오라고 외치는 사람 등
등, 서안의 분위기는 온갖 것이 뒤범벅되어 있는 듯했다.

사대능신은 지금도 이런 상황이니 만약 민천자가 죽거나 전쟁에서

패했을 때 백성들이 어떨지를 생각하니 온몸이 떨릴 지경이었다.

서안을 비롯한 대위국의 백성들은 민천자의 치세를 잠시나마 경험한 사람들이었다. 그들을 적이 쉽게 용납하지 못할 것은 자명했다.

전쟁에 패하면 대학살이 뒤따를 것이란 생각이 가슴을 조였다.

'황제 폐하를 지켜야 한다!'

네 사람의 공통된 생각이었다. 민천자를 지키지 못하면 패하는 것이다.

윤극사의 도움을 어떻게 청할 수 없을까 싶어 돌아보니 같은 수레에 탔던 윤극사의 모습이 보이지 않았다. 광림 장군도 사라지고 없었다.

윤극사는 광림 장군을 이끌고 대지 위로 흐르는 기운의 강을 밟으며 동북으로 가고 있었다.

감각을 넓게 펴서 신포 필재와 이영의 종적을 찾아보려 했지만 느낄 수가 없었다. 신포 필재의 빠른 발이라면 벌써 화청궁에서 황제를 공격하고 있을 가능성이 높았다. 어쩌면 민천자를 붙잡았을지도 모를 일이었다.

광림 장군은 윤극사에게 할 말이 아주 많았지만 윤극사가 들을 상황이 아닌 듯하여 입을 다물고 있었고, 윤극사도 그에게 물어볼 말들이 있었지만 지금 당장 급한 것은 아니라서 입을 다물고 있었다.

그들은 저녁 무렵에 고원술에게 공격받고 있는 화청궁 근처에 이를 수 있었다.

사문(四門), 십전(十殿), 사루(四樓), 이각(二閣), 오탕(五湯)으로 일컬어지는 화청궁에서는 횃불이 켜지기 시작했고 화청궁을 에워싼 고원술의 군막에서는 밥을 짓는 연기가 곳곳에서 오르고 있었다.

죽은 병사들의 시신을 옮기는 모습들이 보였고 화청궁의 굳건한 문을 부수기 위한 충차(衝車:무겁고 끝이 뾰족한 나무를 실은 수레로 성문을 부수는 도구)를 만드는 모습도 보였다.

돌아다니며 떨어져 있는 화살을 줍는 병사들도 있었다.

전투는 날이 어두워지면서 소강 상태에 들어간 것이었다.

윤극사는 광림 장군과 함께 고원술의 진영으로 갔다. 민천자가 야밤에 탈출할 것을 염려한 때문인지 경계가 철저했다.

그러나 광림 장군인 소후 노인은 군에 익숙했다. 직접 나선 적은 거의 없었어도 병사들과 함께 오랫동안 생활했기에 그들의 행동을 손바닥 보듯 훤히 알고 있었다.

앞을 막는 병사들에게 광림 장군이 고원술을 찾아왔으니 기별하라고 말했다. 광림 장군의 범상치 않은 위세에 십여 명의 병사가 창과 검을 겨누며 포위했고, 다른 사람이 달려가서 상황을 보고했다.

고원술은 적인지 아군인지도 구분할 수 없는 광림 장군을 엄밀한 경계 속에서 불렀다. 윤극사와 광림 장군이 막사로 들어가자 고원술이 말했다.

"고원술이오."

광림 장군이 말했다.

"신포 필재는 없는가?"

무례한 그의 말에 고원술이 분노를 억누르고 말했다.

"귀하는 누구길래 대영반을 여기서 찾소?"

광림 장군이 말했다.

"내 주인께서 그를 만나려고 하신다."

고원술이 싸늘한 표정을 지었다.

그때 윤극사가 말했다.

"제세원 말의 윤극사가 장군께 인사드립니다."

고원술이 놀라며 말했다.

"소신의 윤극사?"

"그렇습니다."

고원술이 윤극사의 손을 덥석 잡으며 말했다.

"어쩐지 눈에 익다 했더니 소신의셨군. 나를 모르겠소?"

윤극사는 고원술을 자세히 보았다. 얼굴은 기억나지 않았으나 그의 몸은 기억이 났다. 윤극사가 제세원의 급환청에서 일할 때 엉덩이와 어깨에 큰 상처를 입고 제세원에 와서 두 달 동안 머물렀던 사람이었다.

그때는 말도 잘 듣지 않고 몰래 나가서 술을 마시고 오는 등 적잖게 윤극사의 속을 태웠던 환자였다.

윤극사는 반가워서 말했다.

"당신은 뒤를 다쳤던……."

고원술이 껄껄 웃었다.

"소신의가 아니었다면 똥도 못 누고 죽었을 거요."

윤극사는 안도했다. 고원술이라면 훨씬 편하게 이야기할 수 있을 것 같았다.

고원술은 술과 음식을 가져오게 했다. 막사 안에 있는 바위에 음식을 놓고 그들은 손으로 집어서 먹었다.

윤극사가 먹으면서 신포 필재의 소식을 물었다. 고원술이 머리를 저으며 말했다.

"원래 군의 일은 기밀(機密)이라 말할 수 없는 것이지만, 소신의께 말하건대 대영반은 서안으로 들어간 후에 연락이 없었소. 원체 신출귀몰하는 분이라서 연락하지 않으면 내가 찾을 도리는 없소."

윤극사는 크게 실망했다. 음식이 더 이상 넘어가지 않았다. 고원술이 은근히 부상자의 치료를 부탁했다.

윤극사는 환자들을 돌봐주며 그날 밤을 고원술의 진영에서 보내기로 했다. 신포 필재가 조만간에 연락을 취하거나 찾아올 것이라는 고원술의 말에 일말의 희망을 걸었다.

환자들을 보다가 침상에 몸을 눕힌 것은 해시 말이었다. 그때 고원술이 완전무장을 갖추고 막사로 들어왔다.

광림 장군이 무슨 일이냐고 하니 고원술이 말했다.

"지금 민소동의 구원군이 달려오는 중이라는 연락을 받았소."

윤극사와 광림 장군도 말은 하지 않았지만 알고 있는 내용이었다. 정개화 등이 달려오고 있는 것이다.

고원술이 음성을 낮추고 말했다.

"적병의 숫자가 많은 것 같소. 나는 지금 당장 충차를 앞세워 민역적을 공격할 예정이오. 민역적을 죽이는 데 성공하든 실패하든 한 시간 후에는 여기를 떠날 것이오."

광림 장군이 중얼거렸다.

"배수진(背水陣)이군."

포위하고 밀려드는 적군이 있고 앞에는 민천자가 있으니 포위한 병력이 바로 등 뒤의 물이나 마찬가지였다. 적이 당도하기 전에 민천자를 잡을 수만 있으면 대승을 거두는 것이고 잡지 못한다 하더라도 민천자가 있는 곳에 불을 지르고 달아나면 불을 끄기 위해서라도 추격을 늦출 수밖에 없을 것이었다.

"귀하도 병법을 아는군."

고원술이 웃으며 말했다.

"소신의, 나와 함께 역적을 잡으러 가겠소, 아니면 바로 여길 떠나겠소?"

윤극사는 환자들을 둘러보았다. 그들의 얼굴에 공포와 절망이 어려 있었다.

"이들은 어떻게 합니까?"

고원술이 대수롭지 않게 말했다.

"전쟁이오. 적에게 포로가 되어 고문을 당하고 죽게 할 수야 없으니 우리가 깨끗하게 죽여줘야지."

다친 병사들은 그 말을 듣고도 체념할 뿐 분노하지도 않았다. 그들도 적에게 잡혀 죽는 것보다는 차라리 동료의 손에 깨끗하게 죽기를 원하고 있었다.

윤극사는 아무 말도 할 수 없었다. 그가 보고 있는 앞에서 고원술의 뒤를 따라온 병사들이 환자들마다 죽겠는지 그냥 내버려지길 원하는지 물었다. 죽겠다고 대답한 사람은 그 자리에서 죽였다. 살겠다고 한 사람은 죽이지 않았다.

그러나 살겠다고 한 사람 중에서 다시 죽겠다며 그들을 부르는 사람도 있었다.

환자들에 대한 처리가 끝나자마자 고원술은 말들의 발에 신을 신겨서 발소리를 죽인 후에 어둠 속에서 충차를 끌게 했다.

기습이었다.

충차는 문이 아닌 벽을 부수었다. 마음의 배수진을 친 고원술의 병사들이 죽기살기로 화청궁 안으로 뛰쳐 들어갔다.

그들 중 가장 앞에 선 자들이 다친 동료들의 가슴에 검을 꽂았던 병사들이었다.

횃불이 춤추고 비명과 함성이 뒤섞였다. 고원술은 창으로 적을 찔러 죽이면서 입으로는 병사들을 독려했다.

그는 용맹하기가 범과 같았다. 병사들은 성난 짐승들처럼 날뛰었고 민천자의 일천친위(一千親衛)와 승상 우문태의 오백친위(五百親衛)는 숫자의 열세와 그들의 기세를 감당하지 못하고 허물어지기 시작했다.

어둠 속에서 화살이 날았으며 적과 아군이 분간되지 않는 상황에서 누구의 피인지도 모를 피가 얼기 시작하는 땅 위에 뿌려졌다.

그러던 어느 순간에 '민소동이다!' 하는 소리가 터져 나왔다.

고원술이 사자처럼 고함치고 창을 휘두르며 돌진했다. 민소동은 면류관을 쓴 채 우문태를 거느리고 누각에 올라서 위사들을 직접 통솔하기 시작했다.

전쟁에 따르는 살인과 방화, 궁녀들이 쫓기고 죽으면서 지르는 비명소리가 화청궁을 가득 메웠다.

민천자의 호령은 천둥 같았지만 고원술의 병사들은 이미 죽기를 작정한 듯 날뛰고 있었으며, 민천자의 위사들은 전쟁을 잘하는 사람들이 아니라 개개의 무술이 뛰어난 사람들이라 여러 모로 고원술의 병사들에게 밀렸다.

민천자의 직접 지휘로 그들은 겨우 누각을 둘러싸고 맹호 같은 고원술이 뛰쳐들지 못하도록 막아낼 뿐이었다.

화살이 민천자를 향해 퍼부어졌다. 민천자의 옆에 있던 몇 명이 방패로 가리고 검으로 쳐내서 막았다.

민천자 스스로도 한 자루의 검을 들고 있었다.

위사들이 민천자의 지휘를 이해하기 시작했다. 그에 비례해서 고원술의 병사들 중 죽는 자가 늘어났다.

큰 변화는 없었지만 위사들이 치밀해진 것만으로도 그 정도의 효과가 있었다.

고원술은 다급했다. 병사들로 하여금 무너진 담을 치우고 충차를 끌고 오라고 시켰다.

담을 부쉈던 충차가 다시 돌진했다. 충차 앞에서 저항하던 위사들은 깔려 죽었고 충차는 민천자가 올라가 있던 누각을 그대로 받아버렸다.

벼락치는 듯한 소리와 함께 누각이 흔들리며 두 사람이 비명을 지르면서 땅으로 떨어졌다.

"막아라!"

위사들이 미친 듯이 날뛰며 충차를 막으려 했지만 그 바람에 더 많이 살해당했다.

충차는 한 번 물러났다가 다시 돌진하여 누각을 받았다. 누각이 일시에 무너지고 말았다.

"폐하!"

"황제 폐하!"

절규하는 음성들이 피를 토하며 쓰러졌다.

"와!"

하는 함성이 고원술의 부하들에게서 터져 나왔다.

고원술이 고함쳤다.

"민소동이 죽었다! 민소동이 죽었다!"

병사들이 거듭 함성을 질렀다.

"와! 와!"

지켜야 할 사람이 사라진 위사들은 사냥당하는 짐승처럼 쫓겼다.

윤극사는 그때 민소동과 우문태가 다른 누각 위에서 나타나는 것을 보았다. 민소동의 곁에는 어느새 그곳까지 갔는지 광림 장군이 버티고 서 있었다.

민소동이 검 대신 횃불을 들고 자기의 얼굴을 비추면서 호령했다.

"짐은 무사하다! 두려워 말고 적을 추살하라!"

순간 그의 친위들은 만세를 불렀고 고원술의 부하들은 입이 얼어붙었다.

우문태가 소리쳤다.

"황제 폐하께서는 천명을 받으셨다! 누가 감히 털끝 하나라도 다칠 수 있단 말이냐!"

고원술이 창을 거꾸로 잡고 달려가며 고함쳤다.

"개소리!"

친위들이 그의 앞을 가로막았다. 그러나 고원술의 창은 번득이는 순간에 두 명의 친위를 찔러 죽였다.

그때 지축을 울리는 말발굽 소리가 들려왔다.

두두두두두!

고원술은 창으로 땅을 짚고 솟구쳐 지붕 위로 날아올라 가면서 소리 나는 곳을 보았다.

멀지도 않은 곳에 수많은 횃불들이 달려오고 있었다.

고원술은 민천자를 향해서 창을 던지면서 고함쳤다.

"퇴각하라!"

고원술의 군사들이 건물마다 불을 지르며 달아났다. 고원술은 말등에 올라서 화살을 재어 민천자를 향해 쏘았지만 민천자가 그의 화살을 손으로 잡아버렸다.

천자가 되기 전에는 당대 최고의 무장이었던 민소동이었다. 고원술은 민소동이 창을 받아 드는 것을 보았다.

도망치는 적을 쫓는 데는 작전이 필요가 없다. 민소동은 이제 자기 손에 피를 묻혀서 분노를 풀려는 것이 틀림없었다.

"빌어먹을!"

고원술은 욕을 하며 달려드는 친위의 가슴을 찔러 죽였다.

고원술은 자기가 그 자리에서 죽을 것임을 알았다. 민소동은 직접 창을 잡음으로써 고원술을 그곳에 묶어버린 것이다.

고원술은 죽을망정 피아를 불문하고 모든 장수들이 두려워 마지않는 전설적인 무장인 민소동과 싸울 기회를 놓치고 싶지 않았다.

말을 한 바퀴 돌리며 주위에서 달려드는 적들을 물러나게 하고 두 명을 눈 깜짝할 사이에 찔러 죽이고 고함쳤다.

"민소동! 내 창을 받을 용기가 있느냐!"

민소동은 누각에서 뛰어내려 와서 말등에 훌쩍 올라탔다. 칠십이 넘은 노인의 몸이라고는 믿을 수 없이 날렵하면서도 웅대했다.

고원술은 속으로 죽었구나 하고 외쳤다. 말등에 올라서 창을 비스듬히 잡은 민소동의 모습은 관운장을 연상시켰다.

고원술은 말을 박차를 가해 뛰쳐나가며 창을 휘둘렀다.

민소동이 마주 달려나왔다. 고원술은 그와 창을 한 번 마주쳤다. 그리고 두 번째 창을 휘두르는 순간에 겨드랑이 밑이 화끈했다.

민소동이 옆으로 스치며 고원술의 겨드랑이를 찔러 버린 것이다. 고원술은 외마디 비명을 지르며 창자루를 잡았다. 이미 창끝은 반대쪽으로 튀어나온 뒤였다.

민소동은 고원술이 꿰인 창을 번쩍 들어 올려 깃발처럼 흔들어서 땅에 내동댕이쳤다. 고원술은 즉사했다.

그는 이궁 막하의 뛰어난 장수였고, 훗날 더 나이를 먹어 경륜을 쌓는다면 천하를 오시할 만한 재주와 용맹이 있었지만 민소동의 이름을 높여주며 자기의 이름을 꺾고 말았다.

민소동은 창을 친위에게 건네주고 말에서 내려왔다.

윤극사는 고원술의 주검 앞에 멈춰 섰다. 잠시 전까지만 해도 펄펄 뛰는 사자 같은 사나이가 눈도 깜박하지 못하는 시체가 되어버렸다.

사방에서는 불길이 치솟고 있는데 고원술의 부하들은 도주했고 민천자의 부하들은 그들을 추적하고 있었다.

참는 것이 힘들었다. 작은 죽음 앞에서도 슬퍼하고 괴로워하며 살았던 삶이었기에 수많은 죽음을 어떤 섭리가 있을 것이라는 이유만으로 계속 방관하기에는 너무나 힘에 겨웠다.

그러다 문득 윤극사는 왜 나만 참고 있는가 하는 의문이 들었다. 다시 생각해 보니 모두 참고 있는데 자기만 참지 못하고 있는 것은 아닌 가 싶기도 했다.

윤극사 혼자 참고 있는 것은 자기 자신이고, 그가 참지 못하고 있는 것은 세상이었다.

윤극사의 몸에도 몇 자루의 검이 닿아 있었다. 전쟁을 구경한 대가 였다.

민소동이 윤극사를 보며 말했다.

"왔는가?"

윤극사가 허리를 숙여 인사했다. 그에게 검을 겨눴던 친위들이 재빨 리 검을 거뒀다.

광림 장군이 윤극사에게로 와서 말했다.

"민천자시네."

윤극사가 나직하게 말했다.

"알고 있습니다."

광림 장군이 한숨을 쉬며 말했다.

"용서하게."

윤극사는 대답하지 않았다. 광림 장군은 서안에서 구하려 했던 민천 자를 화청궁에서 구했던 것이다. 그런 작은 문제에 대답할 필요를 느 끼지 못했다.

자기가 원하는 세상, 자기가 꿈꾸는 세상이 이루어지기 전에는 이러 한 현실이 몇천 년이든 몇만 년이든 계속되리라는 것을 알고 있었다.

요순의 치세가 전설에만 남고 사라진 것처럼, 윤극사는 자기가 꿈꾸 는 세상을 이룩하더라도 언젠가는 다시 무너질 것이라는 것도 알고 있었다.

그러나 자기의 그런 행동이 후세에 커다란 족적이 될 것임은 분명했다. 요순 시절이 있었다는 것은 인간에게 다시 그런 세상을 만들 수 있다는 희망이기도 했다. 그런 희망이 긴 세월을 두고는 조금씩이겠지만 점점 더 세상을 좋게 만들 것 같았다.

윤극사는 깨어질 꿈이라도 기억에 남기기 위해서 꾸어야 한다는 꿈의 당위성을 찾았다. 이랬으면 좋겠다가 아닌 이렇게 해야 한다는 생각이 가슴속에서 천천히 끓어오르고 있었다.

청동봉 정상에 달빛이 자기만을 비추었던 것은 의원으로서의 사명이 아닌 더 큰 사명을 하늘이 부여한 것일 수도 있었다.

하지만 하늘, 절대적인 무엇에 대한 생각에 이르자 오히려 마음이 차가워졌다. 윤극사는 순수한 이성의 상태에서 만났던 그 존재를 신뢰하지 않고 있었다. 그것이 하늘이든 신이든 또 다른 그 무엇이든. 그리고 어쨌든, 윤극사는 고원술이 죽음으로써 이영이 더 멀리 있는 것처럼 느껴졌다.

제12장 말 한마디가 민천자를 두 번 죽음에 몰아넣다

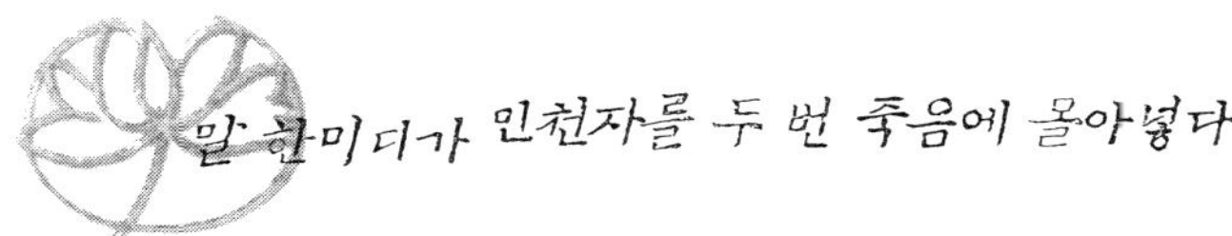

윤극사는 고원술의 시신 앞에서 생각하고 느낀 바대로 행동하기 위해서, 방관을 마치고 자기의 두 번째 길에 나서 자기 주위에서 보이는 모든 것들을 그가 소망하는 대로 변화시키는 일을 하고 있었다.

부상당해서 죽어가는 민천자의 병사와 고원술의 병사를 눈에 보이는 대로 치료한 것이었다. 그렇게 하는 것은 멀리를 볼 것 없이 이청무가 말했던 바를 실천하는 것이기도 했다. 윤극사의 눈에 보이는 것은, 그가 접하는 것은 모두 그의 작은 방에 있는 것들이었기에 더 이상 내버려 둘 수 없었다.

윤극사는 더러운 것들을 치워내고 자기의 방을 아름답게 가꿀 필요가 있었다. 부상병들을 손가락으로 찌르고 손바닥으로 문질러서 치료하는 과정에서 윤극사는 오히려 마음이 평온해짐을 느꼈다.

이영을 찾는 중에도 눈에 보이는 모두를, 만져지는 모든 것을 그렇게 순리에 따르게 만들어가면 될 터였다.

꼬여 있는 것, 뒤틀린 이치, 막힌 것들… 윤극사는 그것들을 풀어냈다. 그것들을 풀어내면서 윤극사는 자기의 가슴에 꽉 막히고 맺혀 있던 것들이 시원하게 풀어짐을 느끼고 있었다.

부상자들에게 먹어야 할 약을 말해 주고 외워서 군의(軍醫)에게 요구하게 시켰다.

민천자의 병사들이 처음에는 윤극사를 못마땅하게 여겼으나 그가 신기한 재주로 부상자들을 치료하자 존경하면서도 두려워했다.

윤극사의 뒤에 커다란 도끼를 든 광림 장군이 함께했으며 황제가 윤극사를 안다는 것도 크게 작용했다.

포로가 된 병사들은 하나의 긴 줄에 묶인 채 짐승들처럼 끌려갔지만 윤극사는 그들을 멈추게 하고 상처를 돌봐주었다.

내관이 달려와서 민천자가 윤극사를 찾는다는 전갈을 한 것은 삼태성이 서남쪽으로 보이고 있을 무렵이었다.

화청궁의 불길은 연못에 물이 있어서 빠르게 잡혔으며, 십전 중에서 전소한 것이 세 채였고, 사루이각(四樓二閣) 중에서 이루일각이 붕괴되거나 불탔다.

온전한 것은 오간청(五間廳) 하나뿐이었다.

윤극사는 광림 장군과 함께 오간청으로 들어갔을 때 민천자가 근심하고 슬퍼하는 모습을 보았다.

그는 옥좌에 앉았을 뿐이지만 윤극사는 그의 감정을 느낄 수 있었다.

좌우로 늘어선 봉행(奉行) 대신들의 표정도 어두웠다. 장군들은 속속히 도착하여 도주하는 적을 뒤쫓았기 때문에 그곳에 없었다.

윤극사는 자기가 도착한 후에 자신이 모르는 어떤 소요가 있었음을 어렴풋이 느낄 수 있었다. 그러나 윤극사는 왜 민천자가 자기를 보자고 하는지 알 수 없었다.

황제에게는 급하고 중요한 일이 수도 없이 많을 것 같았지만 그중에 자기를 만나는 것이 포함되어 있지는 않다고 생각했다.

윤극사가 민천자 앞으로 나아가자 오간청 안은 쥐 죽은 듯 조용해졌다. 윤극사는 민천자에게 가볍게 허리를 숙여서 예를 표했다. 민천자는 황제지만 그의 신하와 백성들의 황제일 뿐 윤극사의 황제는 아니었다.

윤극사는 자기의 뒤에 따르고 있는 광림 장군을 느꼈다. 광림 장군은 민천자를 구해준 이후로는 계속 그와 함께하고 있었다.

민천자의 왼쪽 앞에 서 있는 승상 우문태가 입을 열었다.

"윤 의원, 황제 폐하께서 윤 의원에게 하문할 것이 있으시다니 숨김 없이 말해 주시게."

윤극사는 그를 올려다보면서 말했다.

"나는 객입니까, 죄인입니까?"

우문태가 난색을 지으며 말했다.

"윤 의원이 내 벗이기를 바라네."

윤극사가 슬며시 웃었다. 순간 승상 우문태는 부끄러움을 느꼈다. 윤극사가 자기 말이 짓는 허울을 꿰뚫고 진심을 바라보며 비웃은 것 같았기 때문이다.

우문태는 한숨을 쉬면서 말했다.

"미안하네. 내가 속였네. 사실대로 말하자면 우린 윤 의원을 의심하고 있네."

윤극사가 나직하게 말했다.

"내가 고원술 장군과 함께 왔기 때문입니까? 그와의 관계는 물을 것도 없습니다. 그는 내 환자였고 나는 그의 벗입니다."

우문태가 낯빛이 어두워졌다. 우문태가 말했다.

"우리는 윤 의원에 대한 여러 가지 소문을 들었네. 신생조화문을 파괴했다는 말을 포함해서. 윤 의원도 잘 알겠지만 신생조화문은 우리 대위국이 새 문명을 창조하는 모태가 되는 곳이었네. 대업에 큰 차질이 빚어진 셈이라 할 수 있지."

윤극사가 우문태와 민천자를 똑바로 응시하며 말했다.

"나는 승상과 민천자를 의심하고 있습니다."

"뭣이라!"

나이 많은 봉행 대신들이 고함쳤다.

우문태가 그들을 진정시켰고, 민천자가 의외라는 듯이 윤극사를 마주 보았다.

윤극사는 눈을 빛내며 담담하게 말했다.

"제세원은 하루아침에 망하고 그 자리에 신생조화문이 섰습니다. 민천자는 제일신의 이청무 사숙의 친구셨고 신생조화문은 민천자의 중요한 기반 중 하나였습니다. 그리고 신생조화문이 연구했던 것은 제이신의 평일측 사숙의 저서에서 비롯된 것이 대부분이었습니다. 나는 백초곡이 민천자를 등에 엎은 것인지 민천자가 백초곡을 끌어당긴 것인지를 의심하고 있습니다."

민천자가 윤극사를 노려보았다. 윤극사는 그의 시선을 피하지 않고 말을 이었다.

"숨김없이 하답(下答)해 주시기 바랍니다."

음성이 서늘했다.

민천자가 느릿하게 물었다.

"네가 그런 사람이었느냐?"

윤극사가 대답했다.

"내 뜻은 다투는 데 있지 않습니다."

민천자가 말했다.

"그러면?"

윤극사가 대답했다.

"아는 데 있으며 또한 바꾸는 데 있습니다."

민천자가 다시 근심하는 표정으로 돌아가며 말했다.

"그것이 내 뜻이기도 하다."

윤극사가 당당하게 말했다.

"황제는 남의 거짓과 자기의 진실을 두려워하지 않으며 남의 진실과 자기의 거짓을 두려워해야 한다는 말을 들었습니다."

민천자가 말했다.

"황제가 되려느냐?"

윤극사가 고개를 끄덕였다.

민천자도 고개를 끄덕였다.

윤극사가 끄덕인 뜻은 그렇다는 의미였고 민천자가 끄덕인 뜻은 알았다는 의미였다.

대신들은 물론 승상 우문태마저 놀란 듯했다.

"내가 백초곡을 끌어들였다."

하고 민천자가 망설임없이 말했다.

"제세원과 더불어 큰일을 하고자 했으나 이청무는 지키는 것이 많았고 꺼리는 것도 많은 사람이었다. 내가 가장 존경하는 사람이긴 하지만 의술의 테두리 속에서만 모든 것을 보았다. 그래서 백초곡에 선을 댔다. 그러나 제세원을 없앤 것은 내 뜻이 아니었다."

윤극사가 또 고개를 끄덕였다.

민천자가 말했다.

"복수였느냐?"

윤극사가 대답했다.

"여러 가지 이유가 있었습니다만…… 복수였습니다."

민천자가 시선을 천장에 두고 말했다.

"차라리 나를 죽일 것이지."

윤극사는 민천자를 빤히 바라보면서 말했다.

"죽음은 모두 같은 죽음입니다. 선택하는 것이 죽음이라면 누구의 손을 빌리든 마찬가지입니다. 그런 마음이시라면 제 손을 기다리지 마십시오."

"달라졌군."

민천자가 말했다.

윤극사는 싫은 내색을 감출 때 웃는 웃음으로 대답을 대신했다.

민천자가 또 말했다.

"강해졌어."

윤극사가 말했다.

"강한 면을 보고 계신 것입니다."

민천자가 물었다.

"누구에게 배웠느냐?"

윤극사는 이 순간이 중요하다는 것을 느꼈다. 답은 하나였지만 어떻게 말해야 할지를 잠시 생각하다가 대답했다.

"폐하를 가르친 분께 배웠습니다."

"헛헛헛헛!"

민천자가 크고 호방하게 웃었다.

민천자가 입을 다물며 손을 저었다.

"물러가라. 날이 샌 후에 다시 이야기하자."

윤극사는 허리를 숙여 인사한 후에 광림 장군과 함께 나왔다.

전란의 그 외중에도 살아남았던 궁녀가 윤극사를 불탄 흔적이 있는 건물로 데려갔다. 병사들이 한 팔 간격으로 에워싸고 있었다.

감금이었다.

궁녀가 나간 후에 광림 장군이 한숨을 쉬면서 말했다.

"민천자와 맞서는 것은 좋지 않네."

윤극사는 방 안을 왔다 갔다 하다가 불쑥 물었다.

"영을 찾을 수 있을까요?"

광림 장군은 말문이 콱 막혔다. 윤극사가 눈으로 다답을 채근했다. 광림 장군이 탄식하며 말했다.

"누가 말인가?"

윤극사가 턱으로 그를 가리켰다.

광림 장군이 무거운 어조로 말했다.

"꿈길을 걸어서 찾아보려 했으나 찾지 못했네."

윤극사가 말했다.

"꿈길은 제 꼭두와 비슷한 것이지요?"

광림 장군이 말했다.

"내 몽마(夢魔)와 자네 꼭두는 비슷하네. 다만 자네의 꼭두는 현실을 걷고 내 몽마는 꿈길을 걷는 것이 다르지. 특이하지만 제한이 너무 많네."

윤극사가 물었다.

"신포도 찾을 수 없었는가요?"

"찾지 못했네."

하고 광림 장군이 말했다.

"상대방이 잠들어야 할 뿐 아니라 백 리, 멀어도 백오십 리를 벗어나면 내 능력으로는 더듬어서 찾을 수가 없네."

윤극사는 묵묵히 있다가 말했다.

"그럼 이태자가 어디 있는지를 찾아봐 주세요."

광림 장군은 약간 회의적이었지만 수락하고 침상 위에 가부좌를 틀고 앉았다.

윤극사는 탁자 앞에 앉아서 식어버린 차를 마시며 꼭두를 오간청으로 보냈다.

민천자는 보이지 않고 승상 우문태가 열 명 남짓한 대신들과 함께 숙의하고 있는 중이었다.

한 대신이 말했다.

"역모외다! 더 생각할 것도 없을 듯하오. 그자 스스로도 황제가 되겠다고 시인하지 않았소?"

우문태가 말했다.

"이 일에는 이상한 점도 있네. 내가 가르쳐 본 바로, 무엇보다 일태자는 역모를 할 사람이 아니었네."

다른 대신이 말했다.

"열 길 물속은 알아도 한 길 사람 속은 모르는 법이라질 않습디까? 승상, 황제 폐하께서는 연로하시지만 신체가 여전히 강건하니 일태자가 성급한 생각을 하지 않았으리란 법도 없소이다. 무엇보다 정황이 그렇지 않소이까?"

또 다른 대신이 말했다.

"승상께선 완고하게 생각하시지만, 한 번 곰곰이 생각해 보기 바라오. 오천이 넘는 정병(精兵)이 전선을 은밀히 뚫고 들어와 기척도 없이 도성을 몰아쳤소. 게다가 황제 폐하께서 계신 이곳까지 곧장 달려온 것이 과연 가능하다고 보시는 게요? 오번백 대원수가 지키고 있는 전장을 뚫고 말이오."

"인정해야 하오. 지금 상황을 바로 보고 대처하지 않으면 천추의 한을 남길지도 모르오."

제일 먼저 말했던 대신이었다.

승상 우문태는 깊이 생각에 잠겼다.

한 대신이 말했다.

"오번백 그자와 일태자가 이궁과 결탁했음을 인정해야 하오. 정황이

명백하지 않소?"

또 한 대신이 말했다.

"나는 오번백이 이궁을 진작 깨뜨리지 않은 것을 평소부터 이상하게 여겼소. 진공(進攻)하지 않는 것은 조정의 중론이었으니 그렇다 하더라도 이궁 같은 자는 진작 없애 버렸어야 했소."

우문태가 머리를 저으며 말했다.

"이궁은 만만한 자가 아닐세. 오번백 대원수도 실수하지 않기 위해서 조심한 것일 뿐이네."

다른 대신이 음성을 높이며 말했다.

"승상, 일태자가 폐하께 양위를 요구했지 않소? 이보다 더 명백한 증거가 어디 있겠소? 정개화가 했던 말을 함께 듣지 못했소이까? 그자는 다짜고짜 비합전서를 받지 못했느냐고 물었소. 우리가 받았던 그 비합전서에 과연 뭐라고 적혀 있었소? 바로 황제 폐하의 양위를 운운한 것이 아니었소?"

우문태가 말했다.

"그렇기에 이상하다는 것일세. 나는 오히려 정개화가 비합전서의 내용을 몰랐던 것이 아닌가 싶네. 만약 정개화가 비합전서의 내용을 알고 있었다면 그렇게 물어보는 것만으로 그쳤을 거라고 생각되지 않아."

"허허, 참. 승상께선 대체 어떻게 생각하시는지 모르겠소."

한 대신이 몸을 휙 돌리고 기가 막히다는 듯이 말했다.

"사대능신도 오고 있소. 그들이 도착하고 나서 우리를 끌어내리고 목을 칠 때야 믿으시겠소?"

우문태는 묵묵히 있었다.

다른 대신이 말했다.

"먼저 정개화 등의 목을 쳐야 하오. 그런 후에 황제 폐하께서 직접 나서서 사대능신을 꾸짖고 일태자 전하를 엄중히 문책하셔야 하는 것이 순서요. 일태자 전하가 제아무리 수하들을 손에 쥐고 있다 하더라도 황제 폐하께서 나서면 아무것도 아닐 것이오."

또 다른 대신이 말했다.

"나는 폐하의 안전이 염려되오. 암중에 폐하를 해하려는 자객이 들지나 않을지."

"그 점은 철통같이 지키고 있으니 염려하지 않으셔도 될 게요."

어떤 대신이 말했다.

"폐하께 청하여 일태자를 즉시 폐한다는 포고를 내리면 일태자를 따르는 자들도 정신을 차리지 않을까 싶소. 내가 생각키에 일태자도 폐하와 싸우려는 것이 아니라 이렇게 나오면 폐하께서 양위해 주실 듯하여 저지른 일인 듯하오."

다른 대신이 소리쳤다.

"일이 너무 컸소! 도대체 적군을 끌어들이다니. 절대로 일태자를 용서해선 아니 되오! 철부지도 아니고 이게 무슨 짓이란 말이오. 그 강퍅한 성미가 언제고 일을 낼 줄 알았소이다!"

그에 이어서 다른 대신들도 일태자에 대해서 한두 마디씩 좋지 않은 소리를 했다.

"그만들 하라!"

우문태가 참지 못하고 호통 쳤다. 대신들이 볼멘 표정으로 입을 다

물었다.

"이미 정개화 등을 가둬놓았으니 일태자 전하가 사대능신과 함께 오더라도 대처하는 데는 어려움이 없을 것이야. 경들은 폐하께서 진노하고 성급하게 움직이셔도 가라앉혀야 할 사람들이 아닌가? 대비는 하되 경거망동해서는 안 되거늘 왜 이다지도 서두른단 말인가? 정녕 돌이킬 수 없게 만들고 싶은가?"

우문태가 일태자를 성토하던 대신들을 쏘아보며 말했다.

"일태자 전하가 양위를 요구했다면 윤극시는 또 무엇인지 한번 말해보라."

"승상! 그는 일태자와 작당을 했다지 않소?"

하고 한 대신이 말을 꺼냈다.

우문태가 말했다.

"작당을 한 자가 폐하 앞에 와서 황제가 되겠다고 말한단 말인가? 서로 황제가 되겠다는 두 사람이 작당을?"

대신이 입을 다물었다.

우문태가 준엄하게 말했다.

"내가 직접 가서 일태자 전하를 만나보겠다. 그 후에 경들의 말이 옳으면 더 이상 고집 부리지 않겠다."

아무도 이의를 말하지 않았다.

몸을 돌려 나가는 우문태에게 한 사람이 말했다.

"승상, 귀하신 몸 잘 보중하시오."

우문태는 고개를 끄덕였다.

　윤극사는 대신들끼리 이야기를 주고받으며 상황이 점점 이상하게 흘러가는 것을 보았고 그들이 오간청의 다른 방으로 몰려갈 때 꼭두를 다시 불러들였다. 방 안에서는 광림 장군이 가부좌를 틀고 앉아 있을 뿐 새벽 찬 공기가 조용히 맴돌고 있었다.

　광림 장군이 말했다.

　"찾을 수가 없네. 잠들지 않았거나 여기에 없는 모양일세."

　윤극사가 말했다.

　"일태자가 민천자에게 양위(讓位)를 요구했다는군요."

　광림 장군이 무슨 소린지 몰라서 되물었다.

　"죽은 일태자가?"

　윤극사가 고개를 끄덕였다.

　광림 장군이 말했다.

　"이태자가 아니라 분명히 일태자가 그랬다고 들었는가?"

　"예."

　하고 윤극사가 대답했다.

　광림 장군이 생각하다가 말했다.

　"일태자는 아니네. 일태자는 이미 자기 스스로 황제라고 생각하는 아이였어. 선양(宣揚)을 받고 안 받고는 그에게 아무것도 아니었네. 그랬을 리가 없어. 농간일 걸세."

　윤극사는 가만히 앉아 있다가 광림 장군을 불렀다.

　"소 노인."

　"말해 보게."

　윤극사가 물었다.

“황제는 무엇을 할 것인지 결정하는 사람입니까, 어떻게 할 것인지 결정하는 사람입니까?”

광림 장군이 대답했다.

“황제는 그 두 가지를 다 하기도 하고 하지 않기도 하네. 그러나 신(神)은 어떻게 할 것인지만 정하지.”

윤극사가 말했다.

“신을 닮으려는 자는 어떻게 할 것인지를 결정해야 하는군요.”

“그렇지.”

광림 장군이 말했다.

“신은 모든 것을 포함하고 모든 것을 다 하고 있기 때문에 무엇이라는 말은 의미가 없는 때문일세. 무엇은 이미 다 주어져 있으니 어떻게 할 것인지만 정하지.”

윤극사가 고개를 두어 번 끄덕이고 물었다.

“내가 신을 닮으면서 황제가 된다면, 누가 내 백성입니까?”

광림 장군이 말했다.

“자네 눈에 보이는 모든 사람들, 자네 마음에 생각할 수 있는 모든 사람들.”

윤극사가 물었다.

“황제에겐 적도 백성입니까?”

광림 장군이 말했다.

“대상이 말했네, 황제의 백성에는 적도 있다고. 단, 그들은 조세를 내지 않는 백성의 부류에 속할 뿐. 이 말인즉, 산천과 백성은 주인이 없기에 껴안을 수만 있으면 그 사람의 것이라는 말과 같네. 고대부터 새 왕조가 일어나서 이전 왕조를 무너뜨리거나 이웃 나라를 병탄하더라도 망국의 왕손을 단절시키는 예는 없지. 비록 적이었지만 땅을 주어서 그곳을 다스리게 했네. 그 이유가 바로 적을 품에 안음으로써 진정한 패자가 되고 높은 덕을 보여주기 위해서였네. 같은 맥락이었지."

윤극사가 작은 소리로 중얼거리듯 말했다.

"소 노인의 말씀은 제 확신의 근거가 됐습니다. 이제 주저할 것도, 망설일 것도 없군요."

광림 장군은 윤극사가 워낙 이상한 사람이라서 또 다른 어떤 것을 느꼈구나 하고 짐작했다.

윤극사는 일어나서 문으로 갔다.

문은 바깥에서 잠겨 있었지만 그의 손이 닿자마자 저절로 열렸다.

덜컥 하는 소리에 병사들이 화들짝 놀랐다. 즉시 한 사람이 윤극사의 앞을 막아서며 말했다.

"귀인께서는 여기서 머무셔야 하오."

윤극사가 말했다.

"민천자를 봐야겠어요."

병사가 말했다.

"폐하께선 침소에 드셨을 시간이오."

윤극사는 번쩍 오른손을 들었다. 병사가 놀라며 검을 손에 잡았다. 윤극사는 그의 어깨를 두 번 툭툭 두드렸다. 괜찮다는 또는 안심하라는 의미의 행동이었겠지만 두드리는 윤극사의 모습도 어색했고 병사도 어색했다.

그러나 윤극사는 손을 내리면서 그 병사를 지나쳐 갔다. 병사가 어쩔 줄 모르고 당황하며 동료들을 돌아보고 윤극사를 따라갔다.

멈추라고 말해야 하는데 말하기가 어려운 것처럼 보였다. 윤극사가 있던 곳을 지키던 병사들이 실에 끌리듯 쭈뼛거리며 먼저 가는 병사를 따라서 걸었다.

광림 장군은 윤극사의 왼쪽 바로 뒤에서 걸었다. 말을 걸었던 병사가 진땀을 흘리며 오리궁둥이를 하고 그와 나란히 걷는 중이었다.

곳곳에 서서 지키던 병사들이 윤극사와 그 뒤에 따라오는 사람들을 보고 놀라며 소리쳤다.

"멈추시오!"

전쟁이란 참 이상한 것이었다. 병사들 사이에 어떤 소문이 퍼지거나 분위기가 전해지는 것은 한 시간도 걸리지 않았다.

윤극사가 죽어가던 부상자들을 치료했다는 사실을 모르는 병사들이 없을 지경이었다. 그래서 그들은 윤극사가 오는 것을 보고도 강력하게 저지하지 못했다.

언제 다치거나 죽을지 모르는 전장에서 신기한 수법으로 죽을 사람을 살려놓는 의원에게 창을 겨눈다는 것은 결코 쉽지 않은 일이었다.

윤극사는 경고를 무시하고 걸었지만 병사들의 창이 뒤로 물러났다. 귀가 먹어서 안 들리는 것이 아니란 걸 알기에 두 번 소리치지도 못하고 창을 든 병사들은 진땀을 흘리며 물러섰다. 창을 내리지도 못하고 찌르지도 못하는 상태였다.

윤극사가 나직하게 말했다.

"치워요."

병사들은 그 한마디에 짐을 내려놓듯이 창을 치우고 말았다.

오간청까지 갔을 때는 윤극사의 뒤에서 머저리처럼 따라오는 병사들의 수효가 삼백이 넘었다.

오간청을 지키던 병사들이 사색이 되어서 활과 창을 겨누었다.

윤극사는 그들 앞에서 말했다.

"민천자를 만나러 왔어요."

내관이 소식을 듣고 달려나와 말했다.

"황제 폐하께서는 대신들을 접견하는 중이시오."

하지만 내관의 말이 끝나기도 전에 민천자의 봉행 대신 네 명이 앞서거니 뒤서거니 달려나왔다.

"웬 자들이냐?"

하고 한 사람이 찢어질 듯한 음성으로 외쳤다.

일렁이는 횃불들 사이로 윤극사가 걸어가며 오간청 내에 황제가 있을 법한 곳을 향해서 말했다.

"윤극사입니다."

대신 한 명이 버럭 소리쳤다.

"하늘 높은 줄 모르는 자로고! 여기가 어디라고 함부로! 냉큼 물러가지 못할까!"

순간 광림 장군이 스윽 앞으로 나서며 그자의 목을 움켜잡았다.

"큭!"

대신이 비명을 지르며 눈을 뎅그렇게 떴다.

광림 장군이 말했다.

"하늘이 얼마나 높은지를 알고 싶으신가?"

다른 대신이 병사들을 향해 소리쳤다.

"뭣들 하느냐! 당장 이자를 잡아라!"

그러나 광림 장군의 도끼가 번쩍 하고 빛이 나자 그 대신은 사색이 되어 입을 다물었다. 병사들은 대신이 다칠까 싶어 창과 검을 버리고 광림 장군을 향해 달려들었다. 그러나 광림 장군이 한 발을 들어 모두 차서 넘겨 버렸다.

광림 장군은 손에 들었던 대신을 내려놓으며 말했다.

"민천자의 위엄으로도 그를 누르지 못했거늘 한갓 신하된 자가 망령을 부리려는가."

한 대신이 수염을 부들부들 떨면서 말했다.

"네놈들은 일태자의 하수인이구나!"

광림 장군이 탄식하며 말했다.

"그대도 재주가 높아 그의 신하가 되었겠지만 민천자는 복이 적구나. 총명한 신하들이 한순간에 이지가 흐려지는 것은 누구의 탓이란 말인가?"

대신들이 그의 말에 놀라 흠칫했다.

광림 장군에게 잡혔던 신하가 말했다.

"무슨 가르침이 있으시오?"

광림 장군이 말했다.

"내 주인께서 그대들의 주인을 만나려 하오. 서로 결례함이 없도록 합시다."

내관이 안에서 쪼르르 달려와서 급하게 외쳤다.

"황제 폐하께서 윤 의원을, 아니, 두 분을 급히 들라 하셨소이다!"

대신들이 놀라며 소리쳤다.

"무슨 일인가?"

내관의 안색이 어둠 속에서도 창백하게 질려 있었다. 내관은 대신들과 주위의 병사들을 둘러보고는 입을 떼지 못했다.

대신들이 심상치 않음을 느끼고 먼저 안으로 뛰쳐 들어갔다.

내관이 윤극사의 앞에서 종종걸음치며 어깨를 들썩거렸다.

윤극사는 내관을 따라서 들어갔다.

대신들이 외쳤다.

"폐하!"

"입을 다물라!"

하는 민천자의 내리누르는 듯한 음성이 그 앞에서 들려왔다.

민천자는 윤극사와 대면했던 그 자리에 나와 있었다. 대신들이 달려가서 민천자의 발 아래에 엎드려 있었다.

민천자의 얼굴은 크고 그늘진 바위를 연상시켰다.

윤극사가 허리를 숙여 인사하자 민천자는 옥좌에 앉지 않고 그 앞에 서서 거닐었다. 내관 두 사람이 식은땀을 흘리며 민천자를 양쪽에서 부축하고 있었다.

한 내관이 떨면서 대신들에게 말했다.

"폐하께옵서… 폐하께옵서… 갑자기 토혈(吐血)을 하시고……."

한 대신이 소리 높여 외쳤다.

"전의(典醫)는 어디 있는가?"

민천자가 손을 내저었다.

내관이 벌벌 떨면서 입을 다물었다.

전의는 벌써 내관의 연락을 받고 달려오는 중이었다. 그가 뛰어들어왔으나 민천자가 손을 내저어 물리쳤다.

대신들이 외쳤다.

"폐하! 옥체를 생각하소서!"

민천자가 대신들에게 말했다.

"경들은 물러가라!"

"폐하!"

대신들이 외쳤으나 번갯불 같은 민천자의 눈빛을 받고는 두려움에 떨며 물러났다. 광림 장군도 마찬가지였다.

내관들이 불을 더 가지고 들어와 오간청 안을 대낮처럼 밝혔다.

하지만 불은 밝았으나 민천자의 얼굴에 가득한 그늘을 벗겨내지 못했다. 민천자는 한 시간 남짓 하는 사이에 더 늙어서 노인이 되어버린 듯했다.

"이제는 무슨 말로 나를 죽이려 하느냐?"

민천자가 이마를 손으로 짚었다.

윤극사가 말했다.

"같은 말로 한 번 더 당신을 죽이려 합니다."

"껄껄껄!"

민천자가 웃음을 터뜨렸다. 입 안에서 붉은 피가 비쳤다. 민천자는 치솟는 핏덩어리를 다시 삼키고 말했다.

"묘하도다! 묘하도다! 똑같은 말이 한 번은 기틀을 망친 실망과 저버린 벗에 대한 자책을 불러일으키더니, 이제는 자식의 손에 죽기 전에 먼저 목숨을 끊으라는 말로 들리는구나."

윤극사는 그를 올려다보면서 말했다.

“부모 형제와 처자식이 모두 죽임을 당한 사람도 많습니다.”

민천자가 쓸쓸한 표정을 지었다.

윤극사는 그의 전신을 감돌고 있는 기운마저 희미해지고 혼탁해지는 것을 느낄 수 있었다. 민천자는 썩은 후에 메마른 그루터기나 마찬가지였다.

“너를 기다리고 있었다.”

하고 민천자가 옥좌에 몸을 떨구며 말했다.

“이청무는, 이청무는 어떻게 죽었느냐? 나에게 말해 다오.”

제13장 화청궁에 이른 석방(石舫:돌로 된 배) 앞에서 날개를 펴다

민천자는 윤극사가 오기 전에 대신들과의 이야기에 이미 지쳐 있었다.

대신들 앞에서 내색하지 않으려 했던 그였지만 그런 의도는 다리 하나 없는 사람이 멀쩡하게 걷는 것만큼이나 불가능한 일이었다.

'융이……'

하고 속으로 중얼거렸지만 마음으로 받아들여지지 않았다.

민천자는 고독했다.

그의 인생에서 가장 중요했던 사람들이 일시에 그에게서 떨어져 나갔다. 제일 먼저 스승이자 오랜 벗이었던 이가 사라졌으며, 그리고 청천벽력같이 들려온 소리가 적군의 도성 침공과 일태자 융의 양위 요구였다.

황제의 자리를 오래 지키고 싶은 마음은 원래부터 없었다. 어차피 그에게 물러줄 황위였다. 하나 그토록 믿었던 융에게서 물러나 달라는 말을 듣게 되리라고는. 그보다 더 가슴이 아프고 쓸쓸했던 것은 융이 적과 결탁하면서까지 일을 감행했다는 사실이었다.

이미 어사(御使) 당연생(唐演生)에게 적군의 옷을 입게 해서 교전 중에 포위를 뚫고 나가게 했었다.

당연생이 사실을 조사하여 보고하겠지만 민천자는 그때까지 자기가 기다릴 수 없을 것이라 생각했다.

순탄한 평지 위를 걷다가 허방을 디딘 것이나 마찬가지 심정이었다. 하지만 그때까지도 견딜 수 없는 정도는 아니었다. 분노가 어느 정도 그를 지탱해 주는 힘이 되기도 했었다.

하지만 오번백이라니.

갈수록 오번백의 혐의는 짙어졌고, 그에 더해 윤극사가 와서 그의 스승이자 벗인 그마저 윤극사를 택했다는 사실을 알렸다.

그 순간에 민천자는 한 번 허물어졌다. 그리고 대신들이 들어와서 승상 우문태마저 일태자에게로 갔다는 것을 전했을 때 민천자는 천하에서 가장 고독한 사람이 되었다.

속에서 삭이고 또 삭였으나 결국 피를 토하고 말았다. 거듭 생각하면 융에게 그들이 모두 가는 것이 옳았으나 외로움을 견디기가 힘들었다.

민천자는 스승에게 신을 닮는 법을 배우면서 고독을 속에 간직하는 방법 역시 익혔으나 긴 세월 동안 담아왔던 고독이 넘쳐 나는 것을 통제하는 법은 알지 못했다.

신을 닮고자 했던 거인 민소동도 거듭된 상실의 고통에 무너져서 인간으로 돌아온 것이었다.

윤극사는 이청무가 어떻게 죽었는지와 어떤 말을 남겼는지를 민천자에게 전했다. 민천자의 노안에 눈물이 어렸지만 끝내 그는 눈물을 흘리지 않았다. 원래 그는 눈물보다는 피를 흘리는 데 익숙한 사람이었다.

윤극사는 그가 견디기를 기다렸다가 조심스럽게 말했다.

"나는 당신께 다른 사실을 전하려고 왔습니다."

민천자가 그를 내려다보았다.

"무엇이냐?"

윤극사가 말했다.

"당신을 지금의 고통에서 풀어내어 다른 고통으로 묶는 사실입니다."

민천자가 희미하게 웃었다.

"내 고통은 족하네. 알아서 내게 득이 많은가, 실이 많은가?"

"나는 알지 못합니다."

하고 윤극사가 말했다.

윤극사는 민융의 죽음을 두고 한 말이었지만, 민천자에게 민융의 죽음은 양위보다 훨씬 더 큰 슬픔을 안겨줄 수 있었다.

민천자가 손을 저었다. 말하지 말라는 뜻이었다.

'감당할 힘이 없구나!'

윤극사는 민천자가 벼랑 끝에 매달린 듯함을 거듭 느꼈다. 다가가서 그 노인을 향해 손을 내밀어 팔에 얹었다. 손이 필요한 노인이었다.

민천자는 그의 손을 거부하지 않았다.

윤극사가 나직하게 말했다.

"민천자, 당신은 황제이십니다."

민천자가 윤극사를 빤히 보았다.

윤극사가 말했다.

"당신 자손의 어버이가 아닌 백성의 어버이인 황제입니다. 자신을 가볍게 여기지 마십시오. 제일신의 이청무 사숙께서는 자기의 목숨이든 남의 목숨이든 가볍게 여기는 사람을 미워하셨습니다."

민천자가 말했다.

"네 말이 옳다."

윤극사가 말했다.

"바람이 아무리 불어도 나무는 움켜쥔 대지를 놓지만 않으면 쓰러지지 않는다고 배웠습니다."

민천자가 허허, 하고 웃었다.

그도 젊었을 때 스승에게 배웠던 말이었다.

민천자는 내관에게 말해 도승지를 들게 하더니 말했다.

"제세원의 말의 윤극사를 화왕(華王)으로 봉한다."

도승지가 놀라서 붓을 떨어뜨렸다. 아직까지 대위국에서 왕으로 봉해진 사람은 없었다. 도승지는 급히 붓을 다시 줍고 민천자의 표정을 살피며 글을 썼다.

"왜……?"

윤극사도 민천자가 자기를 왕으로 봉할 줄은 몰랐다. 민천자가 말했다.

"화왕으로 봉한 뜻을 알겠는가?"

윤극사가 머리를 젓고 말했다.

"나는 당신의 신하가 되지 않을 것입니다."

민천자가 말했다.

"이청무에 대한 내 마음이다. 나를 위해 신하가 될 필요는 없다. 만백성을 위해 일하는 자가 되라."

윤극사가 말했다.

"그렇다면 그분을 왕으로 봉하십시오."

민천자가 머리를 저었다.

"후손도 없는 이가 죽어서 왕이 되는 것이 무슨 영광이겠는가? 그들의 후예인 네가 왕이 되면 그들의 한을 조금이라도 풀 수 있을 것이다."

윤극사는 웃으며 말했다.

"나는 황제가 되려 합니다."

"황제는 길이 열리면 누구든지 된다. 거지든 서생이든 의원이든 왕이든. 네가 황제가 되고 말고는 내 알 바가 아니다. 하지만."

민천자가 무거운 음성으로 말했다.

"너는 높은 재주와 기상을 지녔으니 황제가 될 만하지만 황제가 될 인물은 아니다. 인육을 씹을 수 있고 피를 두 손으로 움켜 마실 수 있는 자가 아니면 나라를 세우는 황제가 되지는 못한다. 너는 능히 인육을 씹고 붉은 피로 목을 축일 수 있겠느냐?"

"……."

윤극사는 대답하지 못했다.

민천자가 나직하게 한숨을 쉬며 말했다.

"이청무의 제세원과 더불어 천하를 논하지 못했던 이유가 거기에 있었다."

민천자는 의자에 몸을 축 가라앉히고 말했다.

"다스리는 것은 덕으로 다스리고 빼앗는 것은 악으로 빼앗는다. 욕심과 야망이 만들어내는 악으로. 나는 제세원의 의원이 남의 것을 빼앗을 수 있다고는 믿지 않았고 지금도 믿지 않는다."

윤극사가 천천히 고개를 끄덕였다. 그러나 자기가 황제가 될 수 없다는 것을 시인한 것은 아니었다. 단지 제세원 사람이 남의 것을 뺏지 못한다는 말에 수긍한 것이지만 민천자에게 그가 뜻을 꺾는 것으로 비춰졌을 뿐이었다.

민천자가 말했다.

"화왕이 되어 이 나라가 새 문명을 일으키고 이상국을 건설하는 데 앞장서라. 만백성이 잘살 수 있는 나라를 만들어라. 황제가 되는 데는 욕심이 필요하지만 욕심으로 되는 것은 아니다. 네게 황제의 길이 열려 있다면 인도하는 자가 있을 것이고, 없으면 헛된 꿈만 안고 살다가 죽을 뿐이니."

날이 훤하게 밝아오고 있었다. 화청지(華淸池)에서 안개가 몽실몽실 일어났다. 윤극사는 이제 민천자에게 민융의 죽음을 자기가 알릴 필요는 없겠구나 하고 생각했다.

사대능신과 우문태가 돌아오면 모든 것은 명약관화하게 밝혀질 일이었다. 일태자 민융의 죽음도 이태자 민성의 음모도.

민천자는 내관에게 명해서 산책을 준비하게 했다. 내관이 말하기를 지난밤에 달아난 적들이 려산(驪山:화청궁이 있는 곳의 산)에 숨어들었으니 아침 산책을 마십사 했다.

하지만 민천자는 한마디로 물리쳤다.

윤극사는 민천자와 함께 화청지를 산책하며 일출을 보았다. 양귀비와 당현종이 걸었을 길이었다.

피가 대지를 적신 전쟁이 있었던 다음날이었지만 천하의 절경은 조금 치의 훼손도 없었다.

민천자가 물가의 누각에서 멈추며 소매 속에 손을 넣었다가 한 뼘 길이의 두루마리를 꺼내 은밀히 윤극사의 손에 쥐어주며 전음으로 말했다.

―이 땅에 유리광국이라는 보이지 않는 나라가 있었다.

윤극사는 유리광국이라는 말에 움찔했다. 마등곡에서 곡우택이 죽어갈 때 혼미한 정신 상태에서 내뱉었던 말이 유리광국이었다. 우리 백초곡은 유리광국으로 어쩌고 하던 말이 아직도 윤극사의 귀에 선했다.

음성을 낮추고 물었다.

"백초곡 말씀인기요?"

민천자는 천천히 걸으며 전음으로 말했다.

―백초곡, 백초곡 방철군의 유리광국은 지금 있는 것이고, 내가 말한 것은 옛날에 있었던 동방정유리의왕(東方淨留璃醫王)의 원래 유리광국이다.

윤극사가 깜짝 놀랐다. 유리광국이 불교에서 말하는 약사여래가 세운 나라라는 것을 알고 있었지만 실제로 있었던 것인 줄은 몰랐다.

민천자는 입을 움직이지 않고 말했다.

"이십여 년 전, 나는 방철군을 만나서 유리광국을 알게 되었다. 방철군은 나를 돕는 조건으로 고대 유리광국의 유물을 찾아달라고 했지. 그래서 거래는 성사되었다. 나는 사람을 동서남북으로 보내서 유리광국의 흔적을 찾아 그에게 보냈다. 네게 준 두루마리는 그때 찾은 것들을 정리해 놓은 것이다. 원래는 고대 문자로 적혀 있던 것들이었으나 지금의 글로 바꾸었다. 승상의 제자들이 한 것이지."

윤극사가 알고 있는 시대에는 유리광국이란 나라가 없었다. 그 시대는 어쩌면 중원에서는 사라진 삼황오제 이전의 역사까지 거슬러 갈 수도 있었다.

그리고 동방정유리의왕인 약사여래의 유물을 수집하고 정리했다면 내용은 의술에 관련되었거나 그 당시 유리광국의 치세에 관한 것일 가능성이 많았다.

그렇다면 의술을 하는 사람에게는 윤극사가 받은 두루마리가 하도(河圖)와 낙서(洛書)나 다름없는 가치를 지닐 것이었다.

언제인지도 정확히 알 수 없는 고대의 의술 기록을 받았다는 사실이 윤극사의 가슴을 떨리게 했다. 그의 내면에는 아직도 씻어내지 못한 의원의 본질이 남아 있었다.

윤극사가 마른침을 삼키며 말했다.

"이것을 제게 주는 까닭은 무엇입니까?"

민천자가 연못을 보고 걸으며 말했다.

"얼마 전에 해석이 다 되었다며 가져왔기에 잠시 읽었을 때 바로 이청무가 생각났다. 이건 방철군 따위가 가질 것이 아니라 이청무 같은 사람이 가져야 할 물건이었어. 너를 처음 만났을 때 너에게 줘야겠다는 생각을 가지고 있었다."

윤극사가 물었다.

"그럼 방 곡주에게는 주지 않았습니까?"

민천자가 말했다.

"방철군은 해석하고 있겠지. 요즘 유리광국을 보면 오 할 내지 육 할은 풀어낸 것 같더군."

윤극사는 그와 나란히 걸으며 묵묵히 생각에 잠겼다. 민천자의 뜻이 어렴풋이 느껴졌다.

민천자가 말했다.

"너를 본 후에 융과 비교했다. 내가 보기에 너나 융이나 모두 황제를 생각할 만한 인물이다. 그러나 융이 보이지 않는 나라를 다스리는 데 부족함이 있는 것처럼 너는 보이는 나라를 다스리기에 적합치 않다. 유리광국, 유리처럼 보이지 않는 나라다. 약사여래의 보이지 않는 신통력과 열두 서원(誓願)으로 다스려졌던 나라지. 이제 가거라. 가서 읽어봐라. 읽어보면 네가 가야 할 길과 앉아야 할 자리를 볼 수 있을 것이다."

그것이 민천자가 윤극사에게 유리광국의 두루마리를 준 이유였다.

윤극사는 민천자가 자기가 현실 세계에는 잘 맞지 않는다고 했던 말이 옳다는 것을 알고 있었다. 윤극사는 사람이 아닌, 보이지 않는 것을 보고 만지고 다스릴 수 있는 사람이 되어 있었던 것이다.

햇빛이 밝았다. 물 위에 비쳐 일렁거리며 윤극사와 민천자의 그림자를 조각으로 반짝거리게 했다.

윤극사는 민천자가 불쌍했다. 그의 손을 잡고 싶었다. 물에 비친 민천자의 그림자조차 추워 보였다.

아들에 의해 아들이 죽은 줄을 모르고, 그 아들이 자기를 해치려 한다고 생각하면서도 그를 위해 적이 될지도 모를 사람의 마음을 돌리려 하는 아버지였다.

윤극사는 민천자의 소매 깃을 붙잡았다. 불경하기 이를 데 없는 언동이었지만 민천자는 그런 것을 탓하는 사람이 아니었다.

"몸을 귀하게 여기십시오."

"잘 가거라."

민천자가 빙긋 웃고 손을 흔들어 멀리 서 있는 내관을 불렀다.

윤극사는 그와 하직하고 내관을 따라서 숙소로 돌아갔다. 돌아갈 때 보니 민천자는 태양을 정면으로 응시하고 있었는데, 그 자체가 대자연이 된 듯 거대해 보였다.

숙소에는 광림 장군이 기다리고 있었다.

"이제 왔는가?"

윤극사가 고개를 끄덕였다.

광림 장군이 윤극사의 눈치를 살피며 물었다.

"민천자는 좀 어떤가?"

윤극사가 말했다.

"이제 죽지는 않을 것 같았습니다. 나를 화왕으로 봉하더군요."

"잘했네."

광림 장군이 탄식을 했다.

"우리가 조금만 늦게 갔어도 그가 심맥을 완전히 끊었을 걸세. 자네
가 같은 말로 두 번 죽이겠다며 그의 마음을 돌리는 것을 보고 위기는
넘겼구나 하고 생각했네."

윤극사가 빙긋 미소를 지었다.

"알고 계셨군요."

광림 장군이 한숨을 쉬며 말했다.

"그는 외로운 걸세. 한 번도 좌절해 본 적이 없는 사람이라 상처가
더 컸을 거야. 자고로 군왕이 모든 것을 잃을 때는 자결하는 법이었어.
상실감이 군왕을 죽게 만드는 거네."

윤극사가 물었다.

"이태자는 찾았습니까?"

광림 장군이 말했다.

"아직 찾지 못했네. 대신들 중에 이태자와 결탁한 자가 있지 않나
싶어서 살폈지만 없는 듯했네."

"날이 밝았으니 제가 찾아보겠습니다."

윤극사가 말했다.

윤극사는 꼭두를 내보냈다. 마음이 차분하여 꼭두를 부리는 데 어려
움이 없었다.

화청궁 안을 이리저리 살펴보며 이태자를 찾아 누각 위로 올라갔다
가 문득 윤극사는 화청궁에서 삼 리쯤 떨어진 강가에 회색의 둥근 바
위 같은 것이 있는 것을 보았다.

눈으로 그냥 보면 여느 바위와 모양이 다를 뿐이지만 기운을 보는
윤극사에게는 아주 이상하게 보이는 바위였다.

바위가 마치 살아 있는 사람과 같은 기운을 내뿜고 있었다.

윤극사는 꼭두를 바위로 보냈다. 한데 바위에 이르고 보니 그 바위는 예사 바위였고, 그 뒤에 쇠와 유리와 돌로 된 크고 둥그스름한 집이 있었다. 이 세상에서는 구경하기 힘든 이상한 모양의 집이었으며 사람이 살아 있는 듯한 기운은 바로 그 돌로 된 집에서 뿜어지는 것이었다.

윤극사는 꼭두로 그 돌집 안을 보게 했다. 남자와 여자, 어린아이까지 해서 수십 명의 사람이 그곳에 있는데 모두 안색이 창백했으며 손발이 결박되어 있었고, 그중에는 시체도 여러 구가 있었으며 벌거벗겨진 남자의 시체도 있었다.

윤극사는 벌떡 일어섰다. 그 순간에 궁녀가 음식을 가지고 들어왔지만 윤극사는 열린 문으로 뛰쳐나갔다.

"무슨 일인가?"

광림 장군이 급히 뒤따랐다.

궁녀가 '화왕야!' 하고 부르는 소리도 뒤이었다.

윤극사는 바람의 자락을 붙잡아서 타고 날아 단숨에 돌로 된 집에 이르렀다.

잠겨진 문을 열고 집 안으로 뛰어들어 갔다. 그곳에는 수십 명의 사람이 있었지만 수천 길 물속에 들어온 듯한 적막이 흐르고 있었다.

윤극사는 죽어가는 그들의 더할 수 없이 맑고 차분한 눈을 보고 몸이 떨렸다. 예사로 볼 수 있는 사람들이 아니었다.

비슷비슷한 생김새와 비슷한 기운은 그들이 일가족임을 말해 주었다.

윤극사는 검을 휘둘러서 그들의 손발을 결박하고 있는 끈을 잘랐다.

검붉은 가죽 끈은 이미 죽어 있는 두 살배기 어린아이의 손과 발에도 묶여 있었다. 윤극사가 분노하여 검을 미친 듯이 휘둘러 끈을 잘랐지만, 그 사람들은 눈으로 빤히 보면서도 아무런 두려움이 없는 듯했다.

광림 장군이 뛰쳐들어 와서 넋을 잃었다. 죽어가는 사람들부터 시작해서 진기를 주입해 주었다.

윤극사는 다시 달려나가 화청궁의 주방으로 가서 덕을 것들을 가지고 왔다.

기가 막혀서 광림 장군도 윤극사도 아무 말 하지 못했다. 참혹함 속에서 그들 일가의 정신만 파릇파릇하게 살아 있었다.

윤극사는 차가운 바닥에 손을 대서 뜨겁게 만들었다. 이내 열기가 퍼지면서 살아남아 있던 사람들이 몸을 떨기 시작했다.

그들은 배고픔과 추위가 지나쳐 떨 수도 없을 만큼 지쳐 있었던 것이다. 그렇지만 그들은 누구도 뜨거운 물과 음식에 손을 뻗지 않았다. 어린아이들도 마찬가지였다.

나이가 오십 줄에 접어든 남자가 윤극사에게 절을 하며 말했다.

"은공에 감사드립니다. 소생은 이름이 사전지(査專智)이고 저희들은 서안 사가장의 사람들인데 우환을 만났습니다."

"사가장! 사가장 사람들이 어떻게 여기 있단 말인가?"

광림 장군이 놀라며 말했다.

사전지가 말했다.

"저희 사가장을 아시는군요."

광림 장군이 말했다.

"알다 뿐이겠는가? 며칠 전까지 그곳에 있었거늘."

사전지의 창백한 얼굴에 차가운 웃음이 걸렸다.

"하늘이 우리를 살리려 하지 않는 모양이오. 귀하가 우리를 고발하고 죽인다 해도 원망하지 않을 것이오."

윤극사가 머리를 저으며 완강한 어조로 말했다.

"누구도 당신들을 해치지 못합니다, 누구도!"

윤극사의 꽉 움켜쥔 주먹이 벌벌 떨렸다.

사전지가 처음으로 감격한 표정을 지으며 윤극사에게 절을 했다. 윤극사는 만류하고 음식을 조금씩만 먹게 하고 다친 한 사람의 상처를 봐주고 밖으로 나왔다.

사씨 일가는 가족의 시체가 있는 곳에서 조용히 아무 소리도 내지 않고 음식을 먹었다.

윤극사는 돌집의 뒤로 돌아가서 더 이상 참지 못하고 펑펑 울었다. 전쟁이라는 말로도 위로가 되지 않았다. 무공도 지니지 못한 사람들이 결박된 채 추위와 굶주림에 죽었고 죽어가고 있었다.

윤극사는 그들 일가의 고통이 자기 때문에 빚어진 것처럼 주먹으로 바위를 치며 울었다. 울지 않고는 견딜 수가 없었다. 분했다.

누가 어깨를 만져서 돌아보니 열 살 남짓 한 꼬마가 서 있었다.

"울지 말아요."

윤극사는 그 아이를 안으며 주체할 수 없이 큰 소리로 울었다. 가슴 속에서 심장이 아닌 무엇이 펄떡펄떡 뛰었다.

아이를 안고 황소같이 울고 있는 윤극사의 뒤로 사씨 일가가 하나둘 나와서 섰다. 그들도 소리는 내지 않았지만 울고 있었다.

광림 장군이 물끄러미 화청궁 위의 하늘을 보고 서 있었다.

윤극사의 큰 울음소리가 그곳 화청궁까지 들려서 병사들이 내다보고 있었으며 말을 탄 병사들 수십 명이 북문으로 달려나오는 중이었다.

윤극사는 천천히 울음을 그치고 아이와 사씨 일가를 다시 돌집으로 들어가게 했다. 병사들이 오는 쪽은 광림 장군이 도끼를 번득이며 막아서 있었다.

윤극사는 검을 뽑으며 중얼거렸다.

"이태자를 죽여야겠어요."

광림 장군이 나직한 소리로 말했다.

"민천자가 죽일 것이네. 사실을 다 알고 나면 민천자는 자식이라 해도 자기 손으로 죽일 걸세."

사씨 일가를 붙잡아온 것은 이태자가 틀림없었다.

윤극사는 머리를 저었다.

"이것은 제 일입니다."

광림 장군은 더 만류하지 못했다.

달려오는 병사들 앞에서 광림 장군이 호통을 쳤다.

"물러서라! 화왕야(華王爺)시다!"

병사들이 고삐를 잡고 말을 멈추었다.

윤극사가 광림 장군에게 말했다.

"저들을 지켜주세요, 아무도 해치지 못하게."

광림 장군의 눈에는 윤극사가 그동안 움츠렸던 날개를 지난밤과 오늘 이 순간을 계기로 하여 활짝 펴려는 것을 알았다. 이런 것은 때가 되어 꽃송이가 저절로 벌어지는 것과 마찬가지였다.

과거 민천자에게도 그런 순간이 있었다. 광림 장군은 이럴 때 어떻게 해야 하는지를 알고 있었다. 이럴 때 따르는 사람은 목숨을 그에게 걸어줘야 하는 것이었다.

조금 치의 주저함도 없이 광림 장군이 말했다.

"내 목숨을 걸고 맹세하겠네."

윤극사는 평소와 달리 고맙다는 말도 없이 걸어갔다. 대지를 흐르는 기운의 강을 밟고 순식간에 화청궁으로 들어가는 윤극사를 보며 모든 사람들이 귀신에 홀린 듯한 표정을 지었다.

윤극사는 궁으로 들어서면서 바로 힘을 다해 고함쳤다.

"민성! 어디에 있느냐?"

윤극사는 잇달아 민성을 부르며 달려갔다.

그때 오간청에서 누군가 뛰쳐나오더니 동문 쪽으로 달아났다. 바로 이태자였다.

윤극사는 '이놈!' 하고 고함치면서 검을 던졌다.

그때 이태자 민성을 따라서 뛰쳐나온 백초곡 의원 세 사람 중 한 명이 윤극사의 검과 민성 사이에 불쑥 끼어들었다.

"으악!"

윤극사의 검은 그의 오른쪽 등을 관통하고 민성의 왼쪽 어깨를 자르며 지나갔다. 이태자 민성도 비명을 질렀고, 백초곡 의원 두 사람이 민성을 양쪽에서 붙잡고 달아났다.

"이기어검술(以氣御劍術)이다!"

하고 누군가 소리쳤다.

윤극사는 돌아오는 검을 잡으며 단숨에 그들의 뒤에 이르렀다. 윤극사는 그들에게 고함쳤다.

“사형들! 이태자를 놓으시오!”

순간 회색 독연이 펑 소리를 내며 터졌다.

윤극사는 앞을 볼 수가 없었다. 그러나 이태자의 기운을 느낄 수는 있어서 그의 등 한가운데를 검으로 찔렀다.

“으악!”

하고 이태자의 비명 소리가 났다.

뒤에서 ‘황제 폐하!’ 하고 부르짖는 소리가 일시에 터져 나오고 있었다. 윤극사는 소매를 저어서 독연을 회오리에 몰아넣어 날려 버렸다.

쏜살같이 달아나는 백초곡 두 의원은 이태자가 검에 찔린 것도 모르는 듯이 축 늘어진 그를 양쪽에서 끼고 담을 넘어서 려산으로 뛰쳐 들어가는 중이었다.

윤극사의 검은 금석을 두부 자르듯 할 수 있는 신검, 윤극사는 그제야 분노를 수습하면서 곡소리가 터져 나오는 오간청으로 달려갔다.

민천자가 옥좌 앞에 반듯하게 누워 있고 전의가 약을 입 안에 흘려 넣는 중이었으며 내관들이 그의 수족을 주무르고 있었다.

민천자의 숨소리가 아주 거칠었다.

윤극사가 달려가서 전의를 밀치고 가슴팍의 옷을 찢었다. 새파란 손바닥 자국이 민천자의 왼쪽 가슴에 새겨져 있었다.

윤극사는 자기의 손으로 그 손자국을 덮어서 생사조수를 일으켰다. 민천자가 몸을 비스듬히 일으키더니 우웩! 하면서 주먹만한 핏덩어리를 토해냈다.

민천자가 윤극사를 알아보고 아직도 그의 왼손에 피 묻은 검이 있는 것을 보며 힘없이 물었다.

"그놈은?"

윤극사가 말했다.

"죽였습니다."

민천자가 스르르 눈을 감았다. 생사의 고비는 넘겼으나 살아 있는 동안 다시는 예전의 건강을 회복할 수 없는 몸이 되었다. 원기를 크게 쇠했기 때문이다.

윤극사는 전의에게 침을 달라고 한 후에 지어야 할 약을 불러주었다. 어전에서 윤극사가 검을 뽑아 든 채 있었지만 감히 누구도 그 점을 지적할 수 없었다.

윤극사는 내관들에게 민천자를 업어서 침실로 옮기게 했다. 다시 그가 충격을 받지 않도록 아무도 들어오지 못하게 했다.

민천자가 눈을 감았다 떴다 했다. 지난날을 회상하는 표정이었다.

윤극사는 전의에게 받은 침을 놓아서 그를 안정시키고 손발을 따듯하게 해주었다.

민천자가 물었다.

"아직도 내가 죽을 때는 되지 않았는가?"

윤극사가 말했다.

"예."

민천자가 허무한 음성으로 말했다.

"아직도 당해야 할 부끄러움이 남은 모양이군."

윤극사는 대답하지 않았다.

민천자가 조금 있다가 물었다.

"왜 떠나지 않았는가?"

윤극사가 말했다.

"떠날 것입니다."

민천자가 고개를 주억거리고 느릿하게 말했다.

"나는 융에게 양위를 선포했다. 한데 그놈 성이 나를……."

윤극사가 말했다.

"이태자는 일태자를 폐하고 자기에게 양위해 주기를 바랐을 것입니다."

민천자가 말했다.

"그놈은 재목이 아니야. 호소인이지."

윤극사도 그렇게 생각하고 있었다.

민천자가 말했다.

"내가 다쳤으니 융이 홀가분하겠군. 이제 도착할 때가 됐으려나……."

'그는 없습니다.'

하고 윤극사는 속으로 말했다.

민천자는 눈을 감았다 떴다 하는데 천장에는 두 개의 밝은 빛 그림자가 나타났다 사라졌다 하고 있었다. 자기 속에 있는 광인(光囚)을 찾아낸 사람의 눈이 내뿜을 수 있는 빛이었다.

윤극사가 민천자에게 말했다.

"부탁드릴 것이 있습니다."

"무엇이든."

하고 민천자가 말했다.

윤극사가 말했다.

"포로들을 풀어주십시오."

민천자가 윤극사를 한 번 본 후에 고개를 작게 끄덕였다.

"그렇게 해라."

그렇게 하겠다가 아니라 그렇게 하라였다. 윤극사는 감사하면서 다시 말했다.

"궁 밖에 갈 곳이 없는 백성 일가가 있습니다. 그들을 궁으로 들어오게 허락해 주십시오."

"그렇게 해라."

하고 또 민천자가 말했다.

"정개화 등을 풀어줘라. 갇혀 있다."

윤극사는 민천자가 내미는 황룡패(皇龍牌)를 받아서 내실을 나왔다.

내관들이 우르르 달려와 물었다.

"왕야! 황제 폐하께서는 환우 어떠하십니까?"

윤극사는 민천자의 처소에 정숙을 유지하라고 말했다. 어쩌면 이미 노인이 되어버린 민천자가 죽은 둘째 아들을 슬퍼하며 윤극사가 보이지 않는 데서 울고 있을지도 모를 일이었다.

황제의 침전 밖에는 봉행 대신들과 서안에 있지 않았던 장수들, 그리고 병사들이 찬 바닥에 엎드려 있었다.

"황제 폐하는 무사하시오."

하고 윤극사가 말했다.

"오!"

하는 소리가 일제히 터져 나왔다.

윤극사는 황룡패를 보여주며 장수들에게 명했다.

"옥을 열어 정개화 등을 풀어주시오."

장수들이 달려갔고 대신들과 병사들이 몸을 일으켰다. 민천자가 죽지 않았으니 그들도 한 고비 넘긴 셈이었지만 놀란 마음이 가라앉지 않은 상태였다.

윤극사는 내관들에게 사씨 일가가 머물 곳을 마련하게 하고 북문 밖으로 나갔다.

철탑처럼 우뚝 버티고 서 있는 광림 장군의 모습이 보였다. 광림 장군이 변한 것 없이 달라 보였다. 그러나 윤극사는 자신도 그 순간에 화청궁으로 달려들어 갈 때와 달라 보인다는 사실을 느끼지 못했다.

승상 우문태와 사대능신, 그리고 양을기가 군사를 이끌고 당도한 것은 그때부터 한 시간이 더 지나서였다.

『윤극사전기』 8권에 계속…

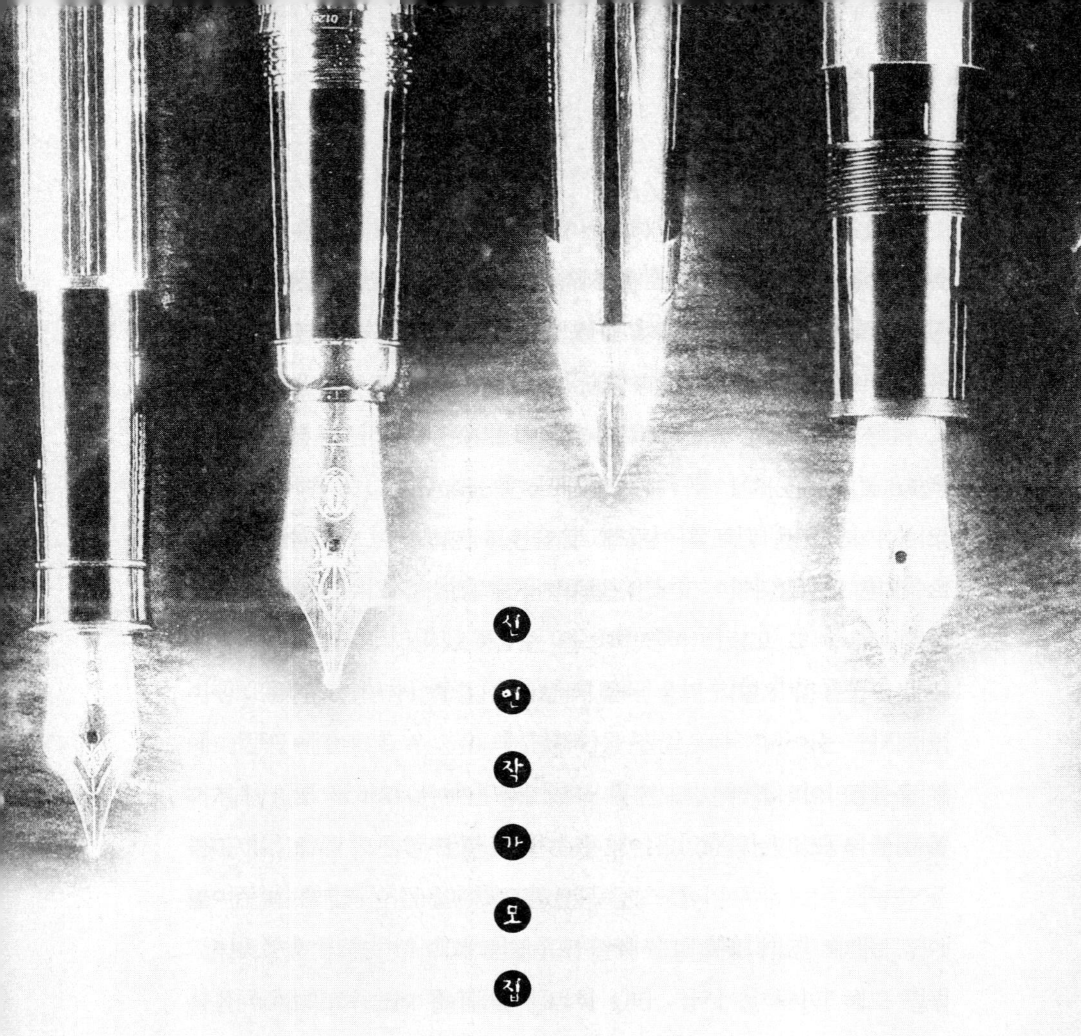

시작이 반이라고 했습니다.
작가의 길에 대한 보이지 않는 벽을 과감히 깨뜨리십시오!
청어람은 작가 지망생 여러분들의
멋진 방향타가 되어드리겠습니다.

저희 도서출판 청어람에서는
소설 신인 작가분들을 모집합니다.
판타지와 무협을 사랑하시는 분들의 많은 참여를 바랍니다.
소정의 원고(A4용지 150매)를 메일이나 우편으로 보내주시면
검토 후 출판 여부를 알려드리겠습니다.

주소:경기도 부천시 원미구 심곡1동 350-1 남성B/D 3F 우편번호420-011
TEL:032-656-4452 · **FAX**:032-656-4453
http://**www.chungeoram.com**
e-mail:chungeoram@chungeoram.com